Schlummernde Leben
Roman
Reinhard Staubach

AF206522

Schlummernde Leben

Roman
Reinhard Staubach

Umschlaggestaltung vom Autor

Reinhard Staubach
Schlummernde Leben
Roman

2. Auflage

© Copyright by Reinhard Staubach
Ebersbach-Musbach, 2019

Herstellung und Verlag:
BoD – Books on Demand, Norderstedt

www.reinhard-staubach.de

ISBN 978-3-7481-2835-9

In der Pizzeria

„Du willst also millionen Buddhisten ins Unglück stürzen. Mal abgesehen von den übrigen Anhängern der Seelenwanderung in der westlichen Welt." Rolf lehnte sich zurück. Sein Bauch quoll hervor und der Gürtel seiner hellen Jeans drohte zu platzen. Er trank einen Schluck und stellte sein Colaglas auf den Tisch der Pizzeria zurück.

Ihm gegenüber saß Bernd, sein Freund. Sie hatten bestellt und warteten darauf, dass der Pizzabäcker die belegten Fladen aus dem Ofen zöge. Keine Nobelhütte, aber preiswert.

„Quatsch!", sagte Bernd. „Jeder soll glauben, was er will. Mich überzeugt das Getue um frühere Leben nicht. Reinkarnation, Seelenwanderung, alles Unfug."

Er streckte sein beiden Arme links und rechts von sich, als wolle er unsichtbare Gegenargumente wegstoßen. Nachdem er die Arme wieder angewinkelt hatte, streckte er seinen schlanken Körper, bis die Füße gegen Rolfs Schuhe stießen.

„Aber millionen Inder glauben daran. Nein, milliarden wenn man die Verstorbenen mitrechnet. Mehr noch, sie sind davon überzeugt. Und die Tibeter erst, mit ihrem Dalai-Lama." Rolf streichelte mit dem rechten Zeigefinger den hellblonden Stoppelbart unter seiner Nase.

Bernd lehnte sich zurück. Die vorderen Stuhlbeine hoben vom Boden ab, aber nur wenige Zentimeter. Dann beugte er sich vor, strich sein dunkelblondes Haar aus der Stirn und sah seinem Freund Rolf tief in dessen blaue Augen.

„Rein rechnerisch geht das nicht auf. Dafür braucht man nicht einmal Adam und Eva zu bemühen, die ersten Menschen laut Bibel. Die Menschheit wächst ständig.

Allein vor hundert Jahren gab es noch nicht so viele von uns wie gegenwärtig. Wenn die alle schon mal gelebt haben, wo kommen dann die neuen Menschen her?"

„Die Seelenwanderung beschränkt sich nicht allein auf Menschen", wandte Rolf ein und strich über seinen Bauch, als ob er dessen Hunger beruhigen müsse. „Die Seele kann auch in einem Tier weiterleben. Oder von einem Tier in einen Menschen schlüpfen."

„Dann warst du früher wohl ein Delphin."

„Wie kommst du darauf."

„Wohl genährt, aalglatt und unheimlich schlau." Bernd grinste.

„Ha, ha", sagte Rolf trocken. „Aber falls es die Seelenwanderung gibt, waren die jetzt zusätzlichen Menschen früher womöglich Ameisen oder Moskitos. Und dann ist deren Seele in einen Menschen geschlüpft."

„Dann müsste die Anzahl der Ameisen und Moskitos zurückgehen."

Bernd hob seine dunklen Augenbrauen und griff nach dem Cola-Glas vor sich. Er nahm einen kräftigen Schluck und sah sich in der Pizzeria um.

„Der da drüben zum Beispiel, dessen Seele steckte dann früher offensichtlich in einem Mistkäfer."

Rolf folgte seinem Blick zur Bar, wo ein einzelner Kerl in einem schmuddeligen T-Shirt saß, das aus einem früheren Leben sein leuchtendes Weiß nur noch erahnen ließ. Der Mann stierte in das fast leere Bierglas vor sich.

„Du Pupsunterdrücker musst nicht gleich alles ins Lächerliche ziehen", tadelte Rolf. „Respekt bitte. An das, woran abermilliarden Menschen geglaubt haben und immer noch glauben, muss doch etwas dran sein. Außerdem, seit ein paar Jahren gibt es bei uns weniger Insekten als früher. Das ist wissenschaftlich belegt."

„Aha, Pestizide sorgen dafür, dass die Seele von

Bienen und Co. in neue Menschen wandern können."
Bernd grinste breit: „Ein Hoch auf die Chemiker der Pharmaindustrie. Ob die von ihrer religiösen Bestimmung wissen?"

„Reinkarnation, Seelenwanderung, Wiedergeburt. Gehört das jetzt zum Studium der Wirtschaftswissenschaft? Du Religionsverweigerer, bist du nicht ausgelastet?" Rolf erwartete keine Antwort auf seine Fragen.

„Es tut gut, gelegentlich über den Tellerrand zu schauen", sagte Bernd. „Du beschäftigst dich neben dem Germanistikstudium ja auch mit allem Möglichen und häufst Wissen an, das mit Literatur nichts zu tun hat."

Rolf öffnete den Mund, um zu protestieren. Doch ein schlankes Mädchen in dunkelblauen Jeans, um die sechzehn, trat an den Tisch. Sie stellte vor jeden eine duftende Pizza. Die beiden Studenten machten sich sofort darüber her. Nachdem die ersten Happen verschlungen waren, nahm Rolf den Gesprächsfaden wieder auf.

„Ich stimme zu. Der Blick über den Tellerrand kann recht nützlich sein. In deinem Fall kann ich den Nutzen allerdings nicht erkennen. Worin soll der liegen?"

„Wenn Leute an groben Unfug glauben, muss man etwas dagegen tun", sagte Bernd knapp.

„Willst du ein Buch darüber publizieren?"

„So weit bin ich noch nicht."

„Wie willst du denn vorgehen? Öffne dein Gehirn und lass mich teilhaben."

„Es sollte leicht sein", begann Bernd. „Man muss nur nachweisen, dass sich die Leute die frühere Existenz ausgedacht haben. Irgendwo lasen oder hörten sie, was vor tausend Jahren jemand erlebt hat. Und nun behaupten sie, das wären sie gewesen. Sie hätten schon einmal gelebt. Ich versteh gar nicht, wieso sich noch niemand ernsthaft damit beschäftigt hat, um diesen Blödsinn aus der Welt zu fegen."

„Da muss ich widersprechen. Es haben sich schon Leute mit dem Phänomen beschäftigt. Aber die Beweisführung ließ zu wünschen übrig. Letztlich hat sich niemand wirklich dafür interessiert. Deshalb frage ich mich, wen du überzeugen willst."

„Okay, sie heißt Martina, studiert Romanistik und glaubt an Reinkarnation. Sie ist überzeugt, schon mehrere Male gelebt zu haben. Das heißt, ihre Seele in verschiedenen Körpern. Übermorgen treffe ich sie zu einer Übung."

„Übung?" Rolf grinste breit. „Verstehe, auf der Matratze oder im Auto?"

„Quatsch! Im Kaufhaus."

„Wow!"

„Wir treffen uns zu einer Beobachtung. Die gehört zu einem Seminar der Fakultät Erziehungswissenschaft. Wir sollen eigene Erfahrungen sammeln und bewerten, nicht nur alles anlesen."

Vor 22 Jahren

Er war schneller als sonst hinauf gestiegen, als gelte es, einen neuen Rekord aufzustellen. Mit dem Handrücken wischte der junge Mann die Schweißtropfen von der Stirn. Seine Brust hob und senkte sich sichtbar, er atmete durch den leicht geöffneten Mund. Hastig, in langen Schritten steuerte er auf den flachen Stein zu, der wie eine Bank am Felsvorsprung lag. Obschon von der Sonne beschienen, war er noch kühl und lud nicht zum Verweilen ein. Dennoch blieb der junge Mann darauf sitzen und riss sogleich das Fernglas an die Augen. Er suchte über das tiefe Tal hinweg den gegenüberliegenden Gebirgshang ab. An einem hellblauen Punkt stoppte er. Mit einem Fernglas zehnfacher Vergrößerung hätte er den blauen Punkt sicher als Audi identifiziert. Doch sein Feldstecher hatte nur eine siebenfache Vergrößerung, die das Fahrzeug höchstens erahnen ließ. Es stand noch neben der Berghütte, die sich in ihren dunkelbraunen Bohlen kaum von der Umgebung abhob.

Nichts bewegte sich drüben. Der junge Mann schaute auf seine Armbanduhr. In der Blockhütte frühstückte man vermutlich noch. Er sah wieder durch das Fernglas und meinte, eine dünne Rauchfahne aus dem Schornstein der Hütte aufsteigen zu sehen, als entweiche das Leben aus dem Gebäude.

An diesem Sommermorgen strahlte die Sonne bereits recht warm und tauchte die Alpen in ein herrliches Licht. Doch das nahm der junge Mann nicht wahr. Er interessierte sich nur für den hellblauen Punkt und für die Berghütte auf der anderen Seite des riesigen Tals. Er blinzelte. Eine winzige Fliege hatte in seinem rechten Augen landen wollen.

Als er wieder hinübersah, bemerkte er, wie sich der

hellblaue Punkt bewegte. Das Auto fuhr los, den Berghang hinab, verschwand hinter einem Felsen und tauchte kurz darauf wieder auf. Nun näherte es sich dem Waldrand und wurde von den Bäumen verschluckt, wie von einem grünen Drachen, der dort still auf der Lauer gelegen hatte.

Der junge Mann hatte den Augenblick verpasst, als jemand in den Audi stieg. Er ärgerte sich darüber. Durch das Fernglas hatte er nicht einmal erkennen können, wie viele Personen im Wagen saßen.

„Grüezi!", ertönte plötzlich eine Stimme hinter dem jungen Mann. „Großartige Aussicht hier."

Er zuckte zusammen, setzte das Fernglas ab und schaute sich um. Vier Wanderer standen freundlich lächelnd wie eine himmlische Erscheinung hinter ihm, zwei Männer und zwei Frauen in seinem Alter.

„Entschuldigung, wir wollten sie nicht erschrecken", sagte der eine mit Schweizer Akzent, als er die aufgerissenen Augen des jungen Mannes sah.

Der schüttelte den Kopf. „Ich habe Sie gar nicht kommen gehört."

Es war ihm nicht unangenehm, von den Wanderern angesprochen zu werden. Sie kamen vom Pass und konnte später gut bestätigen, dass sie ihn hier getroffen hatten, falls es notwendig sein sollte. Gerne gab er ausführlich Auskunft über den Abstieg und den Weg hinunter ins Dorf.

„Ui, was ist denn da passiert!", rief unvermittelt die eine Frau. Alle Augen folgten ihrem ausgestreckten Arm und schauten ins Tal hinunter. Zwischen den Baumwipfeln stieg eine schwarze Rauchwolke auf.

„Das ist aber kein Lagerfeuer", stellte der erste Sprecher nüchtern fest. „Hoffentlich brennt der Wald nicht.

Das ist doch die Richtung, wo wir vermutlich vorbei kommen."

„Wer weiß", meinte der andere Mann. „Vielleicht wird dort ein Ochse gegrillt."

„Dann sollten wir nicht trödeln", sagte wieder der Erste. „Ein saftiger Braten zum Mittag, da lass ich glatt meine Brote stecken."

Die schwarzen Wolken auf der anderen Seite des Tales wurden dicker, stiegen aber konzentriert aus einem kleinen Brandherd auf. Das Feuer schien sich nicht auszubreiten. Die vier verabschiedeten sich und eilten davon. Sie wollten schnell wissen, was dort unten geschehen war.

Der junge Mann schaute noch eine Weile auf die Rauchwolken, bis sie verblassten. Mit langsamen Schritten begann er den Aufstieg zum Gipfel. Erst spät abends erfuhr er, dass eine Frau und ein Mann in dem in die Klamm gestürzten Auto den Tod fanden. Polizei und Rettungskräfte konnten sich den Unfall nicht erklären. Nur der junge Mann wusste, was ihn verursacht hatte. Über zwanzig Jahre blieb es sein Geheimnis.

Fahrt zur Uni

Über zwanzig Jahre später, nachdem der junge Mann in den Alpen den Berg bestiegen hatte, saß ein anderer junger Mann, der Student Bernd Kemmler, in seinem Auto und fuhr Richtung Mannheim. Er lenkte automatisch. Seine Gedanken nahmen die Autobahn kaum wahr, weshalb er fast einen Unfall verursachte.

Plötzlich spürte Bernd sein Herz im Kehlkopf. Nun war er wieder im wirklichen Leben. Hastig wischte er mit dem Ärmel seiner Jacke die Seitenscheibe frei, um in den Außenspiegel sehen zu können. Auch wenn die Seitenfenster des alten Opels nicht beschlagen gewesen wären. Bernd Kemmler hätte den roten Sportwagen nicht gesehen, der zum Überholen angesetzt hatte. Immer noch hupend zog jener auf der linken Fahrspur der Autobahn schnell vorbei.

„Blöde Weiber", knurrte Bernd leise. Es tat gut, die Schuld für sein bedenkenloses Ausscheren beim Überholversuch jemandem zuschieben zu können. Er beruhigte sich augenblicklich, glaubte er jedenfalls. Auch auf der Windschutzscheibe wischte er mit den Fingerrücken umher, obwohl sie nicht beschlagen war. Sein Auto hatte geschleudert, als er automatisch das Lenkrad herumriss. So etwas wie „oh, oh", war ihm durch den Kopf gegangen. Keine Angst, keine Furcht. Hellwach hatte er registriert, wie er seinen Wagen rechts herum riss, etwas zu heftig. Und schon hatte er dagegen gelenkt, nach links und wieder nach rechts. Jetzt rollte das Auto ganz ruhig.

„Scheiß Weiber!", fluchte er nun lauter.

Erst nach und nach wurde ihm bewusst, wie es hätte ausgehen können. Mit 140 Sachen auf der Autobahn, seitlicher Aufprall mit schnellerem Sportwagen. Bernd blickte auf das Feld rechts der Fahrbahn. Gut, Bäume gab es hier nicht, aber die Leitplanken. Ob er darüber hinweggeschossen wäre? Oder abprallend wieder auf die Autobahn zurück, und dann Zusammenstoß mit den nachfolgenden Fahrzeugen? Solange er sein Herz hämmern fühlte, kam ihm nicht der Gedanke, erneut zu versuchen, den langsamen LKW vor ihm zu überholen. Nein, so blöde wollte er sein Leben nicht beenden. Unfall auf der Autobahn. Er hatte noch viel vor.

„Ausgeflippte Tussi", schimpfte Bernd erneut leise vor sich hin.

Die ausgeflippte Tussi wollte nun nicht mehr in Bernds Auto sitzen. Sie hatte auch nicht den schnellen Sportwagen gelenkt. Sie war überhaupt nicht auf der Autobahn. Bernd sah auf seine Armbanduhr: Viertel nach neun. Jetzt begleitete sie diesen verdammten Oberarzt wahrscheinlich bei der Visite. Mit seinen Gedanken war er wieder bei Petra. Ein ganzes Jahr waren sie zusammen gewesen. Und dann tauchte dieser bescheuerte Oberarzt auf. Was bildete die blöde Nudel sich eigentlich ein. Krankenschwestern waren für die Ärzte doch nur kleine Affären. Flirts, um den stressigen Krankenhausalltag erträglicher zu gestalten. Aber nein, er sei etwas Besonderes, auch menschlich. Blöde Ziege.

Nun begann es auch noch zu regnen. Die Scheibenwischerblätter verschmierten die Scheibe, anstatt sie zu säubern. Sie hätten längst ausgewechselt gehört. Aber als Student balancierte Bernd stets um den Nullpunkt seines Kontos. Neue Scheibenwischer, ja, zu Weihnachten, vielleicht. Er strich sein dunkelblondes Haar zurück und rieb sich den Nacken.

Merkwürdig, den Augenblick höchster Gefahr, hatte er nicht als gefährlich empfunden. Bernd ging in Gedanken noch einmal zurück. Er hörte noch einmal das schrille Hupen, fühlte, wie er über sein Auto die Kontrolle zu verlieren drohte, wie es hinten herumschleuderte. Und wie er dann wieder ruhig dahin rollte. Erst dann hatte er das Herzklopfen gespürt. Erst dann hatte er nervös um sich geblickt, ihm war furchtbar heiß geworden. Dabei war die Gefahr längst vorbei.

Wahrscheinlich stimmte es, was Bernd von Leuten über den Tod gehört hatte. Leute, die nicht wirklich gestorben waren, aber an der Schwelle gestanden hatten. Allesamt berichteten sie, dass sie den Tod als etwas Natürliches ohne Angst und Schmerzen in Erinnerung hätten. Früher hatte er diese Todesnäheerlebnisse als Traum abgetan. Einen Traum, den das sterbende Gehirn abspult, damit der Tod erträglich wird. Jetzt wunderte er sich über seine Empfindungen. Zwar war er während des Schleuderns nicht klinisch Tod gewesen und hatte sich nicht einmal verletzt. Auch hatte er nicht in irgend ein Jenseits geblickt. Aber noch nie zuvor hatte er das Gefühl gehabt, dem Tod wirklich nahe zu sein. In der so genannten Schrecksekunde, hatte es keinen Schrecken gegeben. Wenn der Tod wirklich so war -- aber was kam danach? Ein anderes Leben?

Kurz dachte er an die Studentin Martina mit ihren verrückten Ideen von der Seelenwanderung. Dann war Petra wieder präsent. Petra, die sollte nur kommen, wenn der menschliche Oberarzt mit ihr fertig war. Bernd würde sie eiskalt stehen lassen. Genau so, wie sie es mit ihm gemacht hatte. Nicht einmal einen Streit hatten sie gehabt. Alles war bestens gewesen. Dann der Anruf. Am Telefon hatte sie ihm schlicht gesagt, dass sie ab jetzt mit Tobias, dem Oberarzt ausgehe. Dem Oberarzt, wie sie das betont hatte. Als ob Oberärzte zu einer Klasse besserer Menschen zählten. Bernd hatte nicht gleich begriffen. Der Schmerz hatte erst eingesetzt, nachdem sie aufgelegt hatte. Sogleich hatte er zurückgerufen. Aber sie legte auf, als er sich meldete. Verdammte Weiber. Da sollte sie nur ruhig anrufen, wenn der menschliche Oberarzt sich eine neue Gespielin angelacht hatte. Dann würde er auch gleich auflegen. Das stand fest.

Bernd fuhr über die Rheinbrücke. Rechts leuchtete kurz das gelbe Schild mit der Aufschrift „Mannheim" auf. Das Mannheimer Schloss jenseits des Flusses hüllte feiner Nieselregen ein. Die hohen Bäume im Park verloren gerade ihr Laub.

Bernd überlegte, ob er sich die Uni heute schenken sollte. Welchen Sinn hatte das Leben noch? Keine Petra, grauer Himmel, Regen und der Tod schien wirklich einfach zu sein, ohne Angst und Schrecken. Wenn er jetzt von der Brücke in das eiskalte Wasser des Rheins spränge? Er horchte in sich, suchte nach Angst. Aber dort war keine. Lediglich ein unangenehmes Gefühl beim Gedanken an das kalte Wasser. Wahrscheinlich würde er sich bei diesem Selbstmordversuch nur eine kräftige Erkältung einhandeln. Denn er war ein guter Schwimmer.

Wenige Minuten später ging Bernd Kemmler traumwandlerisch auf den Vorlesungssaal im östlichen Schlossflügel zu. Wer sich links und rechts neben ihn in die Reihe setzte, registrierte er nicht. Automatisch legte er den Schreibblock vor sich.

Bernd Kemmler nahm sein Studium ernst, jedenfalls meistens. Täglich fuhr er von Freinsheim in der Pfalz, wo er in einer Wohngemeinschaft ein Zimmer belegte, zur Universität, die im Mannheimer Schloss ihren Hauptsitz hat. Er saß in Vorlesungen und Seminaren, suchte die verschiedenen Bibliotheken auf, blätterte in verstaubten Büchern und schrieb und kopierte wichtiges daraus. Er studierte Betriebswirtschaft und beabsichtigte, mit Doktor abzuschließen. Nichts weiter. Nur gelegentlich dehnte er seine Studien in andere Bereiche aus.

In Petra hatte er eine attraktive Freundin gefunden, die ein erfolgreicher Student braucht, wie er meinte. Sie war eine Krankenschwesterschülerin mit viel Gefühl. Das hatte er jedenfalls noch vor wenigen Tagen geglaubt. Heute hätte sie ihm beinahe das Leben gekostet. Bernd dachte wieder an den Beinahezusammenstoß auf der Autobahn. Ein leichtes Schmunzeln glitt über seine glatten Gesichtszüge. Das wäre etwas gewesen, wenn man ihn schwerverletzt ins Städtische Krankenhaus eingeliefert hätte, vielleicht sogar in die Station, in der Petra arbeitete.

Bernd stellte seine Pupillen neu ein, erblickte den Referenten und schaute ernst auf das Blatt Papier vor sich. Dort stand noch kein Wort. Die Uhr an der Wand des Vorlesungsraums zeigte drei Minuten nach halb. Es waren fast zwanzig Minuten vergangen und Bernd hatte nicht einmal das Thema der Vorlesung erfasst. In kleinen Buchstaben schrieb er „Petra" in die rechte untere Ecke des Notizpapiers und strich den Namen sogleich energisch aus. Mit der war jetzt Schluss. Er fühlte sich besser. Petra war abgehakt, ab sofort und für immer.

Nach dem Seminar

Auf der Heimfahrt von der Uni hatte Bernd Petra fast völlig aus seinem Gehirn verbannt. Unscheinbar schlich sich Martina ein und wollte offenbar ihren Platz einnehmen. Er dachte an ihr erstes Zusammentreffen vor fast einer Woche. Das hatte sich nach dem Seminar ergeben. Zuhause legte er sich auf das Bett, schloss die Augen und versuchte, sich genau an die erste Begegnung mit Martina zu erinnern. Erstaunlich klar spulte sich der Film ab.

„Sag bloß, daran glaubst du?" Er hatte der jungen Studentin neben sich tief in die blauen Augen geschaut.

„Ja sicher, warum denn nicht?" Sie sagte es so selbstverständlich, als hätte sie auf dem Speiseplan der Mensa gelesen, dass es Gulasch gäbe. Ihre blauen Augen sahen ihn freundlich an. Obwohl er sich zurücklehnte, die Distanz zwischen ihnen vergrößerte und sie erneut musterte, die Augen ein wenig zusammenkneifend, blieb sie selbstsicher. Sie musste jetzt fühlen, dass er an ihrem Verstand zweifelte. Aber das schien sie gewohnt zu sein. Nicht der geringste Schatten trübte ihre sympathische Miene.

„Ich bin Martina", hatte sie sich nach dem Seminar vorgestellt. Während sich die übrigen Studenten bereits erhoben, war sie neben ihm sitzen geblieben. Reichlich steif hatte auch Bernd Kemmler seinen Namen genannt.

„Kemmler, klingt fast wie ein Kämmerchen, in dem du gerade stecktest", schmunzelte sie ihn an. Denn offenbar war ihr seine Geistesabwesenheit längst aufgefallen.

„Aha, bist du immer so gut drauf?"

Sie strahlte ihn an: „Erbstück, aus einem früheren Leben."

Aus einem früheren Leben? Ach du Scheiße, wem hatte man ihm da zugeteilt? Bernd Kemmler behielt seine

Gedanken für sich. Es gab nur ein Leben; und das fand jetzt statt. Basta!

Frau Dr. Seitz, die Seminarleiterin, hatte Bernd und Martina zum Paar für empirische Beobachtungen definiert. Als es darum gegangen war, Pärchen für die Untersuchung zu bilden, hatten sich einige Kommilitonen spontan gefunden. Die Übrigen stellte sie dann zusammen. Bernd war in Gedanken gerade mit Petra beschäftigt gewesen und hatte geistesabwesend nicht mitbekommen, wie sich die anderen Studenten zu Paaren für die Kinderbeobachtungen fanden. Vor drei Tagen hatte Petra ihm gesagt, dass es mit ihnen aus sei. Es war für Bernd überraschend gekommen, denn sie hatte nie angedeutet, dass es jemand anders gäbe.

Mit einem Kopfnicken, als wolle er etwas bekräftigen, hatte Bernd sich gewaltsam in das Seminar zurück katapultiert. Er hatte sich umgesehen, um zu hören, worüber man sprach. Einige Studenten standen bereits mit gepackten Taschen unter dem Arm an der Tür. Es war offenbar Schluss.

Bernd Kemmler hatte den Schnellhefter zugeklappt und mit den flachen Fingern unsichtbaren Staub vom blauen Deckel gewischt. In steiler Blockschrift hatte er darauf geschrieben: „Elterliche Erziehungsstile II, Empirische Untersuchungen, Eigene Beobachtungsergebnisse, Dr. A. Seitz." Bernds glatte und feingliederige Hand, die Haut noch etwas gebräunt vom Sommer, hatte nach dem Druckbleistift mit Radiergummi gegriffen und ihn in einer kleinen Mappe verschwinden lassen. Er hatte sein dunkelblondes Haar zurückgestrichen und sich mit Daumen und Zeigefinger an der Nasenwurzel gerieben. Kein einziger Pickel hatte sich aus der glattrasierten Haut getraut. Unmerklich hatte er seinen sportlichen Körper gestreckt und zur Referentin hinüber geschaut.

Frau Dr. A. Seitz war in den mittleren Jahren, von kleinem Wuchs und kräftig gebaut. Sie hatte zwar noch am anderen Ende des kleinen Seminarraumes gesessen, schob aber schon die letzten Schriftstücke in ihre braune Kollegmappe.

„Noch Fragen?", hatte Frau Dr. Seitz gefragt. Das fragte sie immer am Schluss der Seminarstunde. Es hatte keine Fragen gegeben. Frau Dr. Seitz hatte bereits vorher alle beantwortet, wie immer. „Dann bis nächste Woche." Auch das sagte sie immer zum Schluss. Und schon war sie an der Tür und auf den großen Fluren des Schlosses verschwunden.

Worum war es eigentlich gegangen? Trotz seiner Liebe zum Studium, hatte Bernd Kemmler fast nichts von der vergangenen Stunde mitbekommen. Immer wieder Petra, immer wieder war sie in seinem Kopf. Beobachtungen im Kaufhaus. Eltern und Kinder. Bernd versuchte, sich zu erinnern, wie die Diskussion geendet hatte. Dass Martina Kolbe neben ihm saß und ihn still anblickte, hatte er nicht wahrgenommen.

Die Seminarleiterin, Frau Dr. Seitz, hatte die Familiennamen der Studentenpaare für die Beobachtung notiert. Wieso brauchte er überhaupt eine Partnerin dazu? Kinder konnte er auch alleine beobachten. Ach ja, bereits zu beginn der Seminarstunde hatte Frau Dr. Seitz ausgeführt, dass die Beobachtungen zu zweit gemacht werden, wegen der Objektivität. Dem konnte man kaum widersprechen.

Zufällig hatte Martina an diesem Tag neben Bernd gesessen. Etwa zwanzig Studenten und Studentinnen nahmen an dem Seminar teil. Martina war ihm noch nie aufgefallen. Das Semester hatte gerade erst begonnen. Es gab viele neue Gesichter. Die Gruppe hatte sich soeben zum zweiten Mal getroffen.

Martina trug ihr glattes Haar kurz geschnitten. Ihre hellblauen Augen und die makellose, weiße Haut standen in deutlichem Gegensatz zu den schwarzen Haaren. Tiefgründig, dachte Bernd. Oder war es das genaue Gegenteil, was da in ihrem Blick lag, ein wenig Irrsinn? Eine Studentin, die an Übersinnliches glaubt? Unschlüssig verweilten Bernds Augen etwas länger auf ihrem Gesicht, als notwendig gewesen wäre. Doch dann riss er sich energisch los und kramte in seiner Mappe, aus der er schließlich ein winziges schwarzes Büchlein hervorzog.

„Wann wollen wir denn los?" Er schlug den kleinen Taschenkalender auf. „Mir würde es am Mittwochnachmittag passen."

„Ja, Mittwoch ist gut. Und wo?"

Sie verabredeten sich vor dem Eingang eines großen Kaufhauses in Mannheim, nicht weit vom Schloss entfernt.

„Ich habe aber nur ein altes Handy. Das spinnt manchmal. Aufnahmen klappen nicht immer. Keine Ahnung woran das liegt."

„Kein Problem. Wir können alles mit meinem Smartphone aufnehmen. Gibt's noch was zu klären?"

„Nö, ich glaube, das wär's."

„Dann bis Mittwoch um drei."

Als sich beide von ihren Stühlen erhoben, sah Bernd, dass Martina fast einen Kopf kleiner war als er. Sie lächelte noch einmal, warf den Kopf zurück und verschwand schnell durch die Tür auf den Flur. Ihr wohlgeformter Po zeichnete sich deutlich im Jeansrock ab, nicht zu groß, nicht zu klein, schlicht und einfach reizend.

Das war also eine Studentin, die glaubte, schon einmal gelebt zu haben. Bernd schüttelte den Kopf. Als hätte sie vom kalten Regenwetter draußen gesprochen, so hatte sie hinzugefügt: „Vielleicht sind wir uns bereits in einem früheren Leben begegnet." In einem früheren Leben begegnet, so ein Quatsch. Wie konnte eine Studentin mit Hochschulreife im einundzwanzigsten Jahrhundert an den Hokuspokus mit früheren Leben glauben?

Beobachtungen im Kaufhaus

Auch am Mittwoch nieselte es immer noch vom kühlen Oktoberhimmel. Als Bernd zwei Minuten vor drei Uhr um die Ecke bog, sah er Martina bereits im überdachten Haupteingang des Kaufhauses stehen. Pünktlich ist sie ja, dachte er. Offenbar hatte sie sich nicht warm genug angezogen. Denn sie klemmte ihre Arme an den Körper, die Hände tief vergraben in den Anoraktaschen.

„Hallo", begrüßte sie ihn fröhlich und mit leicht blauen Lippen. „Alles klar bei dir? Handy dabei?"

„Hier in der Tasche." Bernd klopfte auf seine rechte Brusttasche. „Wir tun einfach so, als würden wir telefonieren. Tatsächlich sprechen wir jedoch unsere Beobachtung drauf."

„Perfekte Tarnung", sagte Martina.

„Ich dachte mir, dass wir so nicht auffallen und unentdeckt bleiben."

„Ne, wenn du nicht zu laut quatscht, kriegt keiner was mit." Martina lächelte. „Du fängst an."

„Das Mikrophon ist sehr empfindlich. Selbst Geflüster wird aufgenommen."

„Supi."

Bernd und Martina standen immer noch im überdachten Kaufhauseingang. Das Nieseln hatte sich in Regen verwandelt. Für ihre Beobachtung war es kein idealer Tag. Denn nur wenige Leute trauten sich aus dem Haus. Doch da kamen tatsächlich drei Personen, die wie eine Familie aussahen. Der Vater vorweg, die Mutter folgte mit einem kleinen Jungen an der Hand.

„Was hältst du von denen?", fragte Bernd leise.

„Ideal, los fang an."

Bernd zog sein Smartphone hervor und tippte ein paarmal auf das Display. Der Rekorder war eingeschaltet. Die

Familie ging an ihnen vorbei durch die Glastüren ins Kaufhaus. Bernd und Martina folgten in wenigen Metern Abstand. Leise sprach Bernd seine Beobachtungen ins Mikrophon:

„Vater, zirka achtundzwanzig Jahre alt. Mutter etwa fünfundzwanzig Jahre alt. Kind zwischen vier und fünf Jahren. Vater und Mutter bleiben am Wühltisch stehen. Mutter zieht einen Pulli aus dem Haufen. Vater spricht mit ihr. Das Kind will weitergehen, wird aber von der Mutter an der Hand festgehalten. Das Kind sagt irgendetwas. Die Eltern achten nicht darauf. Der Mann hält jetzt seiner Frau einen roten Pulli vor den Busen. Das Kind zieht an der Hand der Mutter. Sie ruckt einmal kurz mit der Hand an und sagt, sei still."

Bernd und Martina gingen an den anderen Wühltisch, auf dem sich irgendwelche Stoffe türmten. Sie stand dicht neben Bernd und begann, sich die Textilreste anzusehen.

Bernd sprach weiter in das Mikrophon: „Das Kind ist jetzt ruhig und schaut umher. Der Mann greift sich einen anderen Pulli aus dem Wühltisch. Die Frau schüttelt den Kopf und lässt den kleinen Jungen los. Sie langt jetzt mit beiden Händen in die Pullis. Der Kleine steht neben der Mutter und blickt zur Rolltreppe. Jetzt rennt er los. Die Frau hat es aber gesehen. Nach wenigen Schritten hat sie ihn eingeholt und fängt an zu schimpfen. Der Junge bekommt einen Klaps auf den Hintern. Ich kann leider sein Gesicht nicht sehen. Weint er?"

Martina kam zurück. Als der Junge zur Rolltreppe rannte, eilte sie ebenfalls schnell in die Richtung, um ihn im gegebenen Moment von der Treppe zurückzuhalten.

„Nein, er weint nicht", sagte Martina.

„Die Eltern gehen jetzt mit dem kleinen Jungen auf die Rolltreppe", sprach Bernd weiter ins Mikrophon. „Die Mutter hält ihn fest an der Hand. Wir folgen. Im ersten

Stock ist die Spielwarenabteilung. Der Junge zerrt wieder an der Hand der Mutter. Er will in Richtung des großen Teddybären. Die Mutter reißt ihn an der Hand herum. Sie gehen auf die Rolltreppe ins nächste Stockwerk zu. Der Junge ist wieder still und schaut auf die rollenden Stufen. 'Kannst du nicht aufpassen?', höre ich oben die Mutter sagen. Der Kleine war am Ende der Rolltreppe gestolpert. Die Frau stürmt nun auf einen Kleiderstand mit Blusen zu. Der kleine Junge rennt unwillig hinterher. Der Vater folgt mit einigen Schritten Abstand. 'Und dass du mir ja nicht zur Rolltreppe rennst!', höre ich die Mutter sagen. Sie lässt den Kleinen jetzt los. Er steht da und schaut unschlüssig umher. Der Vater nimmt ihm die Pudelmütze ab und streicht über sein blondes Haar."

Bernd ließ die Familie nicht aus den Augen. Martina schaute umher, als suchte sie etwas. Aber auch sie blickte aus dem Augenwinkel immer wieder zur Familie. Nach dem Blusenstand bewunderte die Mutter des kleinen Jungen die Kostüme auf der Stange. Vater und Sohn folgten ihr gelangweilt. Sie fuhren wieder die Rolltreppen hinunter und verließen das Kaufhaus, nicht, ohne dass der Kleine in der Spielwarenabteilung sich beinahe den Kopf abgedreht hätte.

„Na ja", sagte Bernd, als sie wieder am Haupteingang des Kaufhauses angekommen waren. „Die wollten wohl nur mal kucken." Er drückte auf die Pausentaste am Smartphone. „Bei der nächsten Familie bist du dran."

Martina war einverstanden und drückte das Gerät ans Ohr. Wenig später näherte sich ein großer, sportlicher, junger Mann mit einem kleinen Jungen an der Hand. Martina tippte schnell auf den Aufnahme-Button und begann, ins Mikrophon zu sprechen.

„Wir beobachten jetzt einen jungen Vater mit seinem Sohn. Den Vater schätze ich auf fünfundzwanzig Jahre, den kleinen Jungen auf vier. Die beiden sprechen kein Wort miteinander. Es wird eisern geschwiegen, als habe der kleine Sohn etwas ausgefressen. Er sieht sehr unschuldig aus. Der Vater geht zielsicher auf die Rolltreppe zu und zieht den Jungen hinter sich her, wie einen Hund an der Leine. Vielleicht war der kleine Junge in einem früheren Leben mal ein Sklave. Denn er folgt widerstandslos und tappt sorglos auf die Rolltreppe. Er steht mit den beiden Füßen auf dem Spalt zwischen zwei Stufen. Das merkt er jetzt und schaut auf seine Füße. Die Distanz zwischen den Stufen wird größer. Der arme kleine Junge schreit. Er hängt mit der einen Hand in der eisernen Faust des Vaters, der ihn herzlos daran hochzieht. Jetzt steht der Junge mit beiden Füßen auf derselben Stufe. Oben angekommen, schwenkt der Vater gleich scharf rechts und betritt die nächste Rolltreppe. Auch diesmal achtet er nicht darauf, ob sein kleiner Sohn richtig auf einer Rolltreppenstufe zu stehen kommt. Der Vater könnte in einem früheren Leben ein brutaler Gladiator gewesen sein. Er hat einen mächtigen Körperbau und sicher starke Muskeln. Den kleinen Jungen könnte er mit Leichtigkeit zerquetschen. Ich kann leider nur die Rücken der beiden sehen, stelle mir aber vor, dass der Junge ein ängstliches Gesicht macht. Als er auf die Rolltreppe treten sollte, zögerte er, wurde jedoch von der eisernen Hand seines Vaters mitgerissen."

Während Martina ihre Beobachtung ins Mikrofon sprach, hatte Bernd sich dich neben ihr gehalten. Entsetzt lauschte er ihren Worten. „Armer, unschuldiger, kleiner Junge, Sklave im früheren Leben, vermutlich ein ehemaliger Gladiator." Verdammt, was sprach Martina da ins Smartphone? Wie konnte sie so etwas sagen? Derartige Kommentare gehörten doch nicht in den Text einer wissenschaftlichen Beobachtung. Er wollte sie unterbrechen, darauf hinweisen, dass es hier um eine empirische Untersuchung ging, wo nüchtern, sachlich und objektiv zu berichten sei. Doch Martina beachtete seine fassungslose Miene nicht. Sie konzentrierte sich voll auf den Vater mit seinem Sohn und deutete und kommentierte weiterhin unbekümmert alles, was bei den beiden geschah.

„Okay, soll sie machen", dachte Bernd. „Die Dr. Seitz wird ihr schon den Kopf waschen. Unvorstellbar, wie Frauen die Welt sehen."

Dem kleinen Jungen lief die Nase. Der Vater griff in seine Hosentasche und holte ein farbiges Stofftaschentuch hervor. Während er das Taschentuch heraus zog, fiel ein kleiner grüner Zettel aus der Hosentasche zu Boden, ohne dass der junge Vater es merkte. Als beide weiter gingen, hob Bernd den Zettel auf. Es handelte sich offenbar um eine Einkaufsliste. Bernd steckte den Zettel in seine Jackentasche und wollte sie am Schluss der Beobachtung dem Vater des Jungen geben.

Entrüstet und doch fasziniert lauschte Bernd sprachlos den subjektiven Worten, die Martina ins Mikrophon plapperte. Erneut redete sie von einem früheren Leben des kleinen Jungen. Das hat nichts mit einer objektiven Beobachtung zu tun, urteilte Bernd im Stillen.

Nachdem Martina mit ihrer Beobachtung fertig war und der junge Vater mit seinem Sohn das Kaufhaus verlassen hatte, setzte Bernd dann doch zu einer Belehrung an.

„Glaubst du nicht, dass wir etwas sachlicher berichten sollten?", fragte er vorsichtig.

„Wieso, ich war doch sachlich." Martina strahlte ihn zufrieden an.

„Na ja, das mit dem früheren Leben. Musste das sein?"

„Wieso nicht? War das nicht ein treffender Vergleich?

Trotz aller Sachlichkeit darf man die Anschaulichkeit nicht vernachlässigen."

Bernd schwieg. Eine neue Familie war ins Kaufhaus getreten. Nun war er wieder dran, in das Smartphone zu sprechen.

Auf diese Weise beobachteten Bernd und Martina sechs Kinder mit deren erwachsener Begleitung im Kaufhaus. Bernd sprach seine Beobachtungen nüchtern und sachlich ins Mikrofon. Martina kommentierte mitfühlend und interpretierend das Geschehen. Sie sagte nichts zu Bernds kühler Sachlichkeit und er wollte es der Seitz im Seminar überlassen, Martinas Beobachtungstext akademisch in der Luft zu zerreißen.

„Ich glaube das reicht", sagte Bernd kurz vor fünf Uhr zu Martina.

„Wenn die anderen auch so viel machen, haben wir genug für die empirische Untersuchung", stimmte Martina zu. „Komm, ich mach uns einen Tee."

„Wo denn?"

„Bei mir. Ich wohne gleich da drüben."

Während der Beobachtungen im Kaufhaus hatten Bernd und Martina zwar ständig geredet, aber nur ins Mikrophon und kaum miteinander. Bernd nahm sich erst jetzt die Zeit, Martina richtig anzuschauen. Ihre schwarzen Haare steckten unter einer bunten Strickmütze. Sie trug schwarze Jeans und einen dunkelgrünen Anorak darüber. Make-up konnte er in ihrem Gesicht nicht finden, war auch nicht nötig. Ihre Haut war noch heller als im Seminar. Nicht nur ihr Mund lächelte, auch ihre hellblauen Augen. Bernd überlegte, ob er die Einladung ablehnen sollte, doch er hörte sich zustimmen.

„Seit ich hier studiere, wohne ich in einem kleinen Appartement", begann Martina zu erzählen. „Es ist großartig. Ich bin schnell an der Uni und mitten in der Stadt. Wo wohnst du?"

„Ich hab' ein Zimmer in Freinsheim."

„Wo ist das denn?"

„Drüben, in der Pfalz, zirka fünfundzwanzig Kilometer von hier. Bei Bad Dürkheim."

„Gehen wir?"

Bernd stimmte zu und schlenderte neben ihr über die Straße.

Bei Martina

Das Wohnhaus, auf das Martina nach den Beobachtungen im Kaufhaus zusteuerte, glich einem alten Kasten, wie man in den Mannheimer Quadraten noch viele findet. Grau verputzt mit einem rötlichen Schimmer, an den Hausecken und Fenstern eingefasst mit grob behauenem Sandstein. Im Erdgeschoss gab es ein Café, welches von einem Eckeingang betreten wurde. Im Sommer stellte der Café-Wirt vor dem Haus Tische und Stühle auf. Martina schloss jedoch die Tür an der Breitseite des Gebäudes auf. Im Treppenhaus roch es nach frischer Farbe. Bernd tippte vorsichtig mit dem ausgestreckten Zeigefinger an die Wand. Sie war trocken. Die Renovierung musste wohl doch schon ein paar Tage zurückliegen. Einen Fahrstuhl konnte Bernd nicht erblicken. Steinerne Stufen führten hinauf. Im zweiten und dritten Stockwerk prangten die Schilder drei verschiedener Arztpraxen. Ein HNO-Arzt, ein praktischer Arzt und ein Zahnarzt. Fast schon eine Klinik. Zum vierten und fünften Stock gelangte man über eine etwas schmalere Treppe aus Holzdielen, wovon einige unüberhörbar knarrten.

Martina wohnte ganz oben im fünften Stock. „A. Schneider/G. Kolbe" stand auf dem Schild über der Klingel neben der Wohnungstür. Sie betraten einen kleinen Flur mit vier weiteren Türen. Martina öffnete die eine und ging in ein geräumiges Zimmer. Ein Bett in der einen Ecke, ein Kleiderschrank in der anderen. Vor dem Fenster ein einfacher Tisch. Er diente als Schreibtisch, wie die aufgetürmten Bücher und Mappen verrieten. Rechts neben dem Fenster ein großes Regal, nur mit wenigen Büchern gefüllt. Vor dem Bett stand ein kleiner niedriger Tisch und an dem Tisch zwei bunte Polstersessel.

Nirgendwo Luxus, aber alles solide, dunkelbraune Möbel und aufgeräumt.

„Du wohnst hier nicht alleine?", fragte Bernd.

„Nein, ich teile die Wohnung mit Anja. Sie ist zur Zeit nicht da. Anja ist Animateurin. Die meiste Zeit des Jahres ist sie nicht zu Hause."

„Animateur?", grinste Bernd.

„Ja." Doch als Martina sein Grinsen sah, fügte sie schnell hinzu: „Nicht was du denkst. Die heißen Animiermädchen. Anja hingegen ist bei einem seriösen Reiseunternehmen beschäftigt. Zur Zeit ist sie auf einem Schiff, das in der Karibik kreuzt. Die hat schon die ganze Welt gesehen. Überall, wo Urlauber hinfahren, war die schon. Manchmal ist sie auch Reiseleiterin. Zuckerhut, Hawaii, Südsee, Griechenland, Malediven, Azoren, überall war die schon. Auch in verschiedenen Urlaubsclubs hat sie bereits gearbeitet. Immer braungebrannt, sportlich und fröhlich. Aerobic ist ihr Spezialgebiet. Sie gibt aber auch Schwimmunterricht und macht Gesellschaftsspiele mit den Urlaubern. Kein schlechter Job. Ist aber immer unterwegs. Wäre nichts für mich. Ab und zu kommt Anja dann nach Hause. Hierher. Zum Urlaub machen."

„Hierher, zum Urlaub machen?", echote Bernd.

„Klingt komisch, was? Diese Eigentumswohnung gehört ihr. Ich bin ihre Untermieterin. Wir verstehen uns prima. Komm, ich zeig dir mal ihre Zimmer."

Martina führte Bernd in ein wesentlich größeres Zimmer, als jenes, in dem sie wohnte. Von Anjas Zimmer führte eine Tür zu einem kleineren Zimmer, dem Schlafzimmer mit einem französischen Doppelbett. Alles war geschmackvoll eingerichtet.

„Anja möchte nicht, dass die Wohnung während ihrer stets langen Abwesenheit unbewohnt ist", erklärte Martina. „Sie fürchtet, eines Tages zurückzukommen und vor völlig leergeräumten Zimmern zu stehen. Deshalb hat sie mich mit aufgenommen. Ich darf in ihren Räumen nichts verändern. Einmal hatte ich Besuch, den ich dann in ihrem Bett habe schlafen lassen. Obwohl ich alles wieder hergerichtet hatte, hat sie es doch gemerkt, als sie nach vier Monaten heimkam. Sie war stinksauer. Der Mensch braucht ein zu Hause, sagt sie. Dies sei ihr zu Hause, das sie immer so anzutreffen wünscht, wie sie es verlassen hat. Rühr hier also nichts an. Die Küche und das Bad benutzen wir gemeinsam."

Martina führte Bernd wieder in ihr Zimmer zurück.

„Nimm Platz."

Bernd blieb vor dem Bücherregal stehen und betrachtete die dort aufgestellten Fotos.

„Das sind meine Eltern."

Martina trat neben ihn und erklärte, wer wer auf jedem Foto war. Sie zog ein Fotoalbum vom untersten Regal. Es war ein dickes Album mit schweren braunen Deckeln. Sie setzen sich auf die Bettkante.

„Schau mal hier", sagte Martina und lud Bernd ein, sich neben sie auf die Bettkante zu setzen. „Da bin ich zwei Jahre alt."

Bernd hatte sich neben sie gesetzt. Sie zeigte ihm Seite für Seite ihre gesamte Verwandtschaft. Er nickte und sagte hin und wieder „Aha" und „das ist aber schön" und „wer ist das denn?" Sie lachte ständig und hörte nicht auf zu erklären.

„Ist deine ganze Familie so fröhlich wie du?", fragte Bernd schließlich, als sie das Fotoalbum zuklappte.

„Meine Eltern sind gestorben", Martina wurde ernst, „als ich noch klein war. Ich bin bei meiner Tante und bei meinem Onkel aufgewachsen. Hilde und Paul Baum heißen die. Sie wohnen in Dortmund und sind ganz normal. Um mich haben sie sich immer gut gekümmert, besonders mein Onkel."

„Dann hast du deine Heiterkeit offenbar von deinen leiblichen Eltern geerbt?"

„An die kann ich mich nicht erinnern. Aber es könnte sein, dass ich diese Fröhlichkeit auch aus einem anderen Leben herüber nahm."

Martina lachte wieder. Es war kein albernes oder verlegenes Lachen. Es war einfach ein fröhliches Lachen, wie es Menschen an sich haben, die sich des Lebens freuen. Doch Bernd wusste nicht recht, etwas damit anzufangen. War sie etwa irre? Schon wieder sprach sie von früheren Leben. Die Eltern verloren, als sie noch klein war. So etwas hinterlässt oft ein Trauma, dachte Bernd. Ihre Fröhlichkeit könnte aufgesetzt sein. Verbargen sich darunter Hass und Verzweiflung? Sollten ihre Tante und ihr Onkel sie doch nicht so gut behandeln, wie sie behauptete. Womöglich hasste sie die beiden und versteckte alles unter einem fröhlichen Gesicht. Der erste Eindruck soll ja oft der Richtige sein, kam Bernd in den Sinn. Aber was war sein erster Eindruck gewesen? In der Uni, bei der Seitz hatte er sie kennen gelernt. Dort hatte sie normal gewirkt. Höflich, freundlich, lächelnd, normal eben, bis auf diese Seelenwanderungsgeschichte. Und bei der Kaufhausbeobachtung, da sprach sie plötzlich von früheren Leben. So ein Quatsch. Wo es um rein sachliche Fakten ging, brachte sie so einen Blödsinn ein. Und nun redete sie schon wieder von einem früheren Leben.

„Studierst du etwa auch BWL?", wollte Bernd wissen.

Sie hatte das abwertende „etwa auch" überhört, oder wollte nicht darauf eingehen. Als es heraus war, wurde Bernd bewusst, dass er ihr damit unterstellte, nicht qualifiziert genug zu sein, um Betriebswirtschaftslehre zu studieren. Sie schien die Spitze nicht zu bemerken. Denn in ihrem Gesicht gab es keine Trübung. Beinahe fröhlich beantwortete sie seine Frage.

„Ne, ich hab mich bei den Romanisten eingeschrieben. Schwerpunkt Französisch, Nebenfach Spanisch. Na ja, und da braucht man auch ein paar Pädagogikscheine. Deshalb bin ich jetzt bei der Seitz. Mein Onkel hätte es zwar gerne gesehen, wenn ich in die Wirtschaft eingestiegen wäre. Aber das liegt mir nicht. Mit Sprachen kann ich mehr anfangen. In früheren Leben habe ich ja auch andere Sprachen gesprochen. Und du? Was studierst du im Hauptfach?"

„Im früheren Leben auch schon andere Sprachen gesprochen ...", echote durch Bernds Gehirnzellen. Lebte sie überhaupt im Jetzt? Ununterbrochen sprach sie von früheren Leben und was sie da bereits angestellt hatte. Bernd sah Martina an und erinnerte sich an ihre letzte Frage, nämlich, was er studiere.

„BWL, wie die meisten hier."

„Und da braucht man auch einen Pädagogikschein?"

„Mich haben diese elterlichen Erziehungsstile interessiert. Ob ich den Schein brauche, weiß ich noch nicht. Ich habe die Absicht Betriebswirt zu werden."

„Mit Master oder Doktor?"

„Wenn's geht beides. Wollen mal seh'n. Ich bin ja erst im dritten Semester."

„Und ich erst im zweiten."

Das Telefon klingelte. Martina erhob sich und ging zum Schreibtisch, um abzuheben. Sie meldete sich und horchte schweigend in den Hörer. Bernd sah, wie ihr Gesicht ernst wurde. Martina setzte sich auf den Stuhl am Schreibtisch und wandte ihm den Rücken zu.

„Ja ich bin noch da", sagte Martina leise nach einiger Zeit. „Das, das ... ist ja furchtbar, Tante Hilde. Wie konnte das nur passieren?"

Wieder Stille.

„Ich ruf dich später noch einmal an", sagte Martina. „Ich habe gerade Besuch. Ich komme gleich morgen zu euch."

Martina verabschiedete sich und legte auf. Sie blieb regungslos am Schreibtisch sitzen.

„Ist was passiert", fragte Bernd leise.

Martina drehte sich um. Ihre Augen starrten ins Leere.

„Tante Hilde hatte einen Autounfall."

„Schlimm?"

Sie nickte.

„Ist sie ...?" Bernd mochte die Frage nicht aussprechen. Er sah, wie Martinas Augen feucht wurden und wusste nicht, wie er reagieren sollte. Am liebsten hätte er sie nun in den Arm genommen. Trotz ihrer Geschichten mit den früheren Leben war sie ihm auf irgendeine Weise sympathisch geworden. Aber sie kannten sich ja faktisch überhaupt nicht. Vor einigen Minuten war er in ihre Wohnung gekommen. Davor hatten sie zwei Stunden geschäftig Eltern mit Kindern im Kaufhaus verfolgt. Nein, praktisch wusste Bernd nichts von ihr, außer, dass sie an frühere Leben glaubte. Das war entschieden zu wenig, um sie in den Arm zu nehmen. Auch wenn sie gerade erfahren hatte, dass ihre Tante verstorben war. Schäbig wäre er sich vorgekommen. Wie einer, der die Schwäche eines anderen zu seinen Gunsten brutal ausnutzt. Unschlüssig erhob Bernd sich.

„Ist das die Tante, die dich aufgezogen hat?"

„Ja."

„Das, das tut mir leid", brachte er leise hervor und wünschte sich weit weg. Noch nie hatte in seiner Gegenwart jemand vom Tod eines nahen Verwandten erfahren. Martina saß immer noch starr auf dem Schreibtischstuhl und sah ins Leere.

„Kann ich etwas für dich tun?", fragte Bernd.

„Nein, ich glaube nicht", sagte sie nach einer unendlichen Zeit leise. „Ich werde morgen nach Dortmund fahren."

„Soll ich die Aufnahmen abtippen?", fragte Bernd und erinnerte damit an ihre wissenschaftlichen Beobachtungen im Kaufhaus.

„Nein, nein. Das mach ich schon. Hab ich doch versprochen. Wird ja auch erst in vierzehn Tagen gebraucht. Bis dahin bin ich längst wieder da. Tut mir leid. Lass uns ein andermal Tee trinken. Hier ist meine E-Mail-Adresse. Schick mir bitte die Datei mit den Tonaufzeichnungen." Sie reichte ihm einen Zettel.

Bernd wusste nicht, was er tun oder sagen sollte. Schließlich gab er ihr seine Handynummer und verabschiedete sich steif.

Bereits im Treppenhaus wunderte er sich über sein Verlangen, Martina in den Arm nehmen zu wollen. Hätte er es doch tun sollen? Wie hätte sie reagiert? Nun heulte sie gewiss und war allein. Sollte er zurückgehen, versuchen sie zu trösten? Aber dieser Gedanke kam ihm erst, als er im Auto saß und heimfuhr. Er schüttelte ihn ab und gab Gas.

Ein neues Ziel

Nachts wachte Bernd auf. Hatte er geträumt, oder einfach nur nachgedacht? Hellwach überlegte er, ob er aufstehen sollte, weil es etwas zu erledigen gäbe. Auf der Straße fuhr langsam ein Auto vorbei. Durch die beiden Zimmerfenster drang das Scheinwerferlicht. Wie erleuchtete Fenster wanderten deren Abbilder über die Zimmerdecke und verschwanden im Nichts.

Wieso nahm Martina an, schon einmal gelebt zu haben? Offensichtlich war sie absolut überzeugt davon. Wieso glaubten viele andere Leute ebenfalls daran, schon einmal gelebt zu haben? Es handelte sich doch einfach nur um eine Religion, die man annehmen, oder ablegen konnte. Eine Täuschung. Oder doch nicht? Es müsste doch leicht nachzuweisen sein, ob jemand schon einmal gelebt hatte.

Hatte das noch niemand nachgewiesen? Klar, weil es keine weiteren Leben gab. Für Bernd stand fest, jeder Mensch lebt nur ein einziges Mal. Dann ist Schluss. Welchen Sinn sollte es auch machen, immer und immer wieder in einem anderen Körper auf der Erde zu leben? Um vollkommen zu werden? Blödsinn, es gab keine vollkommenen Menschen. Man lebte, zeugte neues Leben, vererbte einiges, und starb dann. Für immer. Aber woher kam seine Überzeugung? Weil er es sich anders nicht vorstellen konnte?

Bernd horchte in die stille Nacht. Die Leuchtpunkte seiner Armbanduhr zeigten auf etwa sechs Minuten vor drei Uhr. Dann hörte er die Kirchturmglocken und zählte die Schläge mit. Drei Uhr nachts.

Martina strahlte eine natürliche Schönheit aus. Fröhlich hatte er sie kennen gelernt. Aber auch ernst, als der Anruf einging, dass ihre Tante gestorben sei. Blöd hatte er sich benommen, beurteilte Bernd nun nachts im Bett sein Verhalten. Er hätte sie in die Arme nehmen sollen. Wieso hatte er nur dumm dagestanden? Der Tod, ja der Tod, ein elendes Tabu. Hatte schon jemals jemand mit ihm darüber gesprochen? Jeder musste sterben. Absolut natürlich wie Luft holen. Aber niemand sprach darüber. Auf der Fahrt zur Uni hatte er sich genähert, der Tod. Später sah er, wie Martina reagierte, als sie vom Tod erfuhr. Am selben Tag begegnete ihm gleich zweimal der Tod. Zufall? Natürlich Zufall, einfach Schicksal. Jeden Tag gab es Autounfälle. Jeden Tag starben Menschen. Nur weil er am Vortag dem Tod zweimal nahe gewesen war, brauchte er sich doch nichts Besonderes einbilden.

Doch es beschäftigte weiterhin seine Gedanken. Was geschah, wenn Menschen starben? Hatte jeder eine Seele, die sich vom Körper trennte und dann weiter existierte? Wenn dem so war, dann schlüpfte diese Seele auch auf irgendeine Weise in den Leib. Und wenn sie weiter existierte, dann könnte sie ja auch wieder in einen Körper schlüpfen. Wieso nicht?

Bernd warf sich in seinem Bett auf die andere Seite. „Alles Quatsch!", sagte er laut in die dunkle Nacht und versuchte wieder zu schlafen.

Martina hatte ihn nach den Beobachtungen im Kaufhaus in ihre Wohnung eingeladen, auf einen Tee. Wie hätte sie ihm noch deutlicher sagen können, dass sie ihn mochte? Wie ein Idiot hatte er sich benommen und nichts bemerkt. Und dann der Anruf. Verdammt, welch eine Gelegenheit, sie in den Arm zu nehmen und zu trösten. Bernd wälzte sich auf die andere Seite. Wie konnte er diese Chance verpassen? Manches ereignet sich im Leben nur einmal. Wenn man da nicht zugreift, hat man es für immer vermasselt. Nein, manchmal ist Scheitern auch eine gute Chance, drängte sich ein Gedanke aus dem Hinterhalt in seine Überlegungen.

Lichtstreifen zogen an der Decke durchs Zimmer von einem vorbeifahrenden Auto. Ach ja, ihre festen Wurzeln in anderen früheren Leben, die hatten ihn irritiert, fiel Bernd ein. Richtig, wenn sie nicht derart blöde, total unpassende Bemerkungen während der Beobachtungen gemacht hätte, dann, ja dann hätte er sie sicher in den Arm genommen. Obwohl, sie kannten sich kaum. Aber ihre Aussagen über frühere Leben, die standen dann wie eine Mauer zwischen ihnen. Wohl besser, wenn er sie nicht mehr sah. Vermutlich gehörte sie irgend so einer finsteren Sekte an, der sie blind folgte.

Nein, es gab keine früheren Leben. Und nach dem Tod gab es wahrscheinlich auch kein weiteres Leben. Er sollte noch einmal mit ihr darüber reden. An der Uni und im Seminar würde er Martina ohnehin noch oft treffen. Das ließ sich nicht vermeiden. Ein ernsthaftes Gespräch müsste er mit ihr führen. Das wäre doch gelacht, wenn er diese bildschöne Studentin nicht davon überzeugen könnte, dass es keine früheren Leben gibt. Dass sie jetzt und hier lebte, und das sie dieses Leben genießen sollte, und zwar in vollen Zügen. Das ist wichtig.

Nach diesem Entschluss schlief Bernd wieder ein. Am folgenden Tag rauschten die Vorlesungen an ihm vorbei. Er musste sich anstrengen, um allein den Titel des Themas mitzubekommen. Dieser seltsame Zustand der Geistesabwesenheit hielt Tage hindurch an. Wenn ihn jemand ansprach, bedurfte es einiger Sekunden, bis er begriff, wer ihn angesprochen hatte. Eine nicht beleidigend wirkende Reaktion, eine Gegenfrage, hatte er sich zurechtgelegt: „Ja, bitte schön?" Diesen Satz konnte man immer anbringen, ohne unhöflich zu wirken.

„He ich bin's, Rolf. Übst du jetzt schon den zerstreuten Professor?"

Bernd sah seinen Freund von der germanistischen Fakultät fragend an.

„Hallo. Was gibt's?"

„Nichts, muss in die Vorlesung über Rilke. Aber da wir uns schon mal treffen: Was gibt's Neues aus dem Jenseits?"

„Hör bloß auf." Bernd winkte ab. Rolf grinste und eilte davon, in den anderen Flügel des Schlosses.

Bernd sah in die Ferne, ohne dort etwas zu erblicken. Sie hatte ihn gepackt, die Liebe. Wie hatte das geschehen können? Wieso hatte er sich in Martina verliebt? Er kannte sie weniger als seinen Onkel, den er letztes Jahr zu Weihnachten kennen gelernt hatte. Er war ihr nicht nachgelaufen. Kein draufgängerischer Smaltalk. Die Seitz hatte sie ihm zugeteilt. Er hatte sie nicht auf ein Glas eingeladen. Sie hatte ihn zum Tee gebeten, den es dann doch nicht gab. Dafür Fotos der Verwandtschaft, als würde er bald zur Familie gehören.

„Ach was, da musst du jetzt einfach durch", hatte Bernd zu sich selbst gesagt. „Das vergeht schon wieder." Und er gab sich dem Gedanken hin, dass er morgen schon nicht mehr an Martina denken würde. Warum sollte er auch? Er wusste kaum etwas über sie. Nichts besonderes, dass man sich gelegentlich verliebt. Es passierte ihm nicht das erste Mal. Morgen, morgen war bestimmt alles vorbei. Er brauchte nur abzuwarten.

Vor kurzem erst habe ich mit Petra Schluss gemacht, dachte Bern. Nein, umgekehrt. Sie hatte gesagt: „Das war's dann mit uns." Spielte im Grunde aber keine Rolle oder doch. Bernd stockte. Der Autounfall, beziehungsweise Beinaheunfall. So etwas durfte ihm nicht noch einmal passieren.

Petra war nun endgültig aus Bernds Leben verschwunden. Dafür pendelte Martina jetzt in seinem Kopf. Das Pendeln hatte eine hohe Frequenz erreicht, ein einziges Brummen. Ein angenehmes Geräusch. Eher ein Summen wie von einem Auto, mit dem man in Urlaub fährt. Links und rechts der Straße fliegen neue Bilder vorbei. Der Motor summt leise, sanft wie unter der Haube einer großen Limousine. Erwartungsvoll nähert man sich dem Urlaubsziel. Der Motor summt. Er muss summen. Ohne das Summen des Motors keine Freude, kein Urlaub. Doch Bernd fuhr nicht in die Ferien. Das Wintersemester hatte vor fast zwei Monaten begonnen. Es war Ende Oktober, ein lausiger, nassstürmischer Oktober. Aber im Kopf das liebliche Summen. Links und rechts flogen Bilder aus Martinas Fotoalbum vorbei. Martina als Baby nackt auf einem Fell. Martina als zwölfjährige am Nordseestrand. Martina mit ihrer Abiturientenklasse vor dem Schulgebäude in Dortmund. Martina im Bikini in der Badeanstalt. Martina, Martina, Martina ...

Verdammt, was war nur passiert? Bernd hatte sich in der Mensa am heißen Kaffee die Lippen verbrannt. Martina hatte schöne Lippen. Es waren die schönsten Lippen, die er je gesehen hatte. Nächste Woche würde er sie wieder sehen. Im Seminar bei der Seitz. Musste er so lange durchhalten?

Nicht rein zufällig ging er an dem alten Kasten vorbei, in dem Martina ihr Appartement hatte. Seine Hand gehorchte ihm nicht mehr. Der große Zeigefinger drückte frech auf den Klingelknopf. Nichts tat sich. Keine Stimme drang aus der Haussprechanlage, nicht einmal ein Knacken. Bernd hatte ein Ohr auf den Lautsprecher gelegt. Der elektrische Türöffner surrte nicht.

Ebenfalls rein zufällig verirrte Bernd sich im philologischen Flügel des Schlosses. Betont ruhig schlenderte er durch die düsteren Flure der Romanisten. Weit und breit keine Martina. Sie erschien auch nicht im Seminar der Seitz. Einige übereifrige Studenten legten bereits ihre Beobachtungsergebnisse schriftlich vor, obwohl sie erst in einer Woche fällig waren. Vermutlich hielt Martina sich noch in Dortmund bei ihrem Onkel auf. Warum hatte sie ihm nicht ihre Handy-Nummer gegeben? Klar, der Anruf, die Aufregung.

Im Steakhaus I

Warmes Licht drang aus den Lampen mit rotem Schirm, die über jedem Tisch des südamerikanischen Steakhauses hingen. Bernd und Martina nahmen an einem Tisch im äußersten Winkel platz. Niemand sollte sie stören. So hatte Bernd es beschlossen. Nicht nur, weil er in sie verliebt war. Nein, er wollte sie gründlich kennen lernen, weil sie so eine fröhliche und seltsame Lebenseinstellung hatte. Die Fröhlichkeit war aufgrund des Todesfalls in der Familie zwar etwas gewichen, aber immer noch vorhanden. Martinas Glaube an Reinkarnation und frühere Leben machte sie doppelt reizvoll.

„Hallo", hatte Bernd tags zuvor schlicht gesagt und war hinter sie getreten.

Mit einem fragenden Blick hatte Martina sich von der Anschlagtafel abgewandt: „Hallo."

Sie hatte nicht gelächelt. Hatte sie ihn überhaupt registriert? Verunsichert hatte Bernd ein Gespräch begonnen und sie zum Essen eingeladen. Er wollte sie aufmuntern. Der Autounfall ihrer Tante machte Martina offensichtlich weiterhin zu schaffen. Der Polizei sei der Unfall merkwürdig vorgekommen. Praktisch hätte er nicht passieren dürfen. Aber es gab keine Beweise, dass irgendjemand nachgeholfen hätte.

Martina wirkte abwesend und verstört. Eine bildschöne, schweigende Frau. Doch Bernd kannte sie anders. Er erinnerte sich an das helle Lachen, an die Fröhlichkeit vor wenigen Tagen in ihrem Apartment. Wie hatte sie doch gesagt? Aus einem anderen Leben habe sie vermutlich ihre Fröhlichkeit. Sie war von der Wiedergeburt überzeugt. Bernd konnte nicht das Geringste damit anfangen. Er glaubte immer noch nicht an Wiedergeburt und hatte beschlossen, es ihr auszureden, sie davon zu überzeugen, dass das Strohhalme für kurzsichtige Leute seien, die einen zusätzlichen Sinn in ihrem trostlosen Leben brauchten. Alle Religion und Pseudoreligion erschienen Bernd suspekt. Wissenschaftliche Forschung, empirische Erfahrung, das war sein Leben.

Doch jetzt könnte sie ihm helfen, die Wiedergeburt, die früheren Leben. Damit könnte er Martina aufmuntern. Eine witzig gemeinte Bemerkung über das Wetter verpuffte. Martina hatte keine Miene verzogen. Sie hatte schweigsam die Speisekarte studiert. Sachlich hatten sie die Bestellungen aufgegeben. Als der Kellner mit seinem Notizblock verschwand, rollte Bernd das Thema auf.

„Du glaubst also", begann er, „schon einmal gelebt zu haben. Erzähl mir doch bitte davon."

Schlagartig erwachte Martina und sprang in die Gegenwart. Ihre Augen leuchteten auf, diese herrlichen hellblauen Augen. Ja, sie habe schon oft gelebt. Jeder Mensch lebe wieder und immer wieder. Das sei eine ewige Runde.

„Wieso bist du dir so sicher, dass du bereits gelebt hast?"

„Ich kann mich erinnern."

„An dein früheres Leben?"

„Ja. Ich seh' schon, du glaubst mir nicht. Also lassen wir das."

„Ne, ne", wandte Bernd schnell ein, „wieso soll ich dir nicht glauben?" Er war froh, Martina aus ihrer schweigsamen Phase gelockt zu haben, und wollte verhindern, dass sie sich wieder dorthin zurückzog. Doch Frauen durchschauen Männer leichter, als Männer die Frauen. Ihnen kann man nichts vormachen. Sie wissen einfach, woher auch immer, wenn man ihnen etwas vormacht.

„Du glaubst, ich spinne", sagte Martina freundlich.

„Ich bin das gewohnt. Was nicht wissenschaftlich belegt werden kann, wird rundweg abgelehnt."

„Na gut. Ich hab da so meine Vorbehalte. Aber vielleicht kannst du mich ja überzeugen. Wie hast du denn deine Erfahrungen gemacht?"

„In Hypnose. Onkel Hermann, er ist vor drei Jahren an Krebs gestorben, Onkel Hermann hat mich hypnotisiert. Er war Maler, ein richtiger Künstler. Ist aber nicht berühmt geworden, obwohl er hervorragendes Talent hatte. Nebenbei hat er mit allem Möglichen rumexperimentiert. Die Hypnose war nur ein Bereich. Ich mochte ihn. Dreimal hat er mich hypnotisiert und wenn ich dann in Trance war, in frühere Leben zurückgeführt. Das eine Leben spielte im Wilden Westen, ein anderes im dunklen Mittelalter und das dritte bei einem Reitervolk im Fernen Osten."

„Das ist ja interessant." Bernd hatte Mühe nicht zu schmunzeln.

„Ich weiß gar nicht, warum ich dir das erzähle. Da die meisten Leute es nicht ernst nehmen, rede ich selten darüber."

„Doch, doch. Ich nehme es ernst."

Jetzt schmunzelte Martina.

„Nein wirklich", versuchte Bernd seine Überzeugung zu betäuben. „Gerade musste ich daran denken, dass deine Tante ..." Das war nicht gelogen. „Und als was sie wohl wiedergeboren sein mag."

Der Kellner servierte die Getränke. Beide schwiegen, bis er sich entfernt hatte.

„Was hast du denn da so erlebt, in deinem früheren Leben?", nahm Bernd den Faden wieder auf.

„Warum willst du das wissen?"

„Es interessiert mich."

„Wirklich? Du willst dich drüber lustig machen?"

„Wieso? Du bist die Erste, die ich persönlich kenne, und die behauptet, schon einmal gelebt zu haben. Ich hab schon Berichte darüber gelesen und neulich war auch mal ein Fernsehinterview mit so einer Dame, die ebenfalls behauptete, bereits gelebt zu haben. Ich gebe zu, ich glaube nicht daran. Vermutlich gibt es eine andere Erklärung für das Phänomen. Ich will ja gar nicht unterstellen, dass du oder sonst wer flunkert. Das Wissen ist quasi im Gehirn. Doch wie ist es hineingekommen? Schau, Karl May ist weltberühmt mit seinen Romanen geworden. Fast alle Romane spielen in Ländern, die Karl May nie betreten hatte, als er die Geschichten ersann und schrieb. Und dennoch kommen seine Landschaftsschilderungen und die Beschreibungen der Menschen derart anschaulich und präzise daher, dass man meint, er müsse das alles gesehen haben."

„Du glaubst also", unterbrach Martina seine Ausführungen, „dass alle, die von früheren Leben überzeugt sind, eine rege Phantasie haben?"

„Nicht unbedingt. Möglicherweise ist das die Erklärung, vielleicht aber auch nicht. Eventuell gibt es einen völlig anderen Hintergrund für dieses Phänomen."

„Da musst du dich aber gewaltig anstrengen, um mich zu überzeugen."

„Bist du denn bereit, objektiv, oder sagen wir mal, so objektiv als möglich, mit mir das Phänomen früherer Leben zu erforschen. Wir müssten deine vorherigen Leben kritisch untersuchen?"

„Ich habe zwar schon selber einiges nachgeforscht", sagte Martina, „Aber wenn du wirklich interessiert bist, objektiv interessiert bist, können wir es ja mal versuchen."

„Super", Bernd unterdrückte einen Jubelschrei. Das sicherte ihm viele Treffen mit Martina. Und die reine

Wissenschaft würde auch nicht zu kurz dabei kommen. Was konnte er dafür, dass sein Untersuchungsobjekt jung und hübsch daher kam. Das erschien ihm ohnehin nur nebensächlich. Praktisch ohne Bedeutung. Das redete er sich ein und wusste, dass er sich belog.

Bei ihrem ersten Zusammentreffen war Martina äußerst warmherzig aufgetreten. Jetzt verbreitete sie eine distanzierte Kühle. Aber es machte sie nicht unangenehm. Ganz im Gegenteil, sie erschien ihm geheimnisvoller denn je.

„Okay, dann wenden wir uns mal deinen früheren Leben zu. Und du hältst auch wirklich durch?", vergewisserte sich Bernd.

„Keine Angst. Wie willst du denn vorgehen?"

„Als Erstes erzählst du mir alles aus deinen früheren Leben. Möglichst viele Details."

„Aber doch nicht etwa heute?"

„Ne, ne. Wir können uns Zeit lassen. Also, nachdem deine früheren Leben auf dem Tisch liegen, sozusagen, suchen wir nach historischen Beweisen für diese früheren Leben, aus anderen Quellen. Gibt es sie, hast du recht. Gibt es sie nicht, habe ich recht. Das heißt, wenn du recht hast, gibt es frühere Leben. Habe ich recht, gibt es keine früheren Leben."

„Halt, halt", unterbrach Martina. „Wenn du keine historischen Beweise findest, heißt das noch lange nicht, dass es keine Beweise gibt. Es könnte vielmehr bedeuten, dass keine historischen Quellen mehr vorhanden sind, oder aber dass du nicht gründlich genug gesucht hast."

Bernd spitzte die Lippen. Da hatte sie recht. Er schaute auf den Tisch, trank einen Schluck aus seinem Glas, stützte die Ellenbogen auf und legte eine Hand über den Mund.

„Okay. Das stimmt", sagte er. „Falls wir aber historische Beweise finden, hättest du recht. Vielleicht stoßen wir bei den Untersuchungen aber auch auf andere Aspekte. Irgendwie fasziniert mich die Thematik. Komisch. Früher hat mich so etwas überhaupt nicht interessiert. Aber seit neulich auf der Autobahn."

Auf Martinas Frage berichte er von seinem Erlebnis, bei dem er beinahe einen Unfall verursacht hatte.

„Am meisten hat mich die Tatsache fasziniert", sagte Bernd, „dass ich in Todesnähe keine Angst hatte. Alles war nüchtern und sachlich. Mein Herz bibberte erst, nachdem alles vorbei war und gar keine Gefahr mehr bestand. Aber nun zu deinen Leben. Am besten, wir fangen gleich an. Bist du bereit?"

Der Kellner näherte sich mit dem Essen und servierte. Bernd betrachtete mit leuchtenden Augen auf sein prächtiges T-Bone Steak. Martina schnupperte an ihren Lammkoteletts. Jeder kostete zuerst von seinem Teller. Dann begann Martina von ihrem Leben beim Reitervolk zu berichten.

„Dort steckte ich nicht im Körper einer Frau, sondern lebte als junger Mann, ein Draufgänger, der auf dem Rücken eines Pferdes seinen Lebensunterhalt bestritt. Beim Reitervolk hörte ich auf den Namen Schmono. Während der Rückführung schaute ich in eine Zeit, als ich dort etwa zwanzig Jahre alt war."

Beim Reitervolk

„Vor mir ergoss sich die weite Ebene der Steppe", begann Martina ihren Bericht. „Am Horizont stiegen flache, violett und blau schimmernde Berge empor, von denen ein milder Frühlingswind wehte. Ich galoppierte auf einem kleinen, dunkelbraunen Pferd. Die buschige Mähne flatterte im Wind. Ein gutes Tier, ich glaube mein bestes. Verglichen mit den übrigen Pferden hatte es einen großen Körper und einen großen Kopf, wie man es in unserem Volk schätzte. Seine Zähne sauber und wohlvertieft, die Nase gebogen, die Nüstern weit, die Stirn hoch, die Ohren dicht angesetzt, die Brust breit und das Brustbein gewölbt.

Der Winter zog sich gerade zurück. Hier und da gab es noch Schnee in leichten Vertiefungen. Doch frisches Grün schoss bereits aus dem Boden hervor. Die ersten kleinen, weißen Blüten einer Blume, die ausgiebig verbreitet wuchs und deren Namen ich nicht mehr weiß, blitzten wie Sterne auf der Ebene.

Rund fünfhundert Männer, Frauen, Kinder und Sklaven gehörten zu unserem Stamm. Sklaven hatten wir allerdings nur wenige. Etwa zwanzig.

Ich kam von einem Erkundungsritt zurück. Ich hatte ein Tal, besser gesagt, ein großes Becken entdeckt, in dem das Gras dichter stand und wo bereits neben den weißen auch lila und gelbe Blumen hervorkamen. Es sah unberührt aus. Womöglich hatte es vor mir noch nie ein Mensch betreten. Jedenfalls fand ich keine menschlichen Spuren dort.

Den Winter über hatten wir am etwas tiefer gelegenen Ufer eines ruhigen Flusses, der die Ebene durchzog, in unseren Jurten gelebt. Rauer Wind und Schnee fegten zuvor über uns hinweg. Ein dunkler Schatten in der

Ebene verriet mir die Position des Lagers. Einige Bäume direkt am Flussufer ragten mit ihren Kronen hinaus in die Ebene und warfen diesen Schatten. Von weitem sahen sie wie niedrige Büsche aus.

Im Lager begrüßte man mich mit lauten Willkommensworten. Ich ritt sofort zu meinem Vater. Als Oberhaupt unserer Sippe wohnte er in der größten Jurte, bei der ich mein Pferd laufen ließ. Es würde sich nicht weit entfernen und auf meinen Pfiff sofort angetrabt kommen. Gleich musste ich erzählen, ob ich eine gute Lagerstelle gefunden hätte. Mein Vater wollte keinen ausführlichen Bericht, sondern nur eine kurze Information. Ich berichtete in wenigen Worten von der Ebene, die ich im Süden entdeckt hatte und erfuhr dann, dass mein Bruder Kalo bereits gestern zurückgekommen sei und ebenfalls ein grünes Tal gefunden habe, im Norden.

Mein Vater trat vor die Jurte und sagte zu den Leuten, die sich neugierig nach meiner Ankunft eingefunden hatten, dass wir abends am Feuer einen ausführlichen Bericht hören sollten. Danach entscheide man, ob wir nach Norden, in das Tal, das mein Bruder Kalo gefunden hatte, oder ob wir nach Süden ziehen sollten in die Ebene, die ich entdeckt hatte.

Abends zündeten die Männer große Feuer an und schlachteten drei Schafe. Das Fleisch rösteten sie über der Glut. Dazu tranken wir gegorene Stutenmilch aus den Schädeln getöteter Feinde. Ich besaß fünf weiße Schädel. Alle von Männern, die ich selbst im Kampf mit Pfeil oder Dolch ins Jenseits befördert hatte.

Am Feuer der Stammesältesten berichtete ich ausführlich über die weite, grüne Ebene im Süden. Auch mein Bruder berichtete noch einmal über das Tal im Norden. Die Ältesten stellten Fragen. Wie weit das Tal entfernt sei. Wie hoch das Gras stände. Welche Blumen bereits blühten. Wie dicht das Gras wüchse. Wie breit und tief der Fluss sei. Ob es Fische im Fluss gäbe. Und vieles mehr.

Alle stimmten darin überein, dass wir den jetzigen Lagerplatz verlassen mussten. Im letzten Sommer hatten unsere Pferde-, Rinder- und Schafherden alles abgegrast. Die Ebene um uns gab nicht genügend für einen weiteren Sommer her. Die Natur musste sich erholen. Viele weibliche Tiere trugen bereits Nachwuchs in ihrem Bauch, würden demnächst werfen und unsere Herden vergrößern.

Einige Stammesälteste begeisterten sich für das Tal, das mein Bruder gefunden hatte. Andere stimmten für die Ebene, die ich entdeckt hatte, weil sie geeigneter für unseren Stamm sei. Man debattierte und trank gegorene Stutenmilch.

Spät in der Nacht breitete unser Schamane auf einem Ziegenfell ein paar Knochen vor sich aus. Es handelte sich um einige Knochen von den Schafen, die wir verzehrt hatten. Sie waren fein säuberlich abgenagt worden. Nicht einmal Knorpel konnte man mehr daran finden. Alles Gespräch verstummte. Selbst die Kinder, falls sie nicht schon schliefen, hielten die Luft an. Alle lauschten der Stille der Nacht, einem feinen Rauschen des sanften Windes über die weite Ebene, durch das flache Tal und um die Jurten. Aus der Feuerglut züngelten nur noch winzige Flämmchen.

Der Schamane murmelte vor sich hin und machte rhythmische Bewegungen mit dem Oberkörper, vor und zurück, vor und zurück. Immer wieder. Er saß im Schneidersitz vor der heißen Glut. Zwischen ihm und den glühenden Kohlen lagen die Knochen ausgebreitet. Nach den langen Gesprächen stimmte eine knappe Mehrheit für die Ebene im Süden. Jene Ebene, die ich gefunden hatte.

Nun musste der Schamane die Götter befragen. Durch die Knochen sollten die himmlischen Wesen ihm ihre Meinung kundtun. Niemand zweifelte an dem Vorgehen. Was immer der Schamane verkündete, dem stimmte man zu.

Tschingo, so hieß unser Schamane, schaukelte eine ganze Zeit mit seinem Oberkörper vor und zurück. Er hatte die Augen geschlossen. Plötzlich öffnete er sie weit und ergriff einen der Knochen. Tschingo betrachtete den harten Rest eines Hammelunterschenkels in seiner Hand, als sei es das erste Gebein, das er je zu sehen bekam. Dann warf er den Knochen in die rote Glut. Es zischte ein wenig und kleine Qualmfahnen stiegen auf. Angestrengt beobachte Tschingo den Knochen in der Glut. Dann nahm er nach und nach weitere Knochen und warf sie ebenfalls in die Glut. Wieder beobachtete er mit starren Augen, wie sich die Knochen im Feuer verhielten. Niemand sprach ein Wort. Schließlich lagen alle Gebeine in der Glut. Als keine Qualmwölkchen mehr aufstiegen und die Skelettreste sich nicht mehr von der übrigen Glut unterschieden, erhob Tschingo sich. Er streckte seine Arme gen Himmel, stieß einen kurzen, tiefen Schrei aus und setzte sich wieder vor die Glut.

Die Ältesten legten getrocknete Kuhfladen und Pferdeäpfel auf die glimmende Feuerstelle. Flammen schossen empor und erhellten wieder die Nacht. Dann gab Tschingo den Willen der Götter bekannt:

Zieht in die Ebene im Süden, sagen die Götter. Das Tal ist das beste für uns. Allerdings sagten sie mir auch, dass es Probleme bei der Besiedlung gäbe. Wir müssten um das Tal kämpfen. Doch die Empfehlung der Götter ist eindeutig: Die Ebene im Süden!

Unsere Gemeinschaft sollte also in den Süden ziehen. In jenes flache Tal, das ich entdeckt hatte. Die Ältesten berieten, welcher Art von Schwierigkeiten sie voraussichtlich bekämpfen müssten. Sie fragten den Schamanen. Tschingo wusste es nicht. Die Götter hatten es nicht verraten. Die Männer befragten mich noch einmal ausführlich. Ob ich Menschen in der Ebene getroffen hätte. Ob es Reste von Lagerplätzen gab. Ich beteuerte noch einmal, dass es in der Ebene keine Siedlung gab und das ich auch keine Überreste eines Lagerplatzes gefunden hätte.

Der Häuptling, mein Vater, entschied dann, dass am nächsten Tag eine Gruppe von fünfzig Männern zu der Ebene aufbrechen sollte. Sie sollten den Platz im Tal ansehen, den ich für unser neues Lager empfohlen hatte und prüfen, ob es offenkundig noch einen besseren Lagerplatz gäbe. Dann sollten sie alles für das Lager vorbereiten.

Obwohl man in der anschließenden Nacht nur kurz schlief, herrschte bei Morgengrauen reges Treiben. Die Frauen buken frische Fladen. Die Männer beluden Packpferde mit abgebauten Jurten und allerlei Gerät. Schließlich verließen fünfzig Männer zu Pferde das Lager. Jeder hatte ein oder zwei hoch beladene Packpferde hinter sich. Mein Vater und Tschingo, unser Schamane, ritten auch mit.

Wir brauchten zwei Tage, bis wir die Ebene erreichten. Sie lag immer noch unberührt vor uns. Keine Menschenseele weit und breit zu sehen, auch nicht der Rauch eines Lagerfeuers. Die Männer stiegen von ihren Pferde und strichen mit den Händen durch das saftige Gras. Ich führte sie zu dem Flusstal, dass ich für unser Lager ausgesucht hatte. Wir schlugen unsere mitgebrachten Jurten auf, und mein Vater ordnete an, dass wir am nächsten Tag ausschwärmen sollten, um weitere Informationen über die Ebene zu erhalten. Die Sonne hatte sich nämlich bereits dem Horizont genähert, als wir den Fluss erreichten.

Herrlich strahlend ging die Sonne am nächsten Morgen auf und stand wenig später am makellos blauen Himmel. In guter Stimmung frühstückten die Männer und machten sich sogleich für den Erkundungsritt bereit. Wir ließen nur drei Mann im Lager zurück und ritten sternförmig in alle Himmelsrichtungen. Als die Sonne am höchsten stand, trafen wir alle wie verabredet wieder im Lager ein. Jeder berichtete. Zum Schluss stimmte man darin überein, dass der gegenwärtige Lagerplatz der beste für den ganzen Stamm sei. Doch am Abend sollte Tschingo sicherheitshalber die Götter befragen.

Da hörten wir plötzlich näher kommendes Hufgetrommel. Wir bestiegen unsere Pferde und eilten aus unserem niedriger gelegenen Flusstal hinauf, um in die Ebene schauen zu können. Oben sahen wir sie. Etwa einhundert Reiter trabten direkt auf uns zu. Mindestens ebenso viele Packtiere zottelten hinter ihnen her. Wir ritten ihnen langsam entgegen. Sie betrachteten uns mit finsteren Mienen.

Was wir hier wollten. Dies sei ihre Ebene. Wir sollten verschwinden. Der Anführer des fremden Stammes hatte einen großen Säbel. Ich hatte nie zuvor einen größeren gesehen. Er schwang ihn und wiederholte noch einmal, dies sei ihre Ebene. Wenn uns unser Leben lieb sei, sollten wir verschwinden. Unsere Jurten, die Packpferde und was wir sonst mitgebracht hätten, sollten wir da lassen. Sonst – er schwang wieder seinen Säbel.

Sie waren in der Überzahl, doppelt so viele wie wir. Sie waren ebenso gut ausgerüstet wie wir. Jeder Mann trug Pfeil und Bogen. Alle hatten Messer und einige auch Säbel, der Anführer den größten.

Mit ernstem Gesicht ritt mein Vater davon. Wir folgten ihm. Doch für mich stand fest, dass mein Vater sich nicht so einfach vertreiben lassen würde. Die Götter hatten es uns ja gesagt. Wir würden um die Ebene kämpfen müssen. Sie gehörte uns. Absolut sicher. Die Götter hatten es gesagt. Es war unsinnig, dass wir fünfzig Männer auf offener Ebene gegen die Übermacht von einhundert antreten sollten. Also ritten wir erst einmal davon und ließen unsere Jurten und alles übrige im Flusstal zurück.

Als wir außer Sichtweite waren, schlugen wir einen Bogen und näherten uns wieder dem Fluss, an dem die Gegner weiter oberhalb lagerten. Wir tränkten die Pferde, legten eine kleine Pause ein und warteten den Einbruch der Nacht ab. Dann saßen wir wieder auf. Mein Vater schickte meinen Bruder Kalo mit einem weiteren Mann zu unserem alten Lager zurück.

Während die beiden davon ritten, machten wir uns im Schutz des Flusstales auf den Weg zu den Gegnern. Das erwies sich als schwierig. Wir kamen nur langsam voran. Denn oft reichte das Wasser direkt bis an die steile Böschung und wir mussten mit unseren Pferden in den Fluss. Auch wuchsen oft Büsche und Sträucher am Flussufer, was uns am Vorankommen hinderte. Mehrere Male wechselten wir von einem aufs gegenüberliegende Ufer. An einigen Stellen flutete der Fluss tiefer als erwartet. Die Strömung erfasste unsere Pferde und trieb sie ab, leider in die falsche Richtung.

Endlich erspähten wir unseren zuvor eingerichteten Lagerplatz, in dem jetzt die fremden Männer hausten. Sie hatten ein großes Feuer entzündet. Wir ritten aus dem Flusstal hinauf in die Ebene und schossen vom oberen Rand Pfeile auf unsere Feinde im Lager. Aus der Entfernung konnten wir nicht genau treffen. Aber das beabsichtigten wir auch nicht. Die Männer hatten uns offensichtlich nicht erwartet. Ihr Anführer glaubte vermutlich, dass niemand hundert stark bewaffnete Männer angreifen würde, schon gar nicht unsere kleine Gruppe. Nirgendwo hatten wir Wachen entdeckt. Aufgeregt rannten sie zu ihren Pferden. Wir galoppierten derweil in die Ebene hinaus. Wie erwartet, folgten uns die Fremden. Sie galoppierten hinter uns her, soweit es das blasse Mondlicht ermöglichte. Wir schafften es, einen passenden Abstand zwischen uns und ihnen zu lassen. Schon nach einer kurzen Strecke gaben sie auf und ritten zurück. Das hatte mein Vater erwartet. Denn ihre schweißgebadeten Pferde verrieten ihm bei der ersten Begegnung, dass sie offenbar schon den ganzen Tag unterwegs gewesen waren. Mit unseren Pferden hatten wir am Vormittag nur einen gemütlichen Ausritt unternommen. Sie sprangen immer noch wie frisch. Wir machten kein Feuer, um unsere Position nicht zu verraten. Es gab ohnehin nichts Brennbares hinter dem Hügel, wo wir abstiegen.

Unsere Gegner hingegen fühlten sich offenbar immer noch sicher. Sie entfachten das niedergebrannte Feuer erneut. Wir konnten es deutlich sehen. Offensichtlich verbrannten sie eine unserer Jurten. Nun ja, sie zählten ja auch doppelt so viele wie wir, oder mehr. Ich habe sie nicht gezählt.

Kaum dass der Morgen graute, saßen wir bereits wieder auf unseren Pferden. Wir preschten in gehörigem Abstand an unseren Feinden vorbei und schossen wieder einige Pfeile auf sie ab. Sie hatten uns offenbar wieder nicht erwartet, vielleicht hatten sie geglaubt, wir hätten uns in der Nacht davongeschlichen. Doch wir wollten, dass sie uns wieder verfolgten. Das taten sie dann auch. Diesmal gaben sie nicht so schnell auf als in der Nacht zuvor. Den ganzen Vormittag galoppierten sie hinter uns her. Dann konnten wir beobachten, dass sie eine Pause einlegten. Auch wir brauchten eine Pause und lagerte so, dass sie uns sehen konnten.

Der Plan meines Vaters funktionierte. Die Männer, die uns die Ebene streitig machten, verfolgten uns auch am zweiten Tag. An diesem Tag würden wir unser altes Lager erreichen, von dem wir wegziehen mussten. Dort standen einhundertfünfzig ausgeruhte Männer bereit, um die Gegner zu empfangen. Am frühen Nachmittag erreichten wir schließlich unsere alte Ebene. Wir galoppierten schnurstracks auf die Baumgruppe zu und hinunter ins Flusstal zu unseren vertrauten Jurten. Wie erwartet standen dort unsere einhundertfünfzig Mann bereit. Jetzt zählten wir zusammen zweihundert. Zweihundert, davon einhundertfünfzig ausgeruhte Reiter, gegen einhundert Mann, die jetzt schon fast zwei Tage im Galopp hinter uns hergejagten. Wir ließen den Gegner nahe an uns herankommen. Dann gab mein Vater das Kommando zum Angriff. Im Nu stoben wir aus dem Flusstal hinaus auf die Ebene und preschte dem Feind entgegen. Sie erkannten unsere Übermacht, stoppten und wollten fliehen. Doch es war zu spät für sie. Wir hatten sie bereits erreicht und schossen unsere Pfeile ab. Ehe sie es recht bemerkten, hatten wir sie umkreist und schossen alles, was wir an Pfeilen hatten auf sie ab. Als von den Feinden keiner mehr auf dem Pferd saß, begann der Kampf Mann gegen Mann. Auch von uns waren einige verwundet. Aber wir zählten immer noch weit mehr als sie. Der Zufall wollte es, dass der Anführer, der feindlichen Gruppe in meiner Nähe am Boden lag. Von mehreren Pfeilen getroffen, blutete er stark und rang nach Luft. Ich sprang vom Pferd, entriss ihm den Säbel und schlug ihm den Kopf ab. Wir töteten alle unsere Gegner bis auf einen. Ein junger, ängstlicher Mann, nur leicht verletzt, lebte. Er wollte uns das Lager seiner Leute nicht verraten.

Doch nach dem wir ihm einzeln und nacheinander drei Finger von der linken Hand abgerissen hatten, plauderte er. Bereitwillig wolle er uns zum Lager seiner toten Kameraden führen.

Nachdem wir uns eine Nacht ausgeruht hatten, machten wir uns sogleich auf den Weg zum Siedlungsgebiet der fremden Reiter. Nach drei Tagen erreichten wir ihr Lager. Sie hatten nur wenige Kämpfer zurückgelassen, etwa 50 ältere Männer. Für uns nicht schwer, sie zu überwältigen. Wir ließen die Frauen und die kleinen Kinder am Leben. Die Frauen leisteten keinen Widerstand. Es waren einige sehr schöne und junge darunter. Ich nahm zwei von ihnen zur Frau. Bisher hatte ich nur eine Frau gehabt. Jetzt hatte ich drei Frauen. Mit den drei Frauen und dem erbeuteten großen Säbel stieg mein Ansehen in unserem Stamm enorm. Alle sahen in mir bereits das neue Stammesoberhaupt. Doch bis dahin sollten noch viele Sommer vorüberziehen. Mein Vater stand in den besten Jahren und dachte nicht daran, die Leitung abzugeben.

Da wir nun über einen Frauenüberschuss verfügten, nahmen sich auch fast alle andere Männer aus meinem Stamm eine Zweit- oder Drittfrau von den vorgefundenen Frauen. Die übrigen führten wir als Sklaven in unser neues Lager. Mein Vater besaß bereits vor den Kämpfen drei Frauen. Nun nahm er sich noch eine junge, die er gleich in der ersten Nacht in seine Jurte nahm.

Durch die Kämpfe hatten wir nur wenige Männer verloren. Uns fielen die großen Herden der Gegner in die Hände. Dazu gehörten an die tausend Pferde, fünfhundert Rinder und etwa zweitausend Schafe, viele trächtige Tiere darunter. Somit herrschte mein Vater nun über ein wohlhabendens kleines Volk."

Im Steakhaus II

Bernd hatte Martina aufmerksam zugehört, als sie von ihrem Leben beim Reitervolk berichtete. Er hatte nicht unterbrochen. Manchmal fiel es ihm schwer, ein Schmunzeln zu verbergen. Zum Glück hatte Martina ihn nicht ständig angeschaut. Über weite Passagen schloss sie die Augen, als könne sie sich dann besser erinnern.

„Und du hast echt aus Totenschädeln gegorene Stutenmilch getrunken?", fragte Bernd stirnrunzelnd.

„Ja, das war ganz normal."

„Ganz normal?" Bernd unterdrückte ein Kichern. „Kann es sein, dass du zu viele Horrorfilme gesehen hast?"

„Ich hab's ja gewusst, du glaubst mir nicht", wandte Martina sich ab.

„Tut mir leid", entgegnete Bernd schnell. „Ich will mir mehr Mühe geben, sachlich zu bleiben. Aber du musst doch zugeben, dass das alles recht unwahrscheinlich klingt. Wie groß war denn der Säbel, den du da erbeutet hast?"

„Etwa so." Martina zeigte über dem Tisch mit ihren beiden Händen eine Distanz von etwa fünfzig Zentimetern.

„Und wie ging die Geschichte dann weiter?", wollte Bernd wissen.

„Das weiß ich nicht. In der Hypnose hatte ich nur einen Einblick in mein früheres Leben. Ich habe nicht das ganze Leben gesehen. Auch weiß ich nicht mehr alles ganz genau. Aber die Erinnerung ist da, wie jede andere Erinnerung auch."

„Wieso weißt du nicht mehr alles genau?", fragte Bernd.

„Ich hab mir halt nicht alles so genau gemerkt. Kannst

du dich noch genau an unsere Beobachtungen im Kaufhaus erinnern?"

„Ja, natürlich."

„So, dann erzähle mal. Der zweite Junge, den wir beobachteten, was für eine Mütze hatte der auf? Welche Form? Welche Farbe?"

„Wieso Mütze?"

„Na ja. Du kannst dich doch genau erinnern."

„Ach, solche Details."

„Siehst du. Und genau so geht es mir. Ich weiß genau, dass ich dort war, bei dem Reitervolk. Das ich einer von ihnen war, dass ich gekämpft habe und über die Steppe galoppiert bin. Ich weiß auch noch viele Details, aber eben nicht alle. Das ist nicht wie bei der Erinnerung an einen Traum, wo irgendetwas verschwommen, anderes klar, wieder anderes verwirrt in Erinnerung ist. Nein, es ist alles klar und kontinuierlich in der Erinnerung. Ich weiß sogar einige Dinge, die ich damals und heute weiß, obwohl ich sie nicht gesehen oder sie mir jemand erläutert hätte. Zum Beispiel, wer mein Vater war. Das wusste ich einfach. Ich kann mich an keine Szene erinnern, in der mir jemand sagte: Das ist dein Vater. Ich wusste es sicher."

„Okay. Stimmen denn deine Erlebnisse mit Aufzeichnungen überein, die aus anderen Quellen stammen?"

„Das ist jetzt deine Sache. Da musst du nun nachforschen."

„Kanntest du Dschingis Khan?"

„Nein, den Namen habe ich in Hypnose nicht gehört. Von Dschingis Khan habe ich nur im Geschichtsunterricht gehört. In diesem, dem jetzigen Leben."

„Lerntest du irgend welche anderen Personen kennen, in deinem früheren Leben? Leute, die in Geschichtsbüchern stehen. Bist du ihnen begegnet?"

„Nein. Ich weiß auch nur die Episode aus dem früheren Leben, die ich jetzt geschildert habe. Ich weiß nicht, was vorher war oder was danach kam. Wie lange ich gelebt habe. Wie ich gestorben bin. Ob ich Häuptling wurde. Das weiß ich alles nicht."

Unterdessen war es spät geworden. Es saßen nur noch an zwei Tischen Gäste im Steakhaus.

„Okay", sagte Bernd. „Wir machen für heute Schluss. Ich werde mir heute Abend Notizen machen über das, was du mir erzählt hast. Dann werde ich über die Reitervölker nachforschen. Wenn du irgendetwas erzählt hast, was nicht mit archäologischen Funden übereinstimmt, oder gegen historische Überlieferungen verstößt, haben wir den Beweis, dass du geträumt hast. Dann sind deine Erlebnisse reichlich fragwürdig. Das musst du zugeben."

„Führe erst einmal den Beweis."

„Ich meine, wenn du wirklich gelebt hast, früher gelebt hast. Dann müsste doch das, was du erzählt hast, sich alles irgendwie beweisen lassen. Wenn auch nicht bis in alle Einzelheiten. Mal sehen, was die Reitervölker an schriftlichen Aufzeichnungen hinterlassen haben. So werden wir herausfinden ob es diesen, wie hieß er doch gleich ...?"

„Schmono."

„Ob dieser Schmono tatsächlich gelebt hat. Auch das, was du da an Verhalten und Gebräuchen geschildert hast. Was ihr getan habt. Das kann man bestimmt anhand historischer Quellen belegen. Darüber werden wir uns noch unterhalten müssen. Außerdem sagtest du, dass du dich an zwei andere Leben erinnerst."

„Richtig. Aber die erzähle ich heute nicht mehr. Da treffen wir uns ein andermal."

Bernd und Martina verließen das Restaurant und steuerten zu Fuß durch die Mannheimer Quadrate auf

Martinas Wohnung zu. An der Haustür reichte Martina Bernd ihre Hand.

„Ich muss morgen früh aufstehen. Machs gut. Es war ein schöner Abend mit dir."

Bernd hatte gehofft, sie würde ihn hinauf bitten, auf einen Tee. Sie tat nichts dergleichen. Schade, dachte er.

Rolf

„Du als Germanist hast doch schon viel gelesen und kennst dich in den örtlichen Bibliotheken besser aus als ich. Wo finde ich am schnellsten etwas über Dschingis Khan und seine Zeitgenossen?"

Bernd hatte die Frage so beiläufig als möglich beim Essen in der Mensa formuliert. Er wollte übereifriges Interesse seines Freundes Rolf vermeiden. Doch Rolf blieb für den Bruchteil einer Sekunde der Löffel mit Erbsensuppe im Munde stecken. Langsam zog er ihn heraus und wandte sein Gesicht Bernd zu.

„Sagtest du Dschingis Khan?"

„Ja, sagte ich."

„Wird der jetzt in Betriebswirtschaft gelesen?"

„Nee."

„Und?"

Rolf ergab mit seinen 182 Zentimetern eine stattliche Erscheinung. Niemand hätte in seiner Gegenwart gewagt, von Fettpolstern zu sprechen. Man konnte ihn sich als schwergewichtigen Ringer vorstellen und behandelte ihn entsprechend respektvoll. Nun hatte er sich ganz seinem Freund Bernd zugewandt. Unter der Last seines Gewichtes musste auch der Stuhl die Drehung mitmachen. Das Stuhlbein quittierte es mit einen widerspenstigen, knarrenden Laut.

„Wieso, siehst du mich so an?", fragte Bernd.

„Nun ja, bisher glaubte ich, dass Volks- und Betriebswirtschaft das einzige seien, was dich interessiert. Sicher, Dschingis Khan mischte Asien auf und die Reiter galoppierten bis Europa. Ihn für die heutige Zeit zu Rate zu ... Halt, stop! Du hast wohl ein Ei auf dem Dach. Willst mich hier dummsülzen. Was empfang ich denn da für

Vibrationen? Deine Tussi hat dich offensichtlich gefaltet."

„Musst Du immer mit fragwürdigen Wörtern um dich werfen, die du irgendwo aufgeschnappt hast?"

„Ich prüfe sie auf ihre Alterstauglichkeit," erwiderte Rolf mit hochgezogenen Augenbrauen. „Die Mainstream-Germanisten kümmern sich nicht darum. Dabei treffen sie oft den Nagel auf den Kopf, die Buchstabenperlen. Etliche Begriffe werden bestimmt in den Duden aufgenommen. Die Mückenmörder in der Redaktion kommen halt immer signifikant spät in die Hufe." Er tauchte den Löffel wieder in die Erbsensuppe.

„Bleib cool. Gib zu, du hast keine Ahnung von den asiatischen Reitervölkern", nahm Bernd den Gesprächsfaden wieder auf.

„Ha ha. Ich heb' gleich ab. - Na gut. Bevor du mich weiter nervst, über Dschingis Khan kann man überall was finden. Es kommt darauf an, was du genau suchst. In der Hauptbibliothek findest du unter den Stichwörtern Asien, China, Mongolei, Reitervölker und freilich Dschingis Khan einiges. Worauf stehst du denn?"

„Am liebsten wäre mir ein Bericht über die Stammesfürsten in jener Zeit. Mit möglichst detaillierten Aufzeichnungen über Sitten und Gebräuche."

„Das kannst du dir abschminken."

„Wieso?"

„Die Reitervölker, so wild und politisch erfolgreich sie auch waren, haben selbst keine Aufzeichnungen hinterlassen. Was wir über sie wissen, stammt aus Niederschriften zweiter Hand. Und auch da gibt es nicht viel. Ich glaube, von den Griechen kommt der älteste Bericht. Da müsste ich nachsehen. Ist schon lange her, dass mich das mal interessiert hat. Wieso willst du dir das reinziehen?"

„Nur so."

„Komm schon, mach deine Futterluke auf. Das willst du mir doch nicht unterjubeln. Da steckt doch was dahinter. Hab ich längst geschnallt. Die kleine Schwarzhaarige mit den blauen Augen? Die verputzt sicher jeden Tag 'nen Apfel. Sieht so kernig aus und tauschön."

Bernd schwieg.

„Na gut, wenn du es mir nicht sagen willst. Ich hab euch neulich beim Einfahren gesehen, im Steakhaus. Du hingst ja so echt an ihren Lippen, hast gar nicht gecheckt, dass ich euch von draußen durchs Fenster gesehen hab. Eins ist sicher: Wenn du eine Frau verstehen willst, musst du Gott sein."

„Denk, was du willst. Sie hat mir von einem bemerkenswerten Erlebnis berichtet. Das will ich unter wissenschaftlichem Aspekten ausleuchten."

„Wissenschaftliche Aspekte." Rolf schob wieder einen Löffel mit Erbsensuppe in seinen schmunzelnden Mund. „Sie hat wohl einen Dschingis-Khan-Tick. Mensch, nun lass dir doch nicht alles aus der Nase ziehen."

„Eigentlich weißt du doch schon alles. Ich will nachweisen, dass es keine Reinkarnation gibt."

„Ach so, auf dem Thema kaust du immer noch rum."

Rolf hatte seinen Teller geleert, erhob sich und stellte sich für einen Nachschlag an. Er holte sich fast immer einen Nachschlag. Als er den neu gefüllten Teller an den Tisch zurückbrachte, musste Bernd ihm berichten, was Martina erzählt hatte. Er beschrieb knapp und sachlich die Fakten, ohne wesentliches auszulassen.

„Soll ich dir mal was sagen", Rolf räusperte sich, als wollten die Worte seinen Mund nicht verlassen. „Deine Braut hat 'ne rege Phantasie. Lass bloß die Finger von der."

„Ich weiß nicht", erwiderte Rolf. „Die Sache fasziniert mich. Es muss was dran sein. Immerhin glauben ganze

Völker seit Jahrtausenden an die Reinkarnation. Dafür muss es doch eine Erklärung geben."

„Gibt es auch. Stammt vom Alten Fritz. Jeder soll nach seiner Fasson selig werden."

„Blödmann. Ich meine natürlich eine wissenschaftliche Erklärung."

„Und die willst du jetzt liefern."

„Rolf, nun sei bitte mal wieder ernsthaft. Von dem, was ich dir erzählt habe, war da irgendetwas, was historisch nicht stimmt? Nein, besser gesagt, gab es da etwas, was voll im Gegensatz zu historischen Beweisen steht?"

„Nein, so weit ich weiß, überhaupt nichts. Es ist berichtet, dass die alten Mongolen schnell auf ihren kleinen Pferdchen ritten, dass sie keine Feinde angriffen, die mächtiger waren als sie, es sei denn mit List und Tücke. Da fällt mir die Geschichte von einer Belagerung ein. Die Stadt war so gut befestigt und versorgt, dass die wilden Reiter sie nicht im Sturm einnehmen konnten. Nach wochenlanger Belagerung griffen die Reiter zu einer List. Sie ließen den Stadtbewohnern ausrichten, dass sie eine gewisse Anzahl Schwalben und Katzen abliefern sollten, lebend. Ich weiß nicht mehr wie viele, jedenfalls einige hundert. Wenn sie die Tiere hätten, würden sie die Stadt in Frieden lassen und abziehen. Die Stadtbewohner fingen also alle Katzen und Schwalben ein, die sie kriegen konnten und lieferten sie ab. Doch was taten die hinterhältigen Belagerer? Sie banden trockenes Reisig an die Schwänze der Schwalben und Katzen. Dann zündeten sie das Reisig an und ließen die Tiere frei. Die armen Viecher rannten, beziehungsweise flogen natürlich sofort aufgeschreckt in die Stadt zurück. In kurzer Zeit stand die ganze Stadt in Flammen und wurde fast widerstandslos eingenommen. Ganz schön listige Typen, was? Irgend so einen großen Perser haben sie mit der Verfolgungstaktik mürbe gemacht. Genau wie deine Freundin berichtet hat. Immer schön auf Abstand, gelegentlich schnelle Überfälle und schon wieder verschwunden. Ich glaube, der Perser ließ sogar jahrelang mit seinen Heeren die wilden Reiter verfolgen, ohne das er sie erwischte."

„Stimmt es, dass sich jeder Mann einen Harem zulegte?"

„Wohl nicht jeder", sagte Rolf. „Er musste die Weiber dann ja auch durchfüttern. Allerdings keineswegs außergewöhnlich. Gab es schon in der Bibel, dass Männer mehrere Frauen hatten. Jakob und David fallen mir spontan ein. Der König David soll ein wilder Hund gewesen sein. Obwohl er schon etliche Ehefrauen hatte, verknallte er sich in ein Weib, das bereits verheiratet war. Um die Affäre zu vertuschen, schickte er deren Mann an die vorderste Kriegsfront, damit man ihn garantiert abschlachtete, was dann auch passierte. Die Geschichte kam raus. David fiel in Ungnade, jedenfalls bei Gott, steht in der Bibel. Dennoch, aus der Ehe mit Batseba, so hieß das Superweib, ging Davids Nachfolger hervor: Salomon. Der soll 700 Ehefrauen und 300 Nebenfrauen gehabt haben, also rund eintausend."

„Was du dir alles gemerkt hast", warf Bernd ein.
„Wie dem auch sei, islamische Staaten erlauben heute immer noch bis zu vier Frauen pro Macho."

„Und was ist mit dem Schamanen?", bohrte Bernd weiter. „Gab es die dort wirklich?"

„Ja, da besteht kein Zweifel. Dieses Ritual mit den Schafsknochen im Feuer soll sogar noch heute heimlich in der Mongolei praktiziert werden. Aber wie gesagt, man müsste da etwas sorgfältiger nachlesen. Um deine Freundin zu überführen, solltest du genauer nachfragen. Ich denke da an Namen von Städten und Ansiedlungen, Flüssen, Tälern und Bergen. Sie sollte alles möglichst genau beschreiben. Und falls sie dann ein kleines Tal zum Beispiel als riesig groß beschreibt, weiß du, das die ganze Geschichte erfunden ist."

„Ich weiß nicht, ob das geht." Bernd kratzte sich am Kopf. „Sie kann sich nicht mehr an alles erinnern."

„Da haben wir's", sagte Rolf triumphierend. „Frauen vergessen nichts. Die erinnern sich noch an den ersten Kuss, wenn der Mann schon den letzten vergessen hat."

„Übertreib nicht", sagte Bernd. „Sie hat mir erklärt, dass sie zwar genau wisse, dass alles wirklich geschehen sei, doch auch in diesem Bereich arbeite das Gedächtnis wie üblich und nicht alles sei abrufbar. Was mich halt am meisten stutzig macht, ist die Tatsache, dass es für sie ein ganz reales Erlebnis war. Kein Traum."

„Wer weiß." Rolf wiegte den Kopf. „Vielleicht hat ihr Onkel ein Buch über die mongolischen Reiter studiert und ihr alles unter Hypnose suggeriert."

„Daran hab ich auch schon gedacht. Es gibt jedoch Aufzeichnungen solcher Rückführungen, allerdings nicht von Martina, die belegen, dass da nichts suggeriert wurde. Aber dann kann man wieder die ausgeprägte Phantasie der Hypnotisierten ins Feld führen."

„Hypnotisiere sie doch selber. Und dann frag' sie über ihre angeblichen früheren Leben aus. Irgendwo wird sie sich dann schon verheddern und Unfug erzählen."

Bernd war nicht sicher, ob Rolf das ernsthaft meinte. Doch er ging darauf ein.

„Weißt du, wie man hypnotisiert?"

„Nee. Aber es gibt selbstverständlich Literatur darüber. Habe mir zwar noch nichts in der Richtung reingezogen. Aber im Internet wirst du fündig, wenn mich nicht alles täuscht. Und wie willst du nun weitermachen, rein wissenschaftlich?"

Bernd überhörte die spitze Bemerkung zum Schluss.

Martina habe ja noch zwei weitere Leben gelebt. Wenn er keine Gegenbeweise aus ihrer Zeit beim Reitervolk finden würde, so gäbe es bestimmt etwas aus den anderen Leben.

Bernd und Rolf erhoben sich von ihren Plätzen. Jeder stellte sein Tablett mit dem benutzten Geschirr in den dafür vorgesehenen Ständer und verließ die Mensa. Rolf musste in eine Vorlesung, Bernd steuerte auf die Hauptbibliothek zu.

Kritik

Frau Dr. Seitz beende die Seminarstunde und verließ den Raum. Bernd und Martina saßen noch nebeneinander. „Du hast jetzt also keine Zeit? Wie sieht's heute Nachmittag aus?", fragte Bernd.

Er hätte sich am liebsten gleich mit Martina zusammengesetzt. Doch es ginge nicht. Sie müsse unbedingt in eine wichtige Vorlesung, sagte sie. Aber nach dem Mittagessen, da habe sie zwei Stunden Leerlauf. Beide verabredeten sich um halb zwei Uhr in der Mensa. Da sei nicht mehr viel Betrieb und sie könnten sich ungestört unterhalten.

„Hast Du denn schon irgendwelche handfesten Beweise?", fragte Martina. „Beweise, die belegen, dass meine Erlebnisse aus den früheren Leben erfunden sind, somit meiner regen Fantasie entsprangen?"

„Nein", sagte Bernd. „Dafür hab ich gelernt, dass Männer, die ihre Frauen brutal behandeln im nächsten Leben als Frau inkarnieren. Als Strafe. Möchte wissen, was für ein Kerl du vorher gewesen bist."

Martina sah ihn verachtend an. „Dachte ich's mir doch. Du nimmst mich nicht ernst."

„Tut mir leid. Aber das wird wirklich gelehrt, in Indien oder wo man sonst noch daran glaubt."

Bernd versuchte, seriös zu sein. Er könne bisher zwar noch nicht nachweisen, dass Martina kein früheres Leben gehabt habe. Die Geschichte, die sie erzählte, sei aber auch zu allgemein. Es kämen zu wenig Details vor, bei denen man genauer nachforschen könne.

„Warum hat dein Onkel nicht ausführlich nachgefragt, als du unter Hypnose warst? Er hätte nach dem genauen Jahr und der Gegend, dem Land fragen sollen, wo du dich gerade befunden hattest."

„Das hat er auch. Aber er erzählte mir nach der Hypnosesitzung, dass er mich nicht verstanden habe. Das ich in einer fremden Sprache gesprochen hätte. Er habe Fragen gestellt, ich habe geantwortet, doch wir hätten nicht wirklich miteinander kommunizieren können. Ich hätte offensichtlich seine Fragen verstanden, erzählte er mir. Denn ich hätte jedes Mal geantwortet. Er habe mich dann einfach eine Zeit lang in Ruhe gelassen und anschließend aufgeweckt."

„Wie, du hast dein Erlebnis in einer fremden Sprache gehabt? Das hast du mir noch gar nicht erzählt."

„Ja, bei einer Rückführung spricht man meistens in der Sprache, die man zu jener Zeit beherrschte. So sagte mir jedenfalls Onkel Hermann. Und wenn das dann eine Sprache ist, die niemand der Anwesenden versteht, womöglich eine ausgestorbene Sprache, dann entsteht leicht der Eindruck, dass die unter Hypnose stehenden Personen irre seien, weil sie brabbeln oder unverständlich lallen."

Daran hatte Bernd noch nicht gedacht. Er hatte sich zwar auch ein Buch über Hypnose aus der Bibliothek besorgt. Doch er war noch nicht über die ersten Seiten hinaus gekommen.

„Okay, dann bis nachher", sagte Martina und verließ den Seminarraum.

Bernd schob seinen Schnellhefter und einen Notizblock in seine Mappe und blieb noch etwas sitzen. Er sah durchs Fenster. Am Himmel hingen immer noch graue Wolken, die gelegentlich Tropfen gegen die Scheiben schleuderten.

Im Seminar hatte man über seine und Martinas Beobachtungen im Kaufhaus gesprochen. Seine Auffassung von objektiven Aufzeichnungen hatte sich als richtig herausgestellt. Martina musste ein paar deftige Belehrungen von Frau Dr. Seitz einstecken. Genau genommen, eine brutale Kritik. Seelenwanderung gehöre nicht in eine empirische Untersuchung, hatte sie entrüstet gesagt. Bernd fühlte sich mitschuldig, weil er Martinas irre Formulierungen durchgehen ließ.

Aber auch die Beobachtungen der anderen Studenten beanstandete Frau Dr. Seitz. Es sei zu ungenau und zu allgemein protokolliert worden. Jedes Paar sollte mindestens noch eine weitere Beobachtung abliefern.

Die Braut des Teufels

Martina verspätet sich. Über eine viertel Stunde wartete Bernd schon in der Mensa auf sie, als sie endlich eintraf, fröhlich und gut gelaunt. Sie setzte sich an den Tisch und begann sogleich aus ihrem Leben im dunklen Mittelalter, wie sie jene Zeit bezeichnete, zu erzählen.

„In dem Leben, von dem ich dir jetzt berichte, hieß ich Maria Bucher. Ich war zwölf Jahre alt, ein kleines Mädchen mit dunkelblonden Zöpfen aus einer Handwerkerfamilie. Mein Vater, ein Schneider, hatte seine eigene Werkstatt. Er beschäftigte einen Gesellen, den Hugo. Wir lebten in einer kleinen Stadt irgendwo im Süden Deutschlands. Vielleicht handelte es aber auch um eines der Nachbarländer, wo ebenfalls deutsch gesprochen wurde oder immer noch wird.

Nach der Hypnose sagte mir Onkel Hermann, dass sich die Ereignisse aus meinem früheren Leben um 1650 abgespielt hätten. Er habe mich nach dem Datum gefragt, doch ich hätte es nicht genau gewusst. Die zwölfjährigen Mädchen kümmerten sich damals noch nicht um Daten. Meistens wussten sie überhaupt nicht, was es damit auf sich hatte. Aufgrund anderer Fragen konnte Onkel Hermann den Zeitpunkt relativ genau bestimmen. Er hatte mich auch nach dem Namen der Stadt gefragt, doch ich hätte nur etwas Unverständliches geantwortet. Wahrscheinlich gab ich den Namen der Stadt in einem Dialekt wieder. Ich hätte in einem altertümlichen Deutsch gesprochen, sagte Onkel Hermann. Er habe Mühe gehabt, mich überhaupt zu verstehen. Ich konnte mich nach der Hypnose jedoch an alles erinnern und noch genauere Angaben zu allem machen, was ich gesehen und erlebt hatte.

Wir wohnten in einer kleinen Gasse, nur wenige

Schritte vom Marktplatz entfernt. Mein Leben unter Hypnose begann an der Stelle, als mein Vater mich fragte, ob ich mitkommen wolle. Natürlich wollte ich. Auch mein größerer Bruder kam mit.

Wir gingen mit Vater vor die Stadt zu einem flachen Hügel. Er lag nicht weit außerhalb der Stadtmauern. Dort hatten sich bereits viele Menschen versammelt. Etwas unterhalb des platten Gipfels hatte man zwei große Haufen aus dürren Ästen und Hölzern aufgeschichtet. Aus der Mitte jedes Haufens ragte ein dicker Pfahl. Wir blieben am äußeren Rand der Menschenmenge stehen. Mein Vater wollte nicht mit uns nach ganz vorne an die Scheiterhaufen gehen.

Kaum waren wir angekommen, als plötzlich alle Leute zurücksahen, zum Stadttor. Zwei Soldaten mit einem glänzenden Helm schritten gerade hindurch. Ihnen folgte ein Priester in einem schwarzen Talar. In der rechten Hand trug er ein großes Buch. Hinter ihm humpelte eine Frau in einem graubraunen sackähnlichen Kleid oder Hemd. Am linken und rechten Arm hatten sie zwei Männer gepackt, die je einen Dolch im Gürtel trugen. Gleich hinter dieser Frau schwankte noch eine Frau, die genau so bekleidet war wie die erste. Ebenfalls zwei Männern schleppten sie voran. Mehrere Herren in noblen Jacken, Hemden, Hüten und Hosen folgten diesem Zug. Zwei hatten eine brennende Fackel in der Hand. Die zweite Frau war meine Tante Magdalena. Ich bekam eine Gänsehaut und ich hatte Angst.

Die Männer mit den Dolchen zerrten je eine Frau auf den Scheiterhaufen. Dort zogen sie ihnen das graubraune Gewand über den Kopf. Beide Frauen standen nun fast völlig nackt da. Sie trugen nur ein altes, schmutziges Leinentuch um die Hüften. Auf ihrer weißen Haut erblickte ich viele blaue Flecken. Die Männer banden die

Frauen am Pfahl an. Sie fesselten ihre Hände hinter dem Pfahl mit Stricken und wanden dann noch einige Stricke um den Leib der Frauen. So, dass sie sich nicht mehr bewegen konnten.

Anschließend stieg der Priester auf den Scheiterhaufen. Zuerst zu meiner Tante Magdalena und dann zu der anderen Frau. Er sprach mit den Frauen, redete auf sie ein und las aus dem dicken Buch vor, das er in der Hand trug. Es muss die Bibel gewesen sein. Ich konnte nichts verstehen. Wir standen zu weit weg. Wahrscheinlich hätte ich aber auch nichts verstanden, wenn ich näher dran gewesen wäre. Denn ich glaube, der Priester las lateinisch. Ich verstand damals kein Latein, hörte nur ein paar Brocken in der Kirche.

Auf einmal schrie jemand aus dem Volk: ‚Verbrennt sie!'

Andere stimmten ein und schrien ebenfalls: ‚Verbrennt sie! Verbrennt sie!'

Ich klammerte mich an die Hand meines Vaters und merkte, wie seine Hand plötzlich fester die meine drückte. Dann hielt ein Mann die brennende Fackel erst an den einen und dann an den anderen Scheiterhaufen. Flammen und Qualm schlugen empor. Zunächst nur kleine Flammen, dann immer größere. Es war ein warmer Sommertag. Das trockene Holz knackte und brannte gut. Im Nu stand der ganze Haufen in Flammen. Ich sah, wie sich die Feuersbrunst um die weiße Haut meiner Tante schlängelten. An ihrem Körper bildeten sich rötliche Blasen. Bei einem Windhauch schlug eine Flamme empor und versengte sofort das kurze, nachgewachsene Haar meiner Tante. Man hatte ihr nämlich die Haare abgeschnitten gehabt. Die andere Frau hatte zu schreien begonnen. Jetzt schrie auch meine Tante. Es waren furchtbare Schreie, sozusagen tierische. Ich höre sie immer noch.

Die Menschen nahe am Scheiterhaufen klatschten in die Hände. Dann hörten die Frauen auf zu schreien. Flammen und Qualm hüllten die beiden Gestalten auf den Scheiterhaufen völlig ein. Man konnte sie kaum noch sehen. Ein leichter Wind wehte zu uns den Rauch herüber. Er roch nach verbranntem Fleisch. Fast so, wie wenn man ein Schnitzel in der Pfanne anbrennen lässt.

Die ganze Zeit hatte ich mit offenem Mund wortlos dagestanden und geschaut. Ab und zu hatte ich geschluckt, weil mein Mund trocken geworden war. Als die Frauen auf den Scheiterhaufen zu schreien begonnen hatten, kamen mir Tränen. Mein Vater bemerkte es und wischte sie schnell weg.

Nachdem die Frauen nicht mehr schrien, sagte mein Vater zu mir und meinem Bruder: ‚Kommt.' Wir drehten uns um und gingen zurück in die Stadt und zu unserem Haus.

‚Wenn du weinen musst, darfst du nicht zu solchen Hinrichtungen gehen', sagte mein Vater ernst zu mir. ‚Es könnte jemand bemerken, und dann halten sie dich auch für eine Hexe. Wer Mitleid mit den Hingerichteten zeigt, macht sich verdächtig.'

Tante Magdalena war eine wohlhabende Frau gewesen. Sie hatte eine große Weinhandlung mit einem riesigen Weinkeller besessen. Zu ihrem Besitz gehörten mehrere Weinberge, die sich jedoch etwas weiter weg befanden. Um die Stadt herum gab es keine Weinberge. Nur Felder, Wiesen und Wälder. Ihr Mann war vor einem Jahr von einem betrunkenen Söldner erstochen worden. Man erzählte, dass fünf Söldner in der Stadt gekommen seien. Im Wirtshaus hätten sie kräftig gebechert. Über den einen hätten sie sich lustig gemacht und ihn damit aufgezogen, dass er ein Angsthase sei.

Der Wirt behauptete später, er hätte gehört, wie sie

wetteten. Der Angsthase solle beweisen, dass er doch ein ganzer Kerl sei. Vermutlich hätten sie darum gewettet, dass der Angsthase zum Beweis den ersten, den sie in der dunklen Stadt träfen abstechen sollte. Jedenfalls verließen die Söldner nach der Wette die Wirtsstube. Kurz darauf hörte man einen Schrei und fand nur wenige Schritte vom Wirtshaus entfernt meinen sterbenden Onkel. Die Söldner hat man nie wieder in der Stadt gesehen.

Tante Magdalena hatte das Geschäft meines Onkels und den gesamten Grundbesitz geerbt. Nachkommen gab es keine. Ich wusste, dass Tante Magdalena sich immer Kinder wünschte. Aber sie hatten einfach keine. Deshalb bekamen mein Bruder und ich oft Geschenke von ihr.

Irgendjemand hat Tante Magdalena dann angezeigt und behauptet, dass sie eine Hexe sei. Die Leute sagten, sie habe ihren Mann noch zu so später Stunde zum Wirtshaus geschickt, damit er dort den Söldnern in die Hände falle. Sie hätte die Söldner mit ihrer Hexerei zum Mord angestiftet. Auf diese Weise hätte sie den ganzen Besitz geerbt, für sich, andere Hexen und den Teufel. Auch das sie keine Kinder bekam, führte man darauf zurück, dass sie eine Hexe sei.

Man verhaftete Tante Magdalena und sperrte sie in einen Kerker. Ich hatte sie dort mehrmals besucht und ihr zu essen gebracht. Jedes mal wenn ich kam, sah sie schrecklicher aus als zuvor. Sie wurde immer schmutziger und hässlicher, was bei diesem dunklen Verlies auch kein Wunder war. Mehrmals habe ich Ratten umherrennen sehen, als ich zu ihr herunter kam.

‚Glaub es nicht', hatte sie zu mir gesagt. ‚Ich bin keine Hexe.' Sie sagte es jedes Mal, wenn ich kam. Ich verstand nicht, warum sie eine Hexe sein sollte. Ich kannte sie nur als eine liebenswürdige Frau.

Dann kam eines Tages ein Mann angereist, der an ihr

eine Untersuchung vornahm. Als ich sie danach besuchte, waren ihre Kleider mit Blutflecken übersät. Sie erzählte mir, dass der Mann an ihr die Nadelprobe vorgenommen habe. Ich wusste nicht, was eine Nadelprobe ist und fragte sie. Darauf erklärte sie mir, dass die Nadelprobe gemacht würde, um das Brandmal des Teufels zu ermitteln. Man nahm eine Nadel und stieß sie überall dort in den Körper, wo man ein Muttermal oder eine Warze entdeckte. Tante Magdalena zeigte mir ihre Unterarme, auf denen es etliche Muttermale gab. In jedes hatte man hineingestochen. Einige dieser kleinen Wunden waren bereits verkrustet. Aus anderen sickerte gelber Eiter.

,Überall ist Blut gekommen', sagte Tante Magdalena. ,Sie haben kein Brandmal des Teufels gefunden. Denn sie behaupteten, dass der Teufel seinen Hexen beim ersten Hexensabbat ein Brandmal aufdrücke. Diese Hautstelle sei dann schmerzunempfindlich und blute nicht. Bei mir ist überall Blut gekommen. Am ganzen Körper haben sie mich zerstochen.'

Als ich ein anderes Mal zu meiner Tante in den Kerker kam, um ihr etwas zu essen zu bringen, hatte sie um beide Daumen Stoffreste gewickelt. Blut hatte die Stofffetzen durchtränkt. Tante Magdalena erklärte mir, dass man ihre Daumen zerquetscht habe. Man wolle sie so dazu bringen zuzugeben, dass sie mit dem Teufel verkehrt habe und eine Hexe sei. Aber sie beteuerte noch einmal, dass sie keine Hexe sei und nie den Teufel gesehen habe.

Nachdem meine Tante verbrannt worden war, wurde ihr Besitz aufgeteilt. Praktisch hätte mein Vater alles erben müssen, weil sie keine Kinder gehabt hatten und er der einzige Verwandte war. Doch man sagte ihm, dass die Gerichtsverhandlung sehr teuer gewesen sei. Zwei Exorzisten hätten anreisen müssen. Deshalb ging die Weinhandlung mit dem riesigen Weinkeller an die Stadt. Die Ratsherren verkauften das Gebäude. Die Weinberge erhielt die Kirche. Der Bischof verwaltete sie anschließend.

Ich erinnere mich noch, wie ich meinen Vater darauf ansprach, dass die Nadelprobe doch bewiesen habe, dass Tante Magdalena keine Hexe sei. Weil überall Blut gekommen sei, wo man hineingestochen habe.

‚Maria', hatte mein Vater geantwortet, ‚das verstehst du nicht. Ich begreif' es ja selbst nicht. Dass überall Blut gekommen war, ist letztlich das eindeutige Indiz gewesen, dass sie eine Hexe ist.'

‚Wieso das denn?'

‚Das habe ich den Pfarrer auch gefragt,' sagte mein Vater. ‚Er hat es mir so erklärt: Den ganz treuen Hexen, die sich dem Teufel völlig ergeben haben und alles tun, was er von ihnen verlangt, solchen Hexen brenne der Teufel kein Mal ein. Denn sie seien ihm ja sicher. Nur den weniger treuen Hexen, die nicht immer alles ausführen, was der Teufel verlangt, die kennzeichnet er mit einem Mal. Da man bei Tante Magdalena kein Hexenmal gefunden habe, sei offensichtlich, dass sie eine besonders treue Hexe, vermutlich sogar die beste Braut des Teufels gewesen sei.'

Mein Vater hatte mir das sehr ernsthaft erklärt. Ob er selber von dieser Lehre und dem ganzen Hexenverfahren überzeugt war, weiß ich nicht. Wir haben nicht darüber gesprochen."

Bernd hatte schweigend zugehört.

„Wolltest du nicht ...?" Unhörbar war Karin an den Tisch getreten. Bernd und Martina schreckten hoch, als habe man sie bei etwas Verbotenem ertappt. Dabei steckten sie geistig schlicht und ergreifend noch bei der Hexenverbrennung.

„Oh", sagte Martina und sah auf ihre Armbanduhr. „Karin, gut das du kommst." Und zu Bernd gewandt: „Karin, meine Freundin."

Bernd sah abwesend in Karins Sommersprossengesicht, als Martina aufsprang.

„Oh, wir müssen uns beeilen, das Seminar hat schon begonnen." Die beiden Freundinnen eilten davon.

Gespräch mit Rolf

„Na, schon fündig geworden?"

Rolf setzte sich an den Lesetisch in der Fachbibliothek, an dem Bernd gerade einen Stapel Bücher ausgebreitet hatte. Mehrere Studenten und Studentinnen lasen an den übrigen Tischen. Staubige Stille lag auf dem Mobiliar und den studierenden Kommilitonen und gebot, nur in gedämpftem Flüsterton zu sprechen. Auch Rolf hatte nur geflüstert und leise gegenüber seinem Freund Platz genommen.

„Was meinst du?", fragte Bernd scheinheilig.

„Konntest du deine blauäugige wissenschaftliche Untersuchung überzeugen?"

„Mach' du dich ruhig lustig. Du wirst schon sehen." Bernd machte Anstalten zu schmollen.

„Komm, ich lad' dich ein", sagte Rolf versöhnlich, „Paule hat schon auf. Bei einem goldenen Bierchen sollten wir die Sache von allen Seiten ausleuchten."

Wenig später saßen sie bei Paule, einem kleinen Bistro. Es war vormittags und sie waren die einzigen Gäste. Sie hatten sich ans Fenster gesetzt. Die großen modernen Glasfenster des Bistros reichten bis auf den Boden. Im Sommer wurden die türgroßen Scheiben aufgezogen und das Bistro nach draußen vergrößert. Jetzt war alles dicht und man saß schön im Warmen, während draußen nass-kalter Wind durch die Straße fegte. Dennoch hatte man das Gefühl, im Freien zu sitzen.

„Bei unserem letzten Gespräch muss ich wohl eine blöde Bemerkung gemacht haben", begann Bernd die Unterhaltung und nahm einen kräftigen Schluck. „Martina war sauer. Ich würde sie nicht ernst nehmen. Dabei gebe ich mir die größte Mühe. Sie erzählt wirklich tolle Geschichten. Und das alles mit einer Ernsthaftigkeit, dass ich selber keine Zweifel habe und bereits davon überzeugt bin, dass sie wirklich schon einmal oder mehrmals gelebt hat. Aber wenn ich dann nüchtern darüber nachdenke, kommen mir doch immer wieder ganz erhebliche Bedenken. Wenn es nur irgend einen handfesten Beweis gäbe."

„Du sagtest vorhin, sie sei schon einmal als Hexe verbrannt worden."

„Nein, nicht sie selber. Ihre Tante."

„Wie dem auch sei. Über Hexenprozesse gibt es Urkunden. Die sind natürlich nicht vollständig. Wo war es denn?"

„Keine Ahnung, wusste sie selber nicht."

„Blöd, wenn man die Stadt wüsste, wäre es einfacher. Würde Martina denn die Stadt wiedererkennen?"

„Das habe ich sie auch schon gefragt. Sie sagte, dass sie die Gebäude wiedererkennen würde, falls sie noch stehen."

„Na also, Bernd. Da hast du den Ansatz. Du machst mit ihr eine Tour durch Deutschland."

„Bist du verrückt?"

„Die Tour müsste unter Umständen über Deutschland hinaus gehen. Im sechzehnten Jahrhundert wurde ja nicht nur im Bereich der heutigen Bundesrepublik deutsch gesprochen. Auch in Österreich, Ungarn, Böhmen, Mähren, Polen, Niederlande, Belgien, Luxemburg, Frankreich, Schweiz und womöglich in angrenzenden Ländern."

„Hör auf."

„Aber du musst zugeben, könnte eine reizvolle Tour werden."

„Es muss eine galantere Lösung geben." Bernd nahm wieder einen kräftigen Zug aus seinem Bierglas.

„Was sagen denn die modernen Psychologen und Ärzte zur Reinkarnation?", wollte Rolf wissen.

Bernd hatte keine Ahnung. Wahrscheinlich sei es eines, der noch nicht geklärten Weltwunder. Rolf schlug wieder vor, er solle Martina doch selber hypnotisieren. Möglicherweise würde er dabei Antwort auf alle Fragen finden.

Doch Bernd lehnte ab. Sicher hätten bereits kompetentere Leute derartige Versuche unternommen und nichts herausbekommen. Er habe inzwischen gelesen, dass nicht jeder Mensch hypnotisierbar sei, oder dass es schwierig sei, jeden zu hypnotisieren. Des weiteren gäbe es verschiedene Ebenen der Hypnosetiefe. Er habe von einem Fall gelesen, in dem jemand unter Hypnose sich besser an Einzelheiten erinnern konnte als im Wachzustand. Das habe sogar dazu geführt, dass Verbrechen aufgeklärt werden konnten. Die Methode sei allerdings umstritten. Tests hätten gezeigt, dass Suggestivfragen zu falschen Ergebnissen geführt hätten.

Probanden sei beispielsweise ein Film vorgeführt worden. Anschließend habe man sie nach Einzelheiten aus dem Film befragt. Dann habe man sie noch einmal unter Hypnose nach Einzelheiten gefragt. Und das ganze Spielchen sein dann auch noch mit Vergleichsgruppen durchgezogen worden. Eindeutiges Ergebnis: Unter Hypnose erinnerten sich die Testpersonen an mehr Einzelheiten. Allerdings auch an Einzelheiten, die nicht stimmten, nämlich im Falle von Suggestivfragen.

Da sei zum Beispiel ein Mann gefragt worden, ob er auch das rote Auto hinter dem blauen gesehen habe. Vollkommen überzeugt habe er behauptet, das rote Auto gesehen zu haben. Anschließend sei der Film noch einmal gezeigt worden. Das Auto sei nicht rot, sondern gelb gewesen. Die Versuchsperson sei völlig verblüfft dagesessen. Weil der Mann suggestiv nach einem roten Auto gefragt worden sei, habe er prompt ein rotes Auto gesehen. Man hätte ihn fragen müssen, welche Farbe das zweite Auto gehabt habe. Dann wäre wahrscheinlich die richtige Antwort gekommen. Weil man ihn aber fragte, ob er auch das rote Auto gesehen habe, behauptete er, es gesehen zu haben, obwohl es kein rotes Auto im Film gegeben habe. Wenn der Fragesteller also bestimmte Dinge voraussetzt, dann gingen die Hypnotisierten direkt darauf ein.

„Du meinst also", sagte Rolf, „die Hypnotisierten redeten dem Hypnotiseur nach dem Mund?"

„Ja, so ungefähr. Morgen treffe ich sie wieder", sagte Bernd. „Dann will sie mir von ihrem Leben aus dem Wilden Westen berichten."

„Aha. Wo war sie denn sonst noch überall?"

„Es gab nur die drei Leben. Oder besser gesagt, sie wurde nur in drei Leben rückgeführt. Reitervolk, Mittelalter und Wilder Westen. Davon verspreche ich mir eigentlich am meisten. Denn das ist noch nicht so lange her. Da müsste man noch historische Belege finden können."

Rolf hatte jedoch Bedenken: „Erstens war der Wilde Westen in Amerika und zweitens soll er wirklich wild gewesen sein. Da wurde auch nicht alles aufgeschrieben oder berichtet. Und weil ab und zu ein Haus abbrannte, ging so manches Dokument verloren."

„Wir werden sehen", antwortete Bernd.

Die beiden Freunde verließen das Bistro und gingen zum Schloss zurück. Es war elf Uhr und für jeden hatte bereits eine Vorlesung begonnen, in die sie eilten.

Im Wilden Westen

„Mein drittes Leben war im Wilden Westen", begann Martina ihren Bericht über ihre dritte Rückführung. „Meine Erinnerung beginnt im bekannten Fort Laramie, davon hast du sicher auch schon gehört." Sie hatte sich mit Bernd an einen Tisch im Schlossimbiss gesetzt.

„Ich habe keine Ahnung", fuhr Martina fort, „wie ich nach Fort Laramie gekommen bin. Wieso ich dort war, und was ich dort gemacht habe. Ich war ein junger Mann und hieß John Wild.

Die Erinnerung beginnt da, als der Mountain Man Bill Crocer im Fort eintraf. Wie saßen abends zusammen, und ich fragte ihn nach den Goldvorkommen in Kalifornien aus. Überall hörte man davon, dass dort Gold gefunden worden sei. Er bestätigte es. Er hatte einen Wagenzug nach Kalifornien geführt und war vor ein paar Wochen wieder zurückgekehrt. Es war im Jahre 1849. Er hatte gehofft, noch einen Wagentreck über die Berge führen zu können. Doch es hatte sich keine Gelegenheit ergeben. Ich mochte den Mountain Man und überredete ihn, mich über die Rocky Mountains nach Kalifornien mitzunehmen. Denn den Winter wollte er nicht in Fort Laramie bleiben. Ich beabsichtigte, Gold zu suchen. Bill Crocer war nicht an den Goldfeldern interessiert. Er liebte das wilde und freie Leben. Am liebsten war er alleine unterwegs, oder führte ein paar Siedler gen Westen. Doch schließlich willigte er ein, dass ich mit ihm reiten könnte. In zwei oder drei Tagen, wenn seine Geschäfte erledigt waren, würde er wieder aufbrechen. Er hatte Post mitgebracht und Felle, die er verkaufte.

Ich war sehr ungeduldig, bis wir endlich loszogen. Zunächst folgten wir dem Oregon Trail am Südufer des Platte Rivers. Diesen Weg hatten schon viele Wagenkolonnen nach Oregon und Kalifornien genommen. Als wir dann jedoch am Fuß der Berge und fast in den Rocky Mountains waren, sagte Bill Crocer, er wisse einen kürzeren Weg. Zwar sei dieser Weg abgelegen und stellenweise sehr beschwerlich. Doch man könnte eine Woche einsparen. Auch müsse man auf der Hut vor Indianern sein. Die könnten überall lauern, auch auf den öfter benutzten Wegen.

Ich erinnere mich noch genau, als Bill mit seinem Pferd stehen blieb und lauschte. Wir waren schon weit in die Rockys vorgedrungen. Es war Spätsommer. Oben in den Bergen pfiff bereits ein lausig kalter Wind.

‚Still hier', sagte ich zu Bill.

‚Ja, zu ruhig', antwortete er.

Er hatte den Satz noch nicht richtig ausgesprochen, da schwirrten auch schon zwei Pfeile auf uns zu. Bill Crocer wurde mitten in der Brust getroffen. Mich traf ein Pfeil in der linken Schulter. Ich sah noch, wie Bill vom Pferd stürzte, und plötzlich waren fünf oder sechs Rothäute wie aus dem Nichts da.

Ich versuchte, den Pfeil aus meiner Schulter zu ziehen. Er steckte nicht tief, war irgendwo auf einen Knochen gestoßen. Die Rothäute mussten auf uns gewartet haben. Vermutlich hatten sie uns schon einige Zeit beobachtet. Ich griff nach meinem Gewehr. Doch bevor ich zielen konnte, riss jemand an meinem linken Fuß. Ich stürzte vom Pferd und ein Zweikampf begann. Der Indianer warf den Tomahawk weg und griff nach seinem Messer. Offenbar wollte er einen Kampf mit den gleichen Waffen, denn ich hatte auch nur ein Messer. Wir tänzelten umeinander, während die anderen Indianer sich um uns aufstellten und uns beobachteten. Plötzlich gab der Boden unter meinen Füßen nach. Ich verlor das Gleichgewicht und stürzte.

Ich weiß noch, wie ich fiel und wunderte mich darüber, wie einfach es ist zu fallen. Als die Indianer uns überfielen, ritten wir gerade auf einem schmalen Grat. Der Pfad war etwa so breit, das zwei Packpferde sich noch hätten begegnen können.

Als ich wieder zu mir kam, war es bereits dunkel und ich fror. Erstaunt, dass ich noch lebte, versuchte ich, mich zu erinnern, was geschehen war. Im fahlen Mondlicht konnte ich die Felskante erkennen, von der ich herabgestürzt sein musste. Etwa fünfzig Meter tief war ich gefallen. Dass ich noch lebte und alle meine Knochen heil waren, verdankte ich wohl dem Umstand, dass ich auf einer schrägen Sandschicht aufgeschlagen war. Am Fuß dieser Sandschicht lag ich nun. In meiner linken Schulter spürte ich einen stechenden Schmerz. Auch an anderen Körperstellen hatte ich Schmerzen. Offenbar war ich von der Felskante nicht direkt auf die schiefe Sandebene gefallen. An meinem rechten Bein entdeckte ich später starke Blutergüsse. Vermutlich schrammte ich während des Falls an einem Felsen vorbei.

Von den Indianern war weder etwas zu hören noch zu sehen. Ich lag allein auf kaltem Geröll. Über mir der sternklare Himmel. Ich weiß nicht, wie lange ich dort gelegen habe. Aber es müssen etliche Stunden gewesen sein. Denn ich bemerkte, dass der Morgen graute. Die Indianer hatten offenbar angenommen, dass ich tot sei und mich einfach liegen gelassen, ohne nachzusehen.

Als es hell war, versuchte ich, einen Weg zu finden, um auf den Grat zurückzukommen, auf dem uns die Indianer überfallen hatten. Doch es schien keine Möglichkeit zu geben, dort direkt hinauf zu gelangen. Die Felsen ragten überall senkrecht in die Höhe. Schließlich gab ich es auf.

Praktisch hatte ich alles verloren. Meinen besten

Freund Bill Crocer, mein Pferd und mein Packpferd, mein Gewehr und auch mein Messer musste ich irgendwo im Fall verloren haben. Ich besaß zwar noch ein zweites Messer, welches im Stiefel steckte. Doch das war kleiner und eignete sich nicht zum Kämpfen, höchstens zum Fleisch schneiden.

Keine Spur von Bill Crocer. Auch später hörte ich nie wieder von ihm. Die Sonne begann zu brennen. Auch mein Hut war weg. Ich verfluchte die Welt und war gleichzeitig dankbar, noch am Leben zu sein. Im Tal fand ich einen kleinen Wasserlauf, der nach wenigen Metern in einem Felsenloch verschwand. Nach dem ich mich erfrischt hatte, machte ich mich zu Fuß auf den Weg in Richtung Westen. Eine Wasserflasche oder sonst einen brauchbaren Behälter hatte ich leider auch nicht mehr. So hoffte ich darauf, wieder auf einen Wasserlauf zu treffen. Aber meine Hoffnung sollte sich nicht bestätigen. Mich immer wieder an der Sonne orientierend, versuchte ich in Richtung Westen weiter zu kommen. Gegen Abend hatte ich immer noch keinen neuen Wasserlauf entdeckt. Um mich gab es nur rotbraune Felsen und Geröll, hin und wieder ausgetrocknetes Gras und Gestrüpp. Die Landschaft wurde immer lebloser, und ich dachte immer wieder daran, umzukehren. Doch hinter dem nächsten Felsenvorsprung konnte vielleicht ein grüner Busch mit einem kleinen See oder wenigstens mit einem Wasserloch sein. Außerdem wollte ich nach Westen, nach Kalifornien. Ich wollte Gold suchen. Irgendwann würden die Berge aufhören und ich war in Kalifornien.

Kurz bevor die Sonne hinter den hohen Gipfeln verschwand, fand ich neben einem vertrockneten Strauch eine große, leblose Heuschrecke. Normalerweise, hätte ich das tote Tier nicht beachtet. Doch ich hatte schon den ganzen Tag nichts getrunken und gegessen. Ich nahm die grünbraune Heuschrecke in die Hand und betrachtete sie eingehend. Der weiche Teil ihres Körpers war vollkommen eingetrocknet. Sie musste schon lange hier gelegen haben.

Mir fiel die Geschichte aus der Bibel ein, wo ein Mann von Heuschrecken und wildem Honig lebte. Johannes der Täufer, hieß er. Wenn der davon leben konnte, könnte mir das Tier wohl auch nicht schaden. Ohne zu kauen versuchte ich, die Heuschrecke hinunter zu schlucken. Sie wollte nicht rutschen. Beinahe wäre sie mir wieder hochgekommen. Wenigsten hatte ich jetzt das Gefühl, etwas im Magen zu haben. Unter einem Felsvorsprung übernachtete ich.

Am nächsten Morgen setzte ich meine Wanderung fort. Der Canyon endete unvermittelt. Bisher war ich nur geringfügig aufgestiegen. Ja eigentlich war ich nur immer um Felsbrocken herum geklettert. Nun musste ich hoch hinauf, um weiter zu kommen. Der Berg war steil, aber nicht unüberwindbar. Die Sonne brannte auf meinem Rücken und der Schweiß lief mir am Körper herab. Soweit es möglich war, leckte ich meinen salzigen Schweiß auf. Als ich mich eine Zeit lang hinaufgearbeitet hatte, merkte ich, dass meine Kräfte bereits erheblich nachließen und ich immer wieder nach wenigen Schritten eine Pause einlegen musste. Völlig erschöpft erreichte ich schließlich den Grat und sank zusammen.

Es war bereits dunkel geworden. Doch ich hatte mir das Ziel gesetzt, nicht aufzugeben, bis ich oben war. Es könnte ja sein, dass ich von dort oben bereits Kalifornien sah. Eine völlig irrsinnige Annahme, denn ich wusste von Bill, dass es mit den Pferden noch Wochen bis dorthin dauern würde. Aber der Gedanke, hinter den Felsen eine neue, vielleicht grüne Welt mit Wasser zu finden, verlieh mir immer wieder neue Kraft. Als ich schließlich oben war, sah ich im schwachen Mondlicht nichts weiter als neue Berge. So weit mein Auge reichte, nichts weiter als ein felsiges Meer. Ich weiß nicht, ob ich das Bewusstsein verlor oder einfach auf der Stelle einschlief.

Als ich erwachte, schien mir die Sonne in die Augen, die gerade über einem Berg aufging. Jemand hatte mich aufgerichtet und hielt mir eine Wasserflasche an die Lippen.

Der Mann war etwa dreißig Jahre alt und hieß William Taylor. Er gab mir zu trinken und zu essen. Ich erholte mich schnell. William Taylor erzählte mir, dass er seit Tagen auf einem Erkundungsritt sei, um bessere Passagen für nachkommende Siedler zu finden. Nun wäre er bereits auf dem Heimweg zum großen Salzseetal. Vor zwei Jahren sei er mit dem ersten Mormonentreck nach Zion gekommen. William Taylor war auch Mormone und nannte die Siedlung im Salzseetal das neue Zion. Er berichtete mir, dass diese Gegend eine einzige Steinwüste sei. Ohne Pferd und Wasser würde ich es nie zu einer Siedlung geschafft haben.

Wir waren noch fast zwei Tage unterwegs, bis wir das große Becken des Salzseetals vor uns sahen. Außer seinem Reitpferd hatte William Taylor noch zwei Pack-pferde bei sich. Auf einem der Packpferde war ich stets hinter ihm geritten. Im Fort Laramie hatte man schon davon erzählt, dass die Mormonen irgendwo in den Rocky Mountains siedelten. Aber es hatte mich nicht interessiert. Um so erstaunter war ich nun, bereits den Grundriss einer großen Stadt zu erkennen. Es gab viele Blockhütten. Einige kleine bestanden oft nur aus einem Raum. Es gab aber auch schon stattliche Häuser.

William Taylor brachte mich zu einer Hütte und lud mich ein, den kommenden Winter bei seiner Familie zu bleiben. Es könne jetzt jeden Tag zu schneien beginnen.

Ohne Pferd würde ich dann nicht weit kommen. Ich willigte ein, dass ich so lange bei ihm arbeiten wolle, bis ich ein Pferd bezahlen könne. Dann würde ich sofort weiter reiten. Doch ich glaube, ich habe Kalifornien nie gesehen.

In der Hütte lebte William Taylor mit seiner Frau, ihrem kleinen Sohn, knapp ein Jahr alt, und seiner Schwester. Seine Schwester hieß Kristina und war siebzehn Jahre alt. Sie war ein blondes, schlankes Mädchen von kräftiger Gestalt. Kaum kleiner als ich.

Ich weiß nicht mehr alle Details. Jedenfalls verliebte ich mich in sie. Ihr Bruder machte mir klar, dass seine Schwester nur einen Heiligen der Letzten Tage, wie sich die Mormonen selber nennen, heiraten würde und dass es vor der Ehe keinen Sex gäbe. Ich verbrachte viel Zeit mit Kristina und ließ mich von ihr über den Glauben der Mormonen belehren. Wahrscheinlich waren es diese Belehrungen, vielleicht auch Kristina, jedenfalls gab ich meine Pläne, in Kalifornien nach Gold zu suchen auf. Ich ließ mich taufen und wurde Mitglied der Kirche Jesu Christ der Heiligen der Letzten Tage, wie die Mormonen ihre Kirche nennen. Somit war ich auch ein Heiliger der Letzten Tage.

Eisiger Wind fegte durchs Tal und Schnee lag überall etliche Zentimer hoch, als ich getauft wurde. In einem kleinen Teich hatte man die Eisdecke aufgebrochen und William Taylor und ich stiegen in das kalte Wasser. Mein Retter war nämlich Priester und berechtigt zu taufen. Bei den Mormonen sind fast alle Männer Priester. Auch ich wurde kurz nach meiner Taufe zum Diakon ordiniert. In weiße Gewänder gekleidet standen wir bis zum Bauchnabel im Wasser und William tauchte mich völlig darin unter, nachdem er ein paar Worte gesagt hatte. Die Luft war kälter als das Wasser. Deshalb empfand ich das Wasser warm.

Nun, da ich Mormone geworden war, hätte ich Kristina am liebsten gleich geheiratet. Doch sie war erst siebzehn Jahre alt. William meinte, ich solle mindestens bis zum nächsten Sommer warten. Inzwischen könne ich eine Hütte bauen. Doch jetzt im Winter eine Hütte zu bauen, war fast unmöglich. Im Tal gab es kaum Holz. Man musste weit reiten, um ein paar Bäume zu fällen.

So verbrachte ich den Winter bei den Taylors. Ich glaube auch, dass William mir erst seine Schwester zur Frau geben wollte, wenn er sah, dass ich es mit meinem Glauben als Mormone ernst meinte. Seine Eltern waren auf dem Wagenzug aus dem Osten gestorben. William nahm nun für seine Schwester die Vaterrolle ein.

Vom Bischof der Mormonen hatte ich ein Stück Land zugewiesen erhalten, das mein Eigen sein sollte. Ich brauchte nichts dafür zu bezahlen. Ich sollte es bebauen und mein Haus darauf errichten. Im Frühjahr würden mir die Brüder der Gemeinde helfen.

Kaum war der Schnee geschmolzen, als ich mich daran machte, die größten Steine von meinem Grundstück zu entfernen und es umzupflügen. Die Steine trug ich an die Stelle, wo das Haus stehen sollte.

Da kam eines Tages ein Bote von Brigham Young. Brigham Young war der Prophet und Präsident der Kirche. Der Bote richtete mir aus, dass ich in zwei Tagen zu einem Gespräch zum Präsidenten kommen solle.

Pünktlich marschierte ich zu seinem Haus. Brigham Young war ein etwas gedrungener, kräftig gebauter Mann. An den Schläfen kräuselte sich graues Haar. Durchdringend sah er mich mit seinen klaren Augen an und schenkte mir seine volle Aufmerksamkeit. Das Gespräch verlief ungefähr folgendermaßen:

‚Bruder John, sagte Brigham Young, ich habe gehört, Sie hätten sich gut bei den Taylors eingelebt, nachdem Sie letzten Herbst zu uns gekommen sind. Am letzten Sonntag sollen Sie dann eine gute Ansprache in Ihrer Gemeinde gegeben haben. Worüber haben Sie gesprochen?'

Ich berichtete kurz, darüber gesprochen zu haben, dass wir das Wort der Weisheit befolgen sollten. Wort der Weisheit wurde eine Offenbarung genannt, die der Prophet und Gründer der Kirche, Joseph Smith, erhalten hatte. Sie besagte, dass wir uns gesund ernähren sollten. Insbesondere sollten wir nicht rauchen, keinen Alkohol, keinen Bohnenkaffee und keinen Schwarzen Tee trinken. Es gab zu jener Zeit viele Heilige der Letzten Tage, die sich nicht an diese Worte der Weisheit hielten.

Brigham Young hörte mir aufmerksam zu und informierte mich dann, dass man mich zu einem Ältesten vorgeschlagen habe. Ich war hoch erfreut über diese Mitteilung. Nun würde William Taylor mir sicher ohne zu zögern seine Schwester zur Frau geben. Als Ältester galt man etwas in der Mormonengemeinschaft. Das war ein bedeutendes Amt im Priestertum. Bei vielen Entscheidungen durfte man mitreden. Aber vor allem würde mir dieser Aufstieg den Weg zu Kristina ebnen.

Brigham Young stellte mir eine ganze Reihe von Frage. Es war eine Art Test, um zu ermitteln, ob ich auch wirklich würdig war, zum Ältesten ordiniert zu werden. Als er damit fertig war, sagte er, dass er keinen Grund sähe, mich nicht zum Ältesten zu ordinieren. Doch dann kam er mit einem Vorschlag heraus, für den ich mich zunächst gar nicht begeistern konnte.

‚Im Grunde können wir jeden Bruder hier brauchen', sagte der Prophet. ‚Demnächst werden wir mit dem Bau des Tempels beginnen. Aber unsere Aufgabe besteht nicht nur darin, hier im Salzseetal zu leben und dem Herrn zu dienen. Der Herr hat uns berufen, das Evangelium auf der ganzen Welt zu verkünden und seine Schafe nach Zion zu führen. Der Herr hat Sie, Bruder John Wild, berufen, und ich bin nur sein Mundstück, als Missionar nach Deutschland zu gehen. Ihre Eltern waren Deutsche und wie man mir berichtet hat, beherrschen Sie die deutsche Sprache sehr gut. Sind Sie bereit, die Mission anzutreten?'

Ich musste kräftig Schlucken. Als Missionar berufen zu werden, war eine Art Auszeichnung. Doch ich hatte zunächst einmal vorgehabt zu heiraten.

,Ich sehe', sagte der Prophet, ,das überrascht Sie, Bruder Wild. Doch Sie brauchen nicht so bescheiden zu sein. Sie haben so großen Fortschritte gemacht und werden ein guter Missionar sein.'

Schüchtern berichtete ich, dass ich vor gehabt hätte, zunächst zu heiraten. Doch das schien der Prophet bereits zu wissen. Ich bräuchte mir keine Sorgen zu machen. Wenn Kristina die richtige Frau für mich sei, würde sie auf mich warten, sie sei ja noch so jung. Mit ein- oder zweijähriger Erfahrung als Missionar, wäre ich auch viel besser auf meine Rolle als Ehemann und Vater vorbereitet.

Mit gemischten Gefühlen willigte ich ein, nach Deutschland auf Mission zu gehen.

,Bruder Wild', sagte Brigham Young zufrieden, ,das ist gut. Ich habe auch keine andere Antwort von Ihnen erwartet. Sie sollten sofort daran gehen, Ihre Sachen für die Reise zusammenzustellen. Nehmen Sie nicht zu viel mit, Sie wissen, der Herr sorgt für die Seinen. Das Wichtigste, was Sie mitnehmen müssen, sind einige Ausgaben des Buches Mormon.'

Dann gab er mir einige Ratschläge für die Reise und

welche Reiseroute ich zu nehmen habe. Ich würde nicht alleine nach New Orleans reisen, um dort ein Schiff zu besteigen. Es gäbe noch drei weitere Brüder, die ebenfalls auf Mission berufen worden seien. Der eine nach Frankreich, ein anderer nach Schweden und der dritte nach England.

Ich weiß noch, wie Kristinas Augen leuchteten, als ich bei den Taylors berichtete, dass mich der Prophet auf Mission berufen hatte. Sie versprach, auf mich zu warten. Gleich wenn ich zurückkäme, könnten wir heiraten. Inzwischen würde ihr Bruder mit anderen Gemeindebrüdern meinen Acker bestellen. Und bei meiner Rückkehr wäre auch schon ein kleines Blockhaus fertig. Ein richtig großes Haus würde ich dann doch sicher selber bauen wollen.

An dieser Stelle hört die Erinnerung auf", schloss Martina ihre Erzählung abrupt.

Erinnerungen

Martina beendete ihren Bericht über das Leben im Wilden Westen. Es saßen nur wenige Studenten und Studentinnen im Schlossimbiss, der ehemals alten Mensa. Sie hatten sich an einen Tisch an der Fensterseite gesetzt. Still hatte Bernd dem Bericht gelauscht. Nun reckte er sich, nicht zuletzt, um sein Gehirn frisch zu durchbluten.

„Also, was mir an diesem Bericht zunächst einmal auffällt, ist, dass es da konkrete Ortsangaben gibt. Fort Laramie, Oregon Trail, Platte River. Ich habe vor einiger Zeit einen Wildwestfilm gesehen, der spielte dort. Die Ortsangaben allein, sind jedoch noch kein Beweis dafür, dass du in einem früheren Leben wirklich dort gewesen bist. Das Wissen darüber kann man sich alles aus Büchern oder Erzählungen aneignen. Siehe Karl May.“

Martina sah ihn mit schräg geneigtem Kopf an. „So weit waren wir doch schon einmal. Jetzt mach dich auf die Suche nach Gegenbeweisen. Oder hast du noch Fragen?“

„Ja natürlich“, beeilte sich Bernd. „Also dieser Cowboy - wie hieß er noch gleich?“

„Bill Crocer“, sagte Martina. „Und der war kein Cowboy, sondern ein Moutain Man. So nannten ihn alle.“

„Also dieser Bill Crocer, hat es den wirklich gegeben?“

„Im Lexikon steht er nicht“, gab Martina spitz zurück. „Doch was beweist das schon. Der hat doch nichts einmalig geleistet und ist früh gestorben. Vermutlich fraßen Kojoten seine Leiche. Warum sollte der im Lexikon stehen? Den Brigham Young hat‘s aber nachweislich wirklich gegeben. Und der steht auch nicht in jedem Nachschlagewerk. Google listet ihn immerhin auf, sogar mit Bild.“

„Den Führer der Mormonen?"

„Ja. Und dazu kann ich dir noch was erzählen. Es liegt schon einige Jahre zurück, als Onkel Hermann mit mir diese Rückführung machte. Das war damals in Dortmund. Ich kannte die Mormonen überhaupt nicht. Aus dem Telefonbuch habe ich mir dann eine Adresse gesucht und bin zu deren Gemeindehaus gefahren. Das ist ein relativ neuer Bau aus roten Ziegelsteinen. Es war abgeschlossen und niemand zu sehen. Aber die Versammlungszeiten standen auf einem Schild neben der Tür. Ich bin dann am Sonntagmorgen noch einmal hin. Im Foyer herrschte ein lebhaftes Treiben. Und in der Kapelle war später beim Gottesdienst auch nicht die eiserne Andacht, die ich von der katholischen Kirche her kannte. Ich empfand sie jedoch nicht als unangenehm, diese familiäre Geschäftigkeit. Im Flur hing ein Schwarzes Brett mit Bekanntmachungen. Unter anderem klebte dort das Porträt eines Manns, den ich sofort kannte, ohne dass ich den Kommentar lesen musste. Auf dem Bild war Brigham Young abgebildet."

„Interessant", fügte Bernd ein.

„Ich weiß, aber wieder kein Beweis." Martina seufzte. „In der Gemeinde gab es auch zwei Missionare. Keine alten Opas in schwarzen Kutten, sondern junge Männer so um die zwanzig in dunklem Anzug mit Schlips und Kragen. Diese Missionare sprachen mich an, weil sie mein Gesicht dort noch nie gesehen hatten. Sie wollten gleich einen Termin für einen Besuch bei mir machen. Ich war damals jedoch erst siebzehn und hatte meine Bedenken. Denn ich wohnte ja bei meinem Onkel und bei meiner Tante. Meine Bedenken stellten sich als berechtigt heraus. Als ich beim Abendessen von den Missionaren erzählte, herrschte totale Ablehnung. ‚Lass dich ja nicht mit denen ein', hat meine Tante mich angeherrscht. Dabei waren das ganz nette Kerle. Kaum älter als ich. Ich mochte sie und traf mich heimlich mit ihnen im Westpark. Nicht was du denkst", fügte Martina schnell ein, als sie Bernds Grinsen sah. „Sie kamen immer zu zweit und waren recht seriös. Sie erzählten mir von der Geschichte und Lehre der Kirche. Und was soll ich dir sagen, es war mir alles so total vertraut. Als wäre ich mit den Mormonen aufgewachsen."

„Und was ist aus den Missionaren geworden?", fragte Bernd, als Martina schwieg und sinnend in sich hinein horchte.

„Zu einem der vereinbarten Treffen konnte ich nicht kommen, und dann habe ich sie aus den Augen verloren. Ich glaube, du kannst dir das gar nicht vorstellen, wie das ist. Da erzählt dir jemand etwas, du weißt, dass du es eigentlich nicht wissen kannst, weil es dir in deinem kurzen Erdenleben noch niemand erzählt hat. Aber du kennst es. Du kennst es einfach aus einem früheren Leben. Die wesentlichen Lehren der Mormonen haben sich nämlich seit über hundert Jahren nicht geändert."

„Es gibt gar keine Abweichungen?" Bernd sah Martina mit senkrechten Stirnfalten an.

„Doch, ein paar Änderungen gibt es schon. Heute ist alles viel professioneller organisiert, als damals. Im Wilden Westen gab es auch einige Mormonen, die mehrere Frauen hatten. Das ist schon seit hundert Jahren verboten. Aber selbst damals gab es nicht so viele Männer mit mehreren Frauen. Er musste die nämlich alle ernähren können, und auch deren Kinder. Die Pille gab es damals ja noch nicht. William Taylor hatte nur eine Frau und dachte überhaupt nicht daran, sich noch eine zuzulegen."

„Wie hast du bei den Taylors gewohnt. Ich meine, was war das für ein Haus?", wollte Bernd wissen.

„Als ich ankam, begann gerade der Winter 1848/49. Die Taylors gehörten zu den ersten Siedlern im Salzseetal. Sie waren im Spätsommer 1847 mit dem ersten Wagenzug angekommen. Und es kamen immer noch neue Siedler an. Viele lebten in einfachen Erdlöchern, die man oben abdeckte. Denn im Tal gab es kaum Bäume, für den Hüttenbau. Baumstämme mussten von weit her geholt werden. Doch die Taylors hatten bereits ihr eigenes Blockhaus. Es bestand aus robusten Baumstämmen, die einfach aufeinandergeschichtet waren. Halt so, wie man heute noch Blockhäuser baut. Und wie du sie in fast jedem Wildwestfilm sehen kannst. Das Dach hatten sie allerdings mit Rasen gedeckt. Es gab nur einen Eingang. Die Tür saß fast in der Mitte der südlichen Breitseite. Links neben der Tür, von außen gesehen, gab es ein Fenster mit sechs kleinen Glasscheiben. Ein Sprossenfenster, dessen unteren Teil man hochschieben konnte. Am westlichen Giebel stand der Kamin.

Drinnen war es recht eng. Wir waren ja vier Erwachsene und der einjährige Sohn der Taylors. An den Winterabenden las man abends viel in der Bibel und dem Buch Mormon. Die Taylors gaben sich Mühe, mich zu bekehren und zu belehren, auch noch nachdem ich bereits zu ihnen gehörte."

„Wie, da habt ihr den ganzen Winter in der Hütte gehockt."

„Quatsch. Ich ritt öfters mit William Taylor in die Berge zum Jagen. Mitten im Winter stellten wir auch fest, dass das Feuerholz knapp wurde. Da sind wir los und haben ein paar Bäume in den Bergen gefällt."

Bernd schwieg, als dächte er nach. Martina erhob sich, um einen neuen Kaffee zu holen.

„Willst du auch einen?", fragte sie Bernd.

„Ja, gerne."

Als Martina die beiden Tassen auf den Tisch gestellt hatte, sagte Bernd, dass er erst einmal über alles nachdenken müsse. Es fielen ihm keine sinnvollen weiteren Fragen ein, die eine frühere Existenz Martinas nachwiesen. Aber dann fiel ihm doch noch eine Frage ein.

„Du sagtest doch, dass der Taylor Pferde hatte. Standen die auch in der Blockhütte?"

„Spinnst du?", Martina schüttelte den Kopf. „Hinter der Blockhütte hatte man das Dach verlängert. Dort standen die Pferde in einem geschützten Stall. Das waren sehr robuste Tiere. Isländer. Nicht besonders groß, aber kräftig."

„Wie viel Pferde hattet ihr?"

„Drei. Alle beige, oder besser gesagt, hellbraun."

Bernd schwieg und dachte nach. Mit welcher Frage konnte er dem Phänomen der angeblichen Reinkarnation beikommen? Kinder stellen die radikalsten Fragen, hatte er irgendwo gelesen. Doch er war kein Kind mehr. Es wollte ihm nicht gelingen, zu fragen, was ein Vierjährigen in dieser Situation fragen würde.

„Ja, es läuft immer wieder auf dasselbe hinaus", sagte er schließlich. „Alles was du aus deinen früheren Leben erzählst, kannst du irgendwo gehört oder gelesen haben. Die Orte sind zu weit entfernt oder unbekannt, so dass man keine Überprüfung deiner Ortskenntnis vornehmen kann. Es kommt auch noch hinzu, dass fast alles hunderte von Jahren zurückliegt. Da hat sich natürlich viel geändert. Salt Lake City ist heute eine Großstadt. Wo soll man da anfangen zu forschen? Ursprünglich hatte ich gedacht, es würde leichter sein, handfeste Beweise gegen frühere Leben zu finden, wenn deine Leben nicht so weit zurücklägen. Reitervolk. Mittelalter. Aber nun sind wir im Wilden Westen in einer Zeit, die gerade mal 150 Jahre her ist, und der Nachweis bei den Mormonen ist genau so schwierig wie bei den Mongolen."

Bernd hielt inne und sah Martina dann intensiv in die Augen. „Weißt du, was ich am liebsten machen würde?"

„Na?"

„Es ist schade, dass dein Onkel Hermann nicht mehr lebt. Sonst würde ich ihn bitte, noch einmal eine Rückführung zu machen, bei der ich dabei sein könnte, bei der ich auch Fragen stellen könnte. Aber da er nicht mehr lebt, ist mir ein anderer Gedanke gekommen."

Bernd machte eine Kunstpause. „Ich würde dich am liebsten hypnotisieren."

„Ich dachte, du hast keine Ahnung davon."

„Habe ich auch nicht. Aber ich werde mich jetzt kundig machen. Wärest du bereit?"

„Wenn du es richtig kannst. Was glaubst du denn dabei zu finden?"

„Den endgültigen Beweis, dass es keine früheren Leben gibt. Alles wird eine logische Erklärung haben. Jeder lebt nur einmal. Dann ist Schluss, für immer."

Martina schmunzelte. „Aber sinnvolles Hypnotisieren ist nicht so einfach. Onkel Hermann sagte immer, dass Hypnotisieren sei nicht so schwierig. Das schwierige seinen die richtigen Fragen. Man dürfe keine Suggestivfragen stellen. Dadurch würde der Bericht des Hypnotisierten verfälscht. Der Hypnotisierte ginge nämlich bedingungslos, mit ein paar Ausnahmen, auf die Wünsche des Hypnotiseurs ein. Wenn dieser nun zum Beispiel fragt: ,Siehst du den Spatzen auf der Kirchturmspitze?', dann sieht der Hypnotisierte einen Spatzen auf der Kirchturmspitze. Onkel Hermann hat mich deshalb bei allen drei Rückführungen nur sehr wenig gefragt. Er hat mich einfach erleben lassen und nach der Hypnose dann genauer ausgefragt."

„Okay", sagte Bernd, „ich werde mir gleich einschlägige Literatur besorgen. Und wenn ich so weit bin, machen wir die erste Rückführung."

„Ist gebongt!", erwiderte Martina. Doch ins geheim dachte sie, dass Bernd es wohl bald aufgeben würde, sich mit Hypnose zu beschäftigen. Das Studium war gewiss wichtiger. Vermutlich veranstaltete er den ganzen Zirkus auch nur, um sich in Szene zu setzen, um ihr zu imponieren.

Hypnose in Worms

Mit zwei Büchern unter dem Arm verließ Bernd die Stadtbibliothek in Mannheim und stieg die große Treppe hinunter. Beide Bücher handelten von Hypnose und ihrer praktischen Anwendung. Hauptsächlich das eine Buch, hatte ein Blick ins Inhaltsverzeichnis verraten, schien genau passend zu sein. „Wie wird hypnotisiert?", lautete das wichtige Kapitel. Und ein anderes „Wie verläuft eine Hypnose-Sitzung?"

Bernd versuchte, schon während des Hinabsteigens auf der Treppe zu lesen. Vertieft blätterte er in den Seiten des einen Werkes und sah deshalb nicht, wer unten am Ende der Treppe im Stadthaus an den Tischen der Café-Restaurants saß.

„He, du Streber!", tönte es laut durch das Stimmengewirr. „Auf'n Bier hast du wohl keine Zeit mehr?"

Rolf hatte ihn aus unmittelbarer Nähe angebrüllt. Mit einem Bier vor sich grinste er Bernd breit an. Bernd setzte sich zu ihm und bestellte ebenfalls ein Bier. Die Bücher legte er auf den Tisch.

„Aha!", Rolf pfiff leise durch die Zähne, nachdem er einen Blick auf die Buchtitel geworfen hatte. „Neue Verkaufsstrategie der Betriebswirte. Mit Hypnose. Hoffentlich gerate ich Dir nie in die Fänge."

Bernd sah ihn mit geschlossenen Lippen an.

„So, so", Rolf grinste und nickte bedächtig. „Du kannst dir also ein zweites Studium reinziehen. Schweinegeil. Zombige Käthe an der Kralle und ganz cool."

„Hör auf!", brummte Bernd.

„Dachte ich mir doch, dass deine Torte dahinter steckt." Rolf kniff ein Auge zusammen und kostete die Situation aus.

„Du stöberst also immer noch in der Seelenwanderung und in früheren Leben."

„Du hast doch selbst gesagt, ich solle sie hypnotisieren. Mal schauen, ob ich's damit hinkriege." Bernd deutete auf die Bücher.

„Also bei mir klappt das ohne Hypnose", sagte Rolf mit gespielt ernster Miene.

Bernd sah ihn erstaunt an, begriff aber sogleich. „Du und dein Johannes. Ich will wirklich herausfinden, was es mit diesen früheren Leben auf sich hat. Ich dachte, das hätte ich schon klargestellt."

„Is' ja gut, mach dich nicht nass." Rolf lehnte sich schmunzelnd zurück. „Aber manchmal würde es die Strategie enorm erleichtern. Stell dir mal vor, so 'ne Superbiene zeigt dir die kalte Schulter. Ein Pendel vor die Pupillen geschwungen und schon liegt sie flach."

Bernd stöhnte. Mit Rolf war heute kein ernstes Wort möglich. Doch das änderte sich schlagartig, als Sarah an ihren Tisch trat. Man kannte sich flüchtig von den Vorlesungen. Sarah war ein schlankes blondes Geschöpf, bei dem jedes Gramm an der richtigen Stelle saß. Sie hatte unter anderem schon für Warenhauskataloge als Model gearbeitet. Ihr kurzer Rock bedeckte kaum die makellosen Schenkel. Und der Pulli unter der braunen Lederjacke wirkte deutlich eine Nummer zu klein. Sarah griff nach den beiden Büchern auf dem Tisch und las laut deren Titel.

„He, das ist ja heiß. Hypnose. Was habt ihr vor?" Sie setzte sich zu Bernd und Rolf an den Tisch.

„Bernd will seine ...", begann Rolf, stockte und änderte seinen spontanen Satzbeginn. Denn er hatte offenbar sagen wollen, dass Bernd seine Martina willig machen wolle. Nach der blitzartigen Korrektur klang der Satz harmlos: „Bernd will seine Kenntnisse erweitern." Das

Wort „Kenntnisse" betonte er ungebührlich. Aber Sarah überhörte die Akzentuierung.

„Galaktisch! Das ist 'ne irre Sache", begann sie zu erzählen. „Hab ich vorgestern in Worms gesehen. Massenhypnose auf der Bühne. Einfach schrill, was der Typ mit denen machen konnte."

„Wo, in Worms?" Bernd war hellwach.

„Ja, da ist doch eine kleine Messe. Wormser Woche, oder wie das heißt. Lokale Gewerbeschau. Und abends, kurz vor Messeschluss, tritt im Bierzelt ein Hypnotiseur auf. Wie hieß der doch gleich? Paulo, Paulo, ja richtig Paulo Fernandez. Klingt südländisch. Ist aber ein Deutscher. Spricht ohne Akzent. So zirka zwanzig Leute rief der auf die Bühne und dann ging es los. Sphärische Hintergrundmusik, du hörst nur noch seine Stimme, alle konzentrieren sich auf ein Licht und die machen, was der will. Unglaublich!"

Sarah begann Einzelheiten zu berichten. Aber das Wichtigste war für Bernd, dass heute Abend die letzte Vorführung sein sollte. Die musste er unbedingt ansehen. Es kostete ihn etwas Überredungskunst, Rolf zu bewegen, auch mitzukommen und sich auf der Bühne hypnotisieren zu lassen. Denn Bernd wollte alles akribisch beobachten und seinen Freund später fragen, wie er die Hypnose erlebt hatte.

„Wenn ich es einmal richtig gesehen habe, weiß ich, wie's geht und kann mir das hier", er deutete auf die Bücher, „ersparen. Aber damit ich sicher bin, dass da kein Scharlatan auftritt, brauche ich jemanden, der auf der Bühne mitmacht. Du bist genau richtig, der Job für dich."

„Ich soll also das Versuchskaninchen sein." Rolf sah Sarah fragend an.

„Halb so schlimm. Musst du nicht so eng sehen. Ist

doch alles nur ein Spaß", sagte Sarah. „Du guckst ja, als wolle man dir deine Männlichkeit rauben. Da kannst du ruhig mitmachen."

Am Nachmittag fuhren Bernd und Rolf mit dem Auto nach Worms. Das Ausstellungsgelände war schnell gefunden, weil es überall Hinweisschilder gab. Die Gewerbeausstellung interessierte beide nicht. Sie steuerten sofort auf das Bierzelt zu. Es hatte sich schon halb gefüllt. Kalter Rauch schwebte unter der Decke, Bierflecken auf den Tischen. Von der Grillecke zog der intensive Geruch brutzelnder Nierenspieße herüber. Die Sitze vor der Bühne schienen alle besetzt zu sein. Bernd und Rolf suchten und fanden dennoch zwei Plätze in der ersten Reihe.

Ein Mann in schwarzer Hose und schwarzem Rollkragenpulli fummelte auf der Bühne an den Lautsprechern und der Verstärkeranlage herum. Er sprach zur Probe immer wieder in das fast unsichtbare Mikrophon am Pulli und regulierte nach. Endlich schien er zufrieden zu sein und verschwand hinter der Bühne. Leise, beruhigende Musik wisperte jetzt aus den Lautsprechern. Das Bierzelt füllte sich immer mehr.

Fast pünktlich, kurz nach 17:30 Uhr ertönte ein lauter Gong. Paulo Fernandez betrat locker und selbstbewusst die Bühne. Es war derselbe Mann, der zuvor die Verstärkeranlage eingestellt hatte. Mit lauter und klarer Stimme erklärte er, dass Hypnose keine Zauberei, sondern eine wundersame Macht sei, die sich dazu verwenden ließe, bei der Bewältigung von Problemen zu helfen. Hier gehe es jedoch vornehmlich um eine Bühnen-Hypnose-Show.

Eine Dame im knöchellangen, golden glitzernden Paillettenkleid kam hinter den Kulissen hervor und trat ins Rampenlicht. Unter reichlichem Applaus stellte Paulo Fernandez sie als seine Assistentin vor. Mit wenigen

Worten versetzte er sie in Trance und befahl ihr, steif wie ein Brett zu sein. Bernd und Rolf beobachteten, wie er sie am Nacken packte und sacht rückwärts auf den Boden legte. Sie blieb steif und knickte nicht ein.

„Das kann ich auch", raunte Rolf seinem Freund zu.

Der zischte durch die Zähne: „Na los, melde dich."

Denn inzwischen hatte Paulo Fernandez um einen Freiwilligen gebeten, einen kräftigen Mann. Zögernd erhob sich ein Bulle von einem Kerl an einem Tisch rechts vorn und trat auf die Bühne. Der Hypnotiseur bat ihn, seine Assistentin an den Füßen zu packen, während er seine Hände unter ihren Nacken schob. Gemeinsam hoben sie die stocksteife Frau wagerecht hoch und legten sie auf zwei bereitstehende Hocker. Die Schemel standen so weit auseinander, dass nur die Füße und der Kopf jeweils auf einem Hocker auflagen. Die Frau knickte immer noch nicht ein, obwohl unter ihr keine Stütze stand.

Das Publikum applaudiert begeistert. Doch damit war die Nummer nicht abgeschlossen. Paulo Fernandez zog eine Papierserviette aus der Tasche und legte sie auf den Bauch seiner Assistentin. Er bat um absolute Ruhe. Es dauerte einige Sekunden, bis selbst die Kellner im Bierzelt innehielten und niemand mehr zu atmen wagte. Dann setzte Paulo Fernandez einen Fuß auf die Serviette und schwang sich hoch. Er stand nun in voller Größe auf dem Bauch seiner Assistentin, die sogar unter diesem zusätzlichen Gewicht nicht einknickte und eine Brücke zwischen den beiden Hockern bildete. Das Volk im Bierzelt klatschte vor Begeisterung in die Hände und auf die Tische.

„Na, kannst'e das auch?", fragte Bernd seinen Freund.

Der starrte immer noch fasziniert auf die Bühne und beobachtete, wie der Hypnotiseur die Assistentin aufweckte. Schlagartig war sie da und bewegte sich völlig natürlich.

„So, jetzt bist du aber wirklich dran", knuffte Bernd ihn an. „Du hast doch jetzt nicht etwa Schiss."

Rolf antwortete nicht gleich. Die Sache schien ihm nun doch etwas unheimlich. Aber Paulo Fernandez hatte zur Massenhypnose aufgerufen. Die ersten aus dem Publikum standen bereits auf der Bühne.

„Na los!", Bernd wurde ungeduldig. Denn Rolf saß immer noch neben ihm.

„Okay, okay", langsam erhob Rolf sich und zog gemächlich in Richtung Bühne ab.

Dort hatten sich etwa zwanzig, meist junge Leute eingefunden. Der Hypnotiseur begann, sie auf der Bühne in Armlänge von einander aufzustellen, mit dem Rücken zum Publikum. Alle sollten in die rechte hintere Bühnenecke blicken. Leise, angenehme Hintergrundmusik erklang. Paulo Fernandez sprach mit ruhiger Stimme. Er forderte die Kandidaten auf, sich locker hinzustellen, das Gewicht auf beiden Füßen gleichmäßig verteilt. Er fragte, ob jemand Kreislaufprobleme habe, oder ob irgendeiner kürzlich operiert worden sei oder sonstige körperliche Gebrechen habe. Alle schienen kerngesund zu sein. Er erklärte, dass Hypnose nichts Übernatürliches oder Unheimliches sei. Hypnose sei ein totaler Entspannungszustand, in dem man ab einem gewissen Stadium nur noch auf das reagiert, was der Hypnotiseur sagt.

Eine gelbe Lampe auf einem Stativ direkt vor den Freiwilligen leuchtete auf, kein grelles Licht, sondern gelb wie ein Vollmond. Die übrigen Schweinwerfer im Bierzelt erloschen, während die Assistentin noch einige Personen auf das gelbe Licht ausrichtete. Nur wenige Notlichter erhellte das Bierzelt. Paulo Fernandez begann mit sanfter und monotoner Stimme auf die Freiwilligen einzureden. Er forderte sie auf, nur noch das gelbe Licht anzusehen. Er sagte ihnen, dass sie sich wohl fühlten, dass es keinen Grund zur Sorge gäbe. Nur die gleichbleibende, friedvolle, aber doch eindringliche Stimme des Hypnotiseurs erklang im Zelt. Ungezwungen standen die jungen Leute auf der Bühne und schauten starr in die gelbe Lampe. Paulo Fernandez sprach ruhig weiter und sagte, dass nun der rechte Arm eines jeden schwer werden würde, danach der linke Arm und anschließend weitere Körperteile. Eine wohlige Müdigkeit breite sich im Körper aus.

Nach einigen Minuten sollten alle die Augen schließen. In diesem Stadium trat der Hypnotiseur einzeln hinter jeden Kandidaten und legte ihn rückwärts auf die Bühne. Niemand leistete Widerstand. Alle ließen sich freiwillig wie Baumstämme umlegen. Als alle auf dem Bühnenboden lagen, wurde weiter gedämpft auf sie eingeredet. Schließlich sagte der Hypnotiseur, dass nun alle in einem tiefen hypnotischen Schlaf lägen und forderte die Freiwilligen auf, sich zu erheben. Alle auf der Bühne befolgten dieses Kommando mit geschlossenen Augen. Paulo Fernandez und seine Assistentin führten jeden zu einem Stuhl und hießen ihn, sich zu setzen, mit dem Gesicht zum Publikum. Während alle auf dem Boden lagen, hatte die Assistentin die Stühle im hinteren Bereich der Bühne im Halbkreis aufgestellt.

„Wenn ich dir auf die Stirn blase bist du hellwach, schnippe ich aber mit den Fingern und sage ‚Ta-Lo‘, schläfst du sofort wieder ein", verkündete der Hypnotiseur. Die gelbe Lampe auf der Bühne erlosch und die Bierzeltscheinwerfer flammten auf.

Rolf war einer von denen, die der Hypnotiseur aufweckte. Er fragte ihn nach seinem Vornamen und woher er komme. Ob er sich hier wohl fühle. Rolf antwortete mit seiner ruhigen Stimme wie ganz gewöhnlich, ohne dubiose Wörter aus der Jugendsprache zu benutzen. Er schien nichts von der Hypnose bemerkt zu haben. Als Paulo Fernandez mit den Fingern schnippte und „Ta-Lo" sagte, schlossen sich augenblicklich seine Augen, die Arme sanken schlaff herab und er saß völlig entspannt auf dem Stuhl.

Bernd erkannte deutlich, dass da keine billige Show eines Scharlatans stattfand. Sein Freund Rolf war wirklich in einem anderen Zustand. Die Hypnose hatte bei ihm gewirkt. Er gehorchte dem Wort des Hypnotiseurs und machte alles, was der verlangte.

„Du sitzt jetzt nicht mehr auf dem Stuhl, sondern hinter dem Ruder eines Motorbootes", ertönte die ruhige Stimme Paulo Fernandez', nicht nur an Rolf, sondern an alle auf der Bühne. „Es ist strahlend blauer Himmel, und du fährst mit rasender Geschwindigkeit auf die offene, ruhige See hinaus."

Sofort nahmen alle auf ihren Stühlen eine andere Haltung ein. Sie hielten ein imaginäres Steuer vor sich fest und schauten mit geschlossenen Augen zum Horizont.

„Jetzt machst du eine Rechtskurve", sagte Paulo Fernandez.

Alle neigten ihren Oberkörper nach rechts, als läge ihr Boot schief im Wasser.

„Im Schlepptau hast du deine Freundin auf Wasserski. Schau mal, ob sie noch da ist."

Alle sahen sich um.

„Eine große Welle kommt auf dich zu. Wasser spritzt dir ins Gesicht."

Alle wischten sich mit dem Handrücken über die Stirn. Der Hypnotiseur gab weitere Kommandos und machte andere Experimente. Ohne Ausnahme erfüllten alle, was er anordnete. Dies zeigten zusätzliche Demonstrationen.

Zum Schluss sagte er: „Ich zähle jetzt bis drei. Bei der Zahl drei seid ihr alle wieder hellwach. Ihr seid ausgeruht und fühlt euch wohl. - Eins, zwei, drei!"

Nach der Show wollte Bernd von Rolf in allen Einzelheiten wissen, wie er die Hypnose erlebt hatte. Doch Rolf wollte oder konnte sich nicht mehr an alles erinnern.

„Es war ein Gefühl des totalen Losgelöstseins. Ich hörte zwar leise Stimmen aus dem Bierzelt, auch Gelächter. Aber das war weit weg und bedeutungslos. Nur die Stimme des Hypnotiseurs ergab Sinn. Und als ich aufwachte, habe ich mich innerlich geärgert. Denn das war so ein tolles Gefühl da auf dem Stuhl. Ich hätte noch stundenlang da sitzen können."

„Ja, aber als du da mit dem Typen getanzt hast", wollte Bernd wissen, „wie war das?"

„Was für ein Typ?"

„Na dem Sumoringer!"

„Hä?"

„Hast du das nicht mitgekriegt? Ich hab mir vor Lachen fast in die Hose gemacht. Erst hast du ihn ganz fest an dich gedrückt. Er dich übrigens auch. Wange an Wange. Aber das schärfste war dann, als deine Hand seine Pobacke knetete. Ein Bild für die Götter!"

„Du spinnst."

„Aber du kannst beruhigt sein. In einer Woche wirst du dich erinnern. So sagte Paulo Fernandez."

Tage später erinnerte Rolf sich tatsächlich an jenen Tanz.

Wieder zu Hause, verschlang Bernd in einer Nacht die beiden Sachbücher über Hypnose. Was ihm bei der Vorstellung entgangen war, besserte er theoretisch auf. Es musste klappen. Sicher, es gäbe Menschen, die schwer zu hypnotisieren seien. Aber Martina zählte nicht dazu.

Denn Sie hatte ja schon etliche Hypnosesitzungen hinter sich.

Als der Morgen graute, griff Bernd zum Handy, schaltete die Aufnahmefunktion ein und sprach ruhig und konzentriert ins Mikrophon. Dann hörte er sich die Aufnahme an. Seine Stimme missfiel ihm. Sie erschien ihm nicht monoton genug. Auch mit der zweiten Aufnahme war er unzufrieden. Stundenlang übte Bernd. Schließlich lag er schlafend in Kleidern auf seinem Bett und versäumte die Vormittagsvorlesungen. Immer wieder hatte er monoton gesagt, dass die Arme und Beine schwer würden. Dass der Körper schwer würde, dass die Augen sich schließen sollten - bis sich dann seine Augen schlossen, und er tief und fest einschlief.

Erst ein paar Minuten vor zehn Uhr erwachte Bernd. Das war ihm noch nie passiert. Denn er hatte ja schon oft die Nacht durchgearbeitet, und fuhr dennoch morgens zur ersten Vorlesung. Das hatte er immer locker weggesteckt. Langsam dämmerte ihm, dass er sich mit seiner eigenen Stimme hypnotisiert haben musste. Es hatte folglich geklappt. Wenn er sich selber hypnotisieren konnte, dann doch gewisse auch andere. Zweifel stiegen auf. Denkbar, dass er bloß aus Müdigkeit einschlief. Sein erster echter Hypnoseversuch würde es zeigen.

Alles Täuschung?

Karl Ludwig Kurfürst von der Pfalz schien zu grinsen, als Bernd an seinem Denkmal zwischen den Schlossflügeln vorüber ging. Oder war es kein Grinsen? Möglicherweise ein ermunterndes: „Nur zu, Junge!"

„Soll er nur grinsen", entschied Bernd. Er wusste jetzt genau, wie er Martina zu hypnotisieren hatte. Er steuerte auf die Fakultät für Sprach- und Literaturwissenschaften zu. Martinas Seminar müsste eben zu Ende sein. Da kam sie auch schon aus der Tür.

„Hallo", sagte Bernd. „Ich bin bereit. Wenn du willst können wir's gleich machen."

Karin, die Martina begleitete, sah Bernd mit großen Augen und offenem Mund an. Martina schwankte zwischen Lachen und ernst bleiben.

„Dann störe ich wohl", sagte Karin mit einem Augenzwinkern, drehte sich zur Seite, als wolle sie sich entfernen, blieb aber abwartend stehen.

Jetzt begriff auch Bernd, was die beiden Studentinnen dachten. „Ne, ne. Nicht was ihr denkt", grinste er. „Alles ganz harmlos. Ich habe jetzt die Theorie und gestern sogar die Praxis studiert."

Die beiden Freundinnen lachten laut los.

„Hypnose, meine ich doch", beteuerte Bernd.

Doch die beiden Mädchen bogen sich und lachten noch lauter.

„So, so", sagte Karin und verdrehte die Augen. „Hypnose nennt man das jetzt. Da muss man erst einmal drauf kommen. Hat Rolf dich angesteckt?"

„Ha, ha", erwiderte Bernd trocken. „Was habt ihr denn heute durchgenommen? Balzac? Das Kamasutra? Oder Lady Chatterly?"

Es dauerte einige Zeit, bis sich die Mädchen beruhigt

hatten. Sachlich berichtete Bernd vom gestrigen Abend und seinem nächtlichen Studium. Karin kicherte immer wieder zwischendurch.

„Du, das ist kein Scherz", sagte Martina erklärend. „Ich bin schon öfter hypnotisiert worden."

„Ich weiß, ich weiß", brüllte Karin erneut los und krümmte sich.

„Du siehst", sagte Martina zu Bernd, Karin anblickend, „die Zeit für dein Experiment ist nicht sehr günstig. Außerdem wollten wir gerade in die Bibliothek."

„Wann können wir uns treffen?"

Karin hielt sich wieder den Bauch: „Hast du deine neu erworbene Fähigkeit denn schon bei jemandem ausprobiert?"

„Blöde Ziege", dachte Bernd und sah Martina fragend an.

„Ja, hast du es schon bei jemandem ausprobiert?", fragte sie ebenfalls.

„Nein, das wollten wir doch ..."

Die blöde Ziege kicherte wieder.

„Okay, heute hab ich wirklich keine Zeit", sagte Martina ernst. „Außerdem wäre es wirklich gut, wenn du zuerst jemand anders hypnotisierst, bevor du mit mir herumexperimentierst. Teste es doch mit Rolf. Ich begebe mich nicht gerne in die Hände eines Dilettanten."

Sie hatte es zwar freundlich gesagt, aber mit ernster Miene. Bernd fiel nicht gleich eine passende Antwort ein. Da hatte sie sich auch schon umgedreht. Karin stupste leicht an Martinas Schulter und lachte lauthals, als sie davongingen.

Bernd blies die Backen auf und ließ die Luft hörbar ab. Er hätte Martina nicht im Beisein von Karin ansprechen sollen. Das war nicht schlau gewesen. Seine Begeisterung war dahin. Er hatte es sich so anschaulich ausgemalt.

Martina und er allein. Sie völlig hypnotisiert und ihm folgend. Nein, er würde die Situation nicht ausnutzen, niemals. Und nun verlangte sie, dass er seine Fähigkeiten erst unter Beweis stellte. Verdammter Mist.

Bernd lief auf dem Universitätsgelände umher und suchte seinen Freund Rolf. Rolf wäre ein passender Proband. Mit eigenen Augen hatte er gesehen, wie Rolf hypnotisiert wurde. Das war schon einmal wichtig. Falls er an jemand geraten würde, der schwer oder überhaupt nicht hypnotisierbar war, stieße er auf Granit. Selbst der Hypnosemeister Fernandez hatte in Worms zwei Leute von der Bühne geschickt, die offenbar nicht hypnotisierbar waren. Wie der das so schnell erkannt hatte? Übung? Aber bei Rolf, bei Rolf hatte es geklappt. Er musste Rolf überreden, sein erster Kandidat zu sein. Er wählte Rolfs Handynummer. Tot.

Vergeblich suchte Bernd bis zum Mittag. Rolf war nicht aufzufinden. Vermutlich hatte er sich in irgend einer Bibliothek verkrochen. Aber nun war Mittagszeit, und da sollte es leicht sein, Rolf zu finden. Nie würde er versäumen, mittags die Mensa aufzusuchen. Essen war eine seiner Lieblingsbeschäftigungen, sogar wenn es nur das schlichte Mensaessen war. Bernd fand seinen Freund wie erwartet in der Mensa. Er teilte gerade einen Kartoffelkloß, als Bernd sich ihm gegenüber an den Tisch setzte. Sogleich redete er auf Rolf ein.

„Ich glaub, mein Pferd pfeift", protestierte Rolf sofort, als Bernd ihm sein Anliegen vorgeschlagen hatte.

„Aber wieso nicht, du bist hypnotisierbar?", fragte Bernd.

„Eben", kam es kalt zwischen zwei Bratenbissen. „Du willst mich bloß wieder mit so einem Sumoringer tanzen sehen. Ne, ne, da läuft nichts. Das eine Mal hat mir gereicht. Such dir jemand anders."

„Weißt du jemand?", fragte Bernd enttäuscht.

„Ja nun, du machst das doch alles für deine Geliebte. Also ran an die Buletten."

„Die will erst, wenn ich Erfahrungen gesammelt habe."

„Aha!", tönte Rolf laut. „Die Dame bekommt weiche Knie. Sagte ich dir nicht gleich, die Tussi hat'n Sprung in der Schüssel und 'ne rege Fantasie. Alles reine Erfindungen, diese früheren Leben, diese Reinkarnation. Aberglaube, tiefster Aberglaube."

„Ach Quatsch, die will nur nicht das erste Versuchskaninchen sein. Kann ich auch verstehen. Wir kennen uns ja erst ein paar Tage."

Doch Rolf blieb bei seiner Meinung, dass nichts dran sei, an den Rückführungsgeschichten. Ob es wenigstens diesen Onkel gegeben hätte, der sie angeblich zurückgeführt habe, fragte er. Bernd zuckte mit den Schultern. Er war überzeugt, dass Martina ehrlich war. Wieso sollte sie lügen?

„Womöglich ist das ihre Masche, um sexy zu wirken", überlegte Rolf laut. „Und du bist voll darauf abgefahren. Bestimmt hat noch nie jemand ihre Geschichten überprüft. Seelenwanderung, ein ergiebiges Gesprächsthema. Jeder Mensch braucht Anerkennung."

Rolfs Argumente blieben nicht ohne Wirkung. Konnte es sein, dass Martina ihm das alles nur vorgemacht hatte? Nach dem Essen lief Bernd in die Stadt, zum Wasserturm und spazierte anschließend in Gedanken versunken im Luisenpark umher. Beim Spazieren ließ sich hervorragend nachdenken. Viele große Philosophen und Schriftsteller spazierten täglich mehrere Stunden.

Hatte Martina ihn angelogen? War alles nur Show? Steckte nichts bedeutendes dahinter? Ging es ihr tatsächlich nur darum, sich interessant zu machen? Gab es

Reinkarnation oder nicht? Das war die Frage. Wie Figuren auf einem Schachbrett schob Bernd die Argumente dafür und dagegen hin und her. Mal waren die Weißen im Vorteil, dann wieder die Schwarzen. Geistig wechselte er ständig die Seiten und staunte, wie sein Gehirn Bogen schlug, Fallen stellte und neue Gedanken einwarf. Sollte er erst eine Nacht darüber schlafen? Wozu? Er hatte doch schon darüber geschlafen und entschieden, dass es keine Seelenwanderung gibt.

Wie Ziegelsteine setzte er Argumente aufeinander, nahm sie vom Platz und legte sie auf andere Steine. So oft er die Steine auch umsetzte, es wollte kein elegantes Gebäude entstehen. Das Dilemma wurde immer deutlicher: Er hatte keinen Plan, sonder probierte dilettantisch in der Hoffnung, etwas großartiges zu errichten.

Der Glaube an Seelenwanderung war ihm im Grunde gleichgültig. Aber ihm war wichtig, woran Martina glaubte. Nein, sie glaubte nicht nur an frühere Leben, sie war überzeugt davon. Bernd merkte, dass seine Gedanken im Kreis rannten. Wie konnte er Martinas Überzeugung erschüttern? Mit Argumenten gegen die Reinkarnation? Irgendwo hatte er gelesen, dass Frauen mehr auf ihre Intuition achten, auf ihr Bauchgefühl. Wodurch bildete sich das Bauchgefühl? Absolut sicher waren Entscheidungen nach dem Bauchgefühl nicht. Aber oft günstiger als reine Verstandesentscheidungen. Das hatten Forscher herausgefunden. Wie konnte man es beeinflussen, das Bauchgefühl?

Bernd hatte keine Ahnung und entschied sich, konsequent weiter zu forschen. Irgendwann würde er auf Tatsachen stoßen, die man nicht ignorieren konnte und die alle Vorstellungen von Seelenwanderung in Frage stellten. Das sagte ihm nicht sein Verstand. Das war ein Gefühl aus dem Bauch. Er würde schon noch herausfinden, wieso viele Menschen an frühere Leben glaubten. Und er würde Martina für sich gewinnen. Sie hatte ihn nicht angelogen. So sehr konnte er sich nicht getäuscht haben. Sogar das bestätigte sein Bauchgefühl.

Sie sprach von früheren Leben, an die sie sich erinnerte. Aber wie war dieses Wissen in ihr Gehirn gekommen?

Martina und Karin

„Ist das wahr? Bist du wirklich schon hypnotisiert worden?", fragte Karin, als sie und Martina kichernd davon eilten und Bernd stehen ließen.

„Ja sicher."

Karin schlang am Hinterkopf einen Gummi um ihre lockeren, rotblonden Haare und ordnete sie zu einem Pferdeschwanz, was nicht so recht gelingen wollte. Ihre Sommersprossen im Gesicht traten so noch deutlicher hervor, wie aufgemalt. Sie konnte sich vorstellen, dass es Reinkarnation und frühere Leben gab. Sie selbst hatte zwar noch nie etwas derartiges erlebt, hielt es aber durchaus für möglich. Sich von Bernd hypnotisieren zu lassen, lehnte sie strikt ab und riet Martina, den Burschen in die Wüste zu schicken.

„Wie lange kennt ihr euch schon?"

„Seit Semesterbeginn."

„Bist du wahnsinnig? Und so einem willst du dich ausliefern? Gar nicht auszudenken, was der mit dir unter Hypnose machen kann. Vor einiger Zeit habe ich da einen Film gesehen. Da hat so ein Hypnosefreak Leuten suggeriert, Morde auszuführen. Und die haben das brav gemacht und wurden dafür eingesperrt. An die Hypnose konnten die sich anschließend nicht erinnern, weil ihnen suggeriert worden war, sich nicht zu erinnern, die Hypnosesitzung total zu vergessen."

„Das ist Blödsinn", entgegnete Martina barsch. „Auch unter Hypnose tut man nur, was man tun will. Man tut nichts, was einem völlig gegen den Strich geht. Die eigenen Moralvorstellungen bleiben erhalten."

„Wer weiß, wer weiß. Und wenn du nun einen Mord begehen willst?"

„Dann hülfe mir die Hypnose ein wenig dabei. Ich

würde es aber nie tun, weil ich keine Mordabsichten habe. Alles, was gegen deine moralische Grundeinstellung verstößt, das kann kein Hypnotiseur von dir verlangen."

Aber Karin ließ nicht locker und redete weiterhin warnend auf Martina ein.

„Aber du magst ihn doch. Habt ihr schon ...?"

Martina schüttelte den Kopf.

„Du bist aber nicht abgeneigt. Das sehe ich doch. Was der mit dir da anstellen könnte. Stimmts?"

Martina schwieg. Karin malte das Drama weiter aus.

„Vielleicht bevorzugt der irgendwelche abartigen Sexpraktiken. Zuerst ganz kuschelig und wenn du nichts mehr mitkriegst geht's richtig zur Sache. Danach wunderst du dich nur über Muskelkater und blaue Flecke. Und überhaupt, vielleicht ist das gar kein Dilettant? Vielleicht ist das seine Masche die Weiber rum zu kriegen. Möglicherweise genügt ihm die normale Tour nicht, braucht einen besonderen Kick. Vielleicht tut der nur so scheinheilig?"

Martina sah Karin mit schmalen Lippen streng an. Bedenken waren ihr aber dennoch gekommen.

„Wenn alle so argumentieren würden wie du, hätte Hypnose nie stattgefunden. Bei irgend jemanden muss er doch ausprobieren, ob er es kann. Was hältst du davon, dabei zu sein, wenn er versucht, mich zu hypnotisieren?"

„Damit er gleich zwei Opfer hat? Ne, ne. Ohne mich. Ich lass mich nicht von jedem anfassen!"

„Also das ist nun wirklich kein Problem", protestierte Martina. „Wenn du nicht hypnotisiert werden willst, dann kann er dich auch nicht hypnotisieren. Du brauchst dich bei der Aktion nur nicht auf ihn zu konzentrieren. Du könntest dich voll darauf konzentrieren, was ich tue und sage. Bei jeder Hypnose-Show kann man das sehen. Nur die Leute auf der Bühne werden hypnotisiert und nicht das ganze Publikum."

Karin widersprach nicht. Inzwischen regte sich bei ihr Neugier. Sie hatte bisher nur von Hypnose gehört, aber nie eine erlebt. Deshalb willigte sie ein, bei der Hypnose dabei zu sein. Die beiden Studentinnen verabredeten einen Termin bei Martina zu Hause.

„Ich bin ja auch gespannt, ob er es wirklich in so kurzer Zeit gelernt hat", sagte Martina. „Und ich bin davon überzeugt, dass er herausfinden will, ob es wirklich Reinkarnation gibt und jeder Mensch tatsächlich schon öfter gelebt hat. Also, sei pünktlich."

Hypnose I

Rechtzeitig, zwei Minuten vor neunzehn Uhr dreißig klingelte Bernd bei Martina. Der Türsummer ertönte und Bernd stieg bis zum fünften Stockwerk hinauf, wo Martina ihn in der Tür stehend erwartete. Karin war schon da.

„Okay, am besten machen wir es wie der alte Sigmund", sagte Martina, nachdem Bernd sich in einen Sessel gesetzt hatte.

„Ich dachte, der hieß Hermann, dein Onkel." Bernd sah Martina fragend an.

„Von dem spreche ich doch nicht. Ich meine Sigmund Freud. Also ich lege mich aufs Bett und du setzt dich auf den Sessel, den wir ans Kopfende stellen. So müssen wir uns nicht ins Gesicht sehen. Das könnte bei deinem ersten Hypnoseversuch nämlich sehr störend sein. Karin, du setzt dich am besten dort auf den Stuhl am Tisch."

Schnell war der Sessel entsprechend gerückt, Karin auf ihrem Beobachtungsplatz und Martina legte sich auf ihr Bett. Bernd räusperte sich und begann dann mit etwas belegter und tiefer Bassstimme zu sprechen.

„Du fühlst dich wohl. Es ist friedlich um dich. Du kannst dich fallen lassen."

„He, kannst du nicht normal reden", kicherte Martina los.

„Man muss ruhig und monoton sprechen. Also konzentriere dich jetzt bitte wieder."

„Aber du brauchst doch deine Stimme dabei nicht verstellen", protestierte Martina. „Ruhig und Monoton ist schon okay. Aber rede doch bitte normal."

Bernd begann erneut mit seinem Text. Doch bereits nach dem dritten Satz merkte er an Martinas Glucksen, dass er in seinen in der Nacht einstudierten Tonfall gerutscht war. Auch Karin versuchte, ihr Kichern zu verbergen.

„Also wenn du nicht normal redest, wird das nie was", sagte Martina kategorisch. „Mein Onkel hat auch ruhig und monoton gesprochen. Aber er hat seine Stimme nicht verstellt."

Bernd stöhnte und begann erneut: „Bleib' ruhig liegen. Du kannst dich jetzt völlig entspannen. - Ich glaube, es ist zu hell hier", unterbrach Bernd sich selber. „Wir sollten die Lampe verdunkeln."

Martina stimmte zu und holte ein orangefarbenes Handtuch aus dem Schrank, das sie über den Lampenschirm der Stehlampe hängte. Das Zimmer war jetzt in ein warmes Dämmerlicht getaucht. Karin äußerte erste Zweifel, ob Bernd die Anweisungen auch richtig studiert habe. Im Geiste ging Bernd noch einmal die übrigen Bedingungen für eine erfolgreiche Hypnose durch. Das Zimmer war ruhig. Nur wenig, kaum hörbarer, ganz dumpfer Straßenlärm drang durch die geschlossenen Fenster. Die Temperatur war angenehm. Da Martina sonst ja auch in diesem Zimmer schlief, sollten die äußeren Umstände jetzt sehr günstig sein. Bernd begann erneut mit seinem Text.

„Du wirst jetzt müde, ganz müde und deine Augen werden schwer und immer schwerer. Du kannst jetzt die Augen schließen. Schließe die Augen und schlafe ein! Schlafe! Schlafe tief und fest, ganz tief und fest!"

Bernd beugte sich etwas vor, um zu, sehen ob Martina die Augen geschlossen hatte. Die Augen waren geschlossen. Schon wollte Bernd sich zurücklehnen, als er Kaubewegungen ihres Unterkiefers registrierte. Entsetzt donnerte er los.

„He, was ist das denn!"

Martina riss die Augen auf.

„Hast du etwa einen Kaugummi im Mund?", fragte Bernd ungläubig.

Martina sah ihn mit großen Augen an, senkte den Blick und spuckte das Kaugummi aus und legte es auf das Papiertaschentuch auf dem Nachttisch. „Entschuldige."

„Wieso darf sie kein Kaugummi im Mund haben?", fragte Karin.

„Mit Kaugummi im Mund geht es nicht", dozierte Bernd. „Sie soll sich doch entspannen. Und die Muskelbewegung beim Kauen ist eine ständige Anspannung." Wieder zu Martina gewandt fuhr er fort: „Oder hat dein Onkel das etwa auch geschafft, mit Kaugummi? Verdammt, muss man bei dir aufpassen."

Als von Martina keine Antwort kam, begann Bernd von neuem.

„Leg dich jetzt wieder ganz ruhig und bequem hin. Entspanne deinen Körper. Atme langsam und ruhig. Achte auf alles, was ich dir sage. Sieh jetzt den goldenen Baldachin oben an deiner Deckenlampe an. Fixiere den Baldachin. Lasse deine Augen in keiner weise abschweifen. Deine Augen werden jetzt schnell müde und schwer."

Martinas Bauchdecke vibrierte und Bernd sagte laut: „Okay, du kannst ruhig lachen. Was war jetzt wieder los?"

Auch Karin lachte laut auf. Martina richtete sich auf und setzte sich schmunzeln auf die Bettkante.

„Ich wusste noch gar nicht, dass ich einen goldenen Baldachin in meinem Zimmer habe." Sie sah zu Decke.

Irritiert schaute Bernd ebenfalls zu Zimmerdecke: „Die kleine Messingkapsel am Ende des Lampenstiels, dort, wo das Elektrokabel drunter versteckt ist. Das ist ein Baldachin. Noch nie gehört?"

„Nee."

„Also irgendwie ist heute der Wurm drin", sagte Bernd. „Na ja. Ist ja auch mein erster Versuch. Muss ja nicht gleich klappen. Aber beim nächsten Mal kriege ich es hin."

„Da ist noch etwas, was wichtig ist", begann Martina. „Als Medium muss man zum Hypnotiseur ein tiefes Vertrauen haben. Sonst geht es auch nicht."

Bernd sah sie mit offenem Mund an und holte Luft, doch sie kam ihm zuvor.

„Ich will damit nicht sagen, dass ich dir nicht vertrauen würde. Aber im Grunde kennen wir uns kaum. Was weiß ich schon von dir? Du hast bei unseren Treffen meistens nur mir zugehört. Ich vermisse noch eine gewisse Vertrautheit. Verstehst du, was ich meine? Hinzu kommt, dass du noch nie jemanden hypnotisiert hast. Da bin ich dann auch etwas misstrauisch und achte vielleicht zu stark auf die Art und Weise, wie du vorgehst, als auf das, was du sagst und wie du es sagst."

„Ja, ich glaube auch, dass du noch etwas mit dir allein üben musst", meldete sich Karin. „Also ist die Sitzung für heute beendet. Dann könnte ich ja noch etwas erledigen. Was habt ihr vor?"

„Bist du mit dem Auto da?", fragte Martina den stumm dastehenden Bernd.

„Ja."

„Dann lass uns nach Heidelberg fahren. Aufs alte Schloss. Von dort kann man so schön auf die Lichter der Altstadt sehen. Keine gute Idee?"

„Ja, okay."

Gemeinsam stiegen alle drei die Treppen hinunter.

Karin verabschiedete sich und Bernd führte Martina zu seinem alten Opel.

Heidelberg

Wenig später saß Martina in Bernds angerostetem Auto. Sie ließen die Lichter Mannheims hinter sich. Über die Autobahn rauschten sie direkt auf Heidelberg zu. Alle Wolken hatten sich verzogen. Ein sternenklarer Himmel stand über Heidelberg. Bernd stellte den Wagen auf dem kleinen Parkplatz oberhalb des Schlosseingangs ab. Auf der winzigen Wendeltreppe hinunter zum Schlossgarten griff Martina erstmals nach Bernds Hand. Doch auf dem Kiesweg löste sie den Griff wieder. Sie gingen durch das Tor in den Innenhof des Schlosses. Nur wenige Spaziergänger hielten sich um diese Jahreszeit nachts hier auf. Im Sommer musste man Eintritt zahlen. Jetzt stand alles offen und jeder lief ungehindert am Apothekenmuseum vorbei auf die Schlossterrasse, den Altan.

Bernd und Martina traten an die Brüstung und schauten auf das Dächergewirr von Heidelberg. Die Heiliggeistkirche hob sich dunkel ab. Dahinter floss lautlos im Schein der Uferlaternen der Neckar. Rechts verdeckten Häuser, Bäume und Berge die Sicht. Nach links schien sich die Rheinebene ins Unendliche zu ergießen. Die Dunkelheit ließ die Häuser in der Ferne nur erahnen. Die Lichter wurden kleiner und kleiner und immer mehr und unzählbar zahlreich, ein unübersehbares Lichtermeer bis an einen dunklen, unsichtbaren Horizont, von dem sich ein schwarzes Gewölbe abhob, an das wiederum kleine Lichter geheftet waren, die Sterne.

„Herrlich", flüsterte Martina.

Schweigend standen sie eine Weile dicht nebeneinander, dann legte Bernd sanft seine Hand auf ihre Schulter und hauchte einen Kuss auf ihre Schläfe. Martina stand still da. Sie ließ es geschehen, wandte sich ihm aber nicht zu. Bernd nahm die Hand von ihrer Schulter. Ohne ein

Wort sah sie weiterhin auf Heidelberg hinab. Ihr Geruch steckte in seiner Nase. Kein Lüftchen wehte und durchmischte ihr Bouquet. Er hätte nicht sagen können, wonach sie duftete. Aber sie roch aufregend angenehm.

Mehr ist heute wohl nicht drin, dachte Bernd und startete keinen zweiten Annäherungsversuch. Er beschloss zu warten, bis sie den nächsten Schritt machte.

„Mal sehen, ob dein Fuß passt", sagte Martina plötzlich und winkte Bernd mit dem Kopf nach hinten in die Mitte des Altans.

„Was ist mit meinem Fuß?"

„Warte mal, hier muss es sein." Martina schaute auf den dunklen Steinen des Bodens umher. „Ah, hier ist es. Stell doch mal deinen Fuß rein. Vielleicht warst du der Ritter -- in einem früheren Leben."

Martina deutete auf eine Vertiefung in einer der Sandsteinplatten, die einem Stiefeleindruck ähnelte. Bernd stellte seinen rechten Fuß hinein. Er passte.

„He, du warst das also!", lachte Martina. „Der Sage nach soll hier während eines Brandes ein Ritter in voller Rüstung aus einem der oberen Fenster heruntergesprungen sein. Er blieb unverletzt und hinterließ diesen Stiefelabdruck. Da haben wir den eindeutigen Beweis für frühere Leben. Du warst der Ritter." Sie lachte.

„Wieso hatte der bei Brand seine Rüstung an?", fragte Bernd.

„Vielleicht testete er deren Feuerfestigkeit", schmunzelte Martina. „Dabei wurde es ihm zu heiß und er sprang aus dem Fenster. Quatsch. Ist doch nur eine Sage. – Es gibt aber auch noch eine andere Version der Geschichte. Danach soll sich ein Ritter in das Gemach seiner heimlichen Geliebten geschlichen haben. Als deren Ehemann unerwartet früher heimkam, ist der Ritter dann auf der Flucht ebenfalls aus dem Fenster gesprungen und hier

gelandet. Warst du auf der Flucht vor dem heimkeh-
renden Ehemann? Los, gestehe, du Schuft! Hast du es
danach noch mal getrieben? So wie ich dich kenne, lässt
du ja nicht locker."

Bernd griente.

„Komm, wir gehen wieder zu mir", sagte Martina ohne
jeden Übergang und stapfte Richtung Auto davon.

Hypnose II

Weil Bernd vor Martinas Haus keinen Parkplatz finden konnte, stellte er den Wagen zwei Quadrate weiter ab. Nebeneinander schlenderten sie zurück.

„Ich habe hunger", sagte Martina. „Du auch?"

„Jetzt wo du es sagst, Pizza oder Kebap? Steak ist heute nicht mehr drin."

„Ich mach uns ein paar Schnittchen", erwiderte Martina.

Wenig später trug sie auf einem großen Teller Brotscheiben in ihr Zimmer, die mit Wurst und Käse belegt waren.

„Und, soll ich noch mehr machen?", fragte sie.

„Auf keinen Fall, ich bin satt." Bernd strich über seinen Bauch, der normalerweise flach war, den er nun aber nach einem tiefen Atemzug hervor wölbte. Sein Blick fiel auf eine kleine goldene Münze, die an einer Kette um Martinas Hals hing.

„Du bist also Steinbock. Glaubst du an die Sterne?"

„Eigentlich nicht. Aber irgendetwas ist schon dran."

„Weibliche Logik", dachte Bernd und sagte laut: „Kann ich das mal abnehmen?"

Martina öffnete den Kettenverschluss und reichte Bernd die Kette mit der Münze. Er betrachtete das Symbol eingehend. Dann erfasste Bernd den Verschluss, hielt die Kette hoch und ließ die Münze in kleinen Kreisen vor Martinas Augen pendeln.

„Was hast du vor", fragte sie.

Bernd sah Martina intensiv an.

„Du willst doch jetzt nicht etwa ...", Martina kniff ein Auge zusammen.

„Warum nicht? Wo du nach dem Spaziergang und dem guten Essen schon mal entspannt bist."

Martina schmunzelte, widersprach aber nicht. Im Augenblick war es ihr gleichgültig, wozu Bernd Lust hatte. Sie würde alles mitmachen, wenn es nur nicht zu anstrengend wäre. Fast gelangweilt starrte sie auf die Goldmünze mit ihrem Sternzeichen, die Bernd immer noch kreisend vor sie hielt.

„Okay, ich leg' mich hin, du setzt dich auf den Stuhl neben dem Bett."

„Dein kleiner Steinbock wird uns helfen", begann Bernd mit monotoner Stimme die Hypnose. „Sieh bitte ganz konzentriert auf diese Münze. Du siehst nichts anderes mehr, als diese Münze. In deinem Blickfeld ist nur noch diese goldene Münze. Sieh nur noch diese Münze an. Dein Körper liegt ruhig und entspannt. Deine Arme werden schwer. Auch deine Augenlieder werden schwer. Aber du kannst die Augen offen lassen. Sieh immer nur diese Münze an."

Während Bernd ruhig weiter sprach, hob er langsam die Münze etwas höher und beobachtete, wie Martinas Augen ihr folgten. Er sah, wie Martinas Pupillen sich veränderten. Sie wurden weiter, dann wieder enger, wieder weiter und wieder enger.

„Deine Augen werden jetzt müde, ganz müde. Gleich schließen sich deine Augen und du schläfst sanft ein. Jetzt schließen sich deine Augen."

Fast hätte Bernd versäumt, weiter zu sprechen. Denn fasziniert beobachten er, wie sich Martinas Augen tatsächlich schlossen. Er war sicher, dass sie sich nicht zufällig geschlossen hatten, sondern weil er es sagte, weil er es ihr suggeriert hatte. Sie musste bereits in Trance sein, oder wenigsten am Beginn davon. Jetzt nur nicht locker lassen.

„Du schläfst jetzt ganz tief", fuhr Bernd fort. „Lass dich fallen. Schwebe durch Raum und Zeit, durch Raum und Zeit. Du lässt dich in die Stille dieses Raumes fallen. Du fällst in die Stille dieses Raumes. Du fühlst, wie sich dein Bauch im Rhythmus deines Atems hebt und senkt. Er hebt und senkt sich. Du fühlst nicht nur deinen Bauch. Auch mit geschlossenen Augen kannst du deinen Bauch sehen. Du beobachtest mit geschlossenen Augen deinen Bauch, wie er sich im Rhythmus deines Atems hebt und senkt. Und du atmest Ruhe und Gelassenheit ein. Du atmest tiefer und immer tiefer. Du atmest mehr Ruhe und mehr Gelassenheit. Mit jedem Atemzug atmest du mehr Ruhe ein. Du wirst immer entspannter und immer ruhiger und fühlst dich immer wohler. In deinem Gesicht sind keine Falten. Dein Gesicht ist ganz glatt und entspannt. Du musst kein bestimmtes Gesicht mehr wahren. Du kannst dein Gesicht los lassen. Du kannst den Kiefer loslassen. Mit leicht geöffnetem Mund kannst du daliegen. Du fühlst dich wohl. Du fühlst dich sehr wohl. Wenn du willst, kannst du die Augen wieder öffnen und die Goldmünze anschauen. Aber du musst die Augen nicht öffnen. Du kannst die Augen geschlossen halten."

Bernd beobachtete, wie Martina bei diesen Worten leicht mit den Augenlidern flackerte, dann aber wieder ganz ruhig und entspannt dalag, mit leicht geöffnetem Mund. Ruhig und monoton weiter sprechend, legte er die Goldmünze auf den Nachttisch neben dem Bett.

„Du fühlst dich sehr wohl. Du liegst total entspannt da. Vielleicht merkst du, dass du schlucken willst. Vielleicht musst du schlucken. Du kannst jetzt schlucken, wenn du schlucken musst. Die Müdigkeit füllt deinen ganzen Körper aus. Du kannst dich noch mehr entspannen. Die Geräusche von draußen gehen in ein Ohr hinein und zum anderen heraus, ohne Bedeutung. Du hörst nur meine Stimme, meine unverwechselbare Stimme. Eine wohlige, angenehme Gleichgültigkeit überkommt dich mehr und mehr, weil du dich völlig entspannst. Dein ganzer Körper ist schwer. Du atmest tiefer und tiefer, tief in den Bauch hinein. Mit jedem Atemzug atmest du noch mehr Entspannung und Ruhe in dich hinein. Dein Unterbewusstsein hört nur noch meine unverwechselbare Stimme und weiß, was es zu tun hat. Du überlässt dich deiner angenehmen und wohligen Müdigkeit und meiner unverwechselbaren Stimme. Du achtest auf nichts anderes mehr, als auf meine Stimme. Dein ganzer Körper ist entspannt. Alle Anspannung ist gegangen. Du lässt dich fallen und sinkst mit jedem Atemzug tiefer und tiefer und immer tiefer. Meine Stimme begleitet dich."

Bernd hatte den Eindruck, dass Martina bereits im Tiefschlaf war. Aber er war sich nicht völlig sicher und wollte nicht vorschnell handeln. Deshalb sprach er etliche weitere Minuten verhalten auf Martina ein, bis er mit der eigentlichen Suggestion begann.

„Du bist jetzt völlig gelöst und entspannt. Nichts kann dich mehr stören oder ablenken. Du hörst nur noch auf meine Stimme. Jedes Wort dringt tief in dein Unterbewusstsein, weil du willst, dass es eindringt. Du willst auf meine unverwechselbare Stimme hören und alles genau befolgen, was sie dir sagt. Du bist neugierig auf das, was du entdecken wirst. Du willst mehr über deine früheren Leben wissen. Dein Unterbewusstsein wird dir alles offenbaren. Deshalb kannst und willst du nicht anders, als auf meine Stimme hören. Sie wird dich in deinem Leben zurückführen. Es wird angenehm und schön für dich sein, während der Hypnose in frühere Leben einzutauchen. Du bist jetzt im Heute, Studentin an der Universität Mannheim. Ganz langsam gehen wir jetzt in deiner Erinnerung zurück. Du gehst immer weiter in der Erinnerung zurück. Nun bist du an einem Zeitpunkt angelangt vor fünf

Jahren. Du befindest dich in der Zeit vor fünf Jahren. Schau dich an. Du bist jünger. Wo befindest du dich?"

Martina schluckte und begann schläfrig zu sprechen. Kein Zweifel, sie war in Trance und begann zu erzählen, dass sie in einer Unterrichtsklasse in der Schule säße. Es würde Latein unterrichtet. Der Lehrer lobe sie, weil sie einen lateinischen Satz korrekt übersetzt hätte.

„Und jetzt gehst du in deiner Erinnerung noch weiter zurück. Langsam gehst du immer weiter zurück. Du bist jetzt fünf Jahre alt. Was siehst du im Alter von fünf Jahren?"

Martina berichtete, dass sie eine Latzhose anhabe und im Kindergarten sei. Sie habe gerade ein Bild gemalt und wolle ein weiteres Bild malen. Doch die Kindergärtnerin sagt, dass keine Zeit mehr sei. Sie solle zusammen räumen. Sie würde gleich abgeholt werden.

„Gut, sehr gut", sagte Bernd ruhig. „Nun gehst du noch weiter in deiner Erinnerung zurück. Du gehst bis zu deiner Geburt und noch ein ganz, ganz kleines Stücken weiter zurück. Ich werde jetzt einige Minuten keine Fragen mehr stellen. Du bist kurz vor deiner Geburt und wirst mir nach der Hypnose berichten, was du gesehen und erlebt hast. Schau dich um und merke dir alles ganz genau. Du hast Zeit. Du befindest dich in der Zeit kurz vor deiner Geburt. Schau dich um in der Welt, in der du dich vor deiner Geburt befindest."

Nach diesen Worten erhob Bernd sich vom Stuhl. Er deckte Martina bis zum Hals mit der Bettdecke zu, die sie beim Hinlegen am Fußende zusammengeschoben hatte.

Bernd setzte sich wieder auf den Stuhl und schaute sie an. Sie atmete friedvoll. Doch plötzlich begann Martina heftig zu atmen. Ihre Brust hob und senkte sich gewaltig. Bernd überlegte, ob er Martina etwas Fragen sollte, ob er sie aufwecken sollte. Doch Martina beruhigte sich nach etwa einer Minute, die ihm wie eine Ewigkeit vorkam. Völlig entspannt lag sie wieder da. Ihre Augen bewegten sich unter den geschlossenen Liedern mal langsam, mal schneller. Nach etwa einer Stunde sprach Bernd, er hatte nicht auf die Uhr geschaut, Martina an und weckte sie aus der Hypnose. Sie öffnete sofort die Augen und richtete sich auf. Die Bettdecke rutschte herunter.

„Wieso war ich zugedeckt?", waren ihre ersten Worte.

„Ich dachte, es sei so angenehmer für dich", sagte Bernd. „Und nun berichte. Was hast du gesehen, in deinem früheren Leben? Drei frühere Leben hast du mir ja schon erzählt, nun das vierte. Was hast du in deinem vierten früheren Leben gesehen?"

Martina starrte auf die Bettdecke und sagte nichts.

„War's so schlimm? He, mach's nicht so spannend." Bernd war so begeistert, davon, dass ihm die erste Hypnose gelungen war. „Es hat geklappt, nicht war? Nun los, erzähl' schon. Kannst mir ruhig gratulieren, dass ich es geschafft habe. He, das war meine erste erfolgreiche Hypnosesitzung!"

Martina starrte immer noch unbeweglich auf die Bettdecke. Zweifel stiegen in Bernd auf, ob ihm auch das Aufwecken aus der Hypnose gelungen sei. Hatte er irgendetwas falsch gemacht? War Martina wirklich schon wach? Oder war sie immer noch in der Hypnose und markierte nur den Wachzustand?

„Wie heißt du?", fragte Bernd.

„Hä, das weißt du doch. Martina. Wie sonst." Martina hatte amüsiert aufgeblickt.

Erleichtert atmete Bernd durch. Es war die alte Martina. Er hatte nichts falsch gemacht. Ungeduldig redete er auf sie ein.

„Also, was ist nun? Willst du nichts erzählen, oder kannst du nichts erzählen? Du willst mir doch nicht weismachen, dass du nichts gesehen, nichts erlebt hast. Einmal hast du ganz schwer geatmet. Ich hatte den Eindruck, dass du einen Orgasmus hattest."

Mit einem Mona-Lisa-Lächeln sah Martina ihn an. „Stimmt. Ich hatte einen, in der Hypnose." Ihr Gesicht wurde wieder ernster. „Aber das muss ich erst einmal verarbeiten."

Martina stand auf und ging aus dem Zimmer auf den Flur. Bernd hörte die Badezimmertür klappen. Verwirrt stand er auf und folgte ihr. Durch die geschlossene Badezimmertür löcherte er sie erneut mit Fragen. Aber Martina bat ihn um Geduld. Sie werde ihm alles erzählen. Es sei merkwürdig gewesen. Sie werde ihm alles erzählen. In einen langen Bademantel gehüllt, kam Martina endlich aus dem Bad.

„Tut mir leid. Aber heute können wir nicht mehr darüber reden. Ich habe da was gesehen, etwas erlebt, das, das kann eigentlich gar nicht sein. Davon hab ich noch nie gehört. Entschuldige, aber das Beste ist. Du gehst jetzt."

„Aber einen kleinen Hinweis kannst du mir schon geben", bohrte Bernd erneut. „Morgen weißt du vielleicht nicht mehr alles so genau."

„Keine Angst, das vergesse ich nicht. Ich hab' ja schon in den anderen Hypnosesitzungen viel ungewöhnliches erlebt. Aber das heute. Das war die Spitze. Tut mir leid. Geh jetzt bitte! Sei mir nicht bös. Ich muss erst darüber nachdenken und darüber schlafen, bitte. Du wirst es später bestimmt verstehen."

Unzufrieden und unwillig verabschiedete Bernd sich mit einem kühlen: „Gute Nacht. Bis morgen."

Morgengedanken

Bernd erwachte gegen halb sechs Uhr morgens. Da er erst weit nach Mitternacht heimgekommen war, erschien ihm dies sehr früh und ungewöhnlich. Ungewaschen und noch im Schlafanzug setzte er sich an den Schreibtisch und blickte aus dem Fenster. Sein Blick fiel auf die Kirche, ein schmuckloser Bau, schräg gegenüber auf der anderen Straßenseite, nur wenige Meter entfernt. Die beiden dunklen, hohen Glasfenster links und rechts des Eingangs wirkten wie zwei traurige Augen auf dem hell verputzten Gebäude. Über dem Haupteingang war ein Relief in die Wand eingelassen. Dargestellt war eine am Boden ausgestreckt liegende Person, links der Kopf, rechts die Füße. Weitere Menschen waren aus dem Hintergrund herausgearbeitet, ihr Augenmerk auf die am Boden liegende männliche Person gerichtet. Offenbar war auf dem Relief die Grablegung Jesu dargestellt. Bernd sah dieses Bild jeden Tag, wenn er das Fenster zum Lüften öffnete. Er nahm das religiöse Bildnis nicht mehr wahr. Doch heute, am früher Morgen, betrachtete er eingehend die steinerne Darstellung, als wahre sie ein Geheimnis.

Jesus war gekreuzigt worden, so erinnerte er sich aus der religiösen Schulunterweisung, ins Grab gelegt worden und wieder auferstanden. Nach christlicher Lehre gab es folglich ein Leben nach dem Tod. Aber Jesus hatte seinen Körper mitgenommen. Wo fand das Leben vor der Geburt statt? Bernd erinnerte sich an ein Gemälde, dass er in irgend einem Bildband gesehen hatte. War es nicht von Michelangelo? Die Erschaffung Adams in der Sixtinischen Kapelle? Doch das Bild zeigte nicht nur Adam und Gott. Bei Gott waren noch andere Gestalten, Engel. Aber auf jenem Bild hatten sie keine Flügel. Fast in jedem Kirchengebäude sah man Engel mit Flügeln aus Federn, wie bei Vögeln. Aber hin und wieder gab es auch Engelsdarstellungen ohne Flügel, wenn auch selten. Jesus hingegen bildete man selbst bei dessen Himmelfahrt ohne Flügel ab. Die Angelegenheit mit den Flügeln war offenbar nicht eindeutig. Gelegentlich hatte Bernd auch Darstellungen des Teufels gesehen mit Flügeln. Satan breitete jedoch keine weißen Vogelfelderflügel aus, sondern schwarze Fledermausflügel. Und oft stellte man ihn ohne Flügel dar. Wie dem auch sein, die Flügel waren vermutlich von Malern erfunden worden, die nie einen Engel oder den Teufel gesehen hatten. Eindeutig hingegen schien der Glaube, dass es Geschöpfe in Menschengestalt im Himmel gab, dass es Menschen auf der Erde gab und dass es irgend eine Existenz nach dem Tod gab.

Bernd konnte sich nicht erinnern, dass er im Religionsunterricht oder in der Kirche jemals etwas von Reinkarnation gehört hatte. Wenn seit einigen Jahren so viele davon sprachen, geschah dies vielleicht nur, weil es gerade „In" war. Welchen Sinn sollte es haben, immer und immer wieder in einem neuen Körper geboren zu werden? Die Buddhisten lehrten zwar, dass sie dann irgendwann in die ewigen Jagdgründe kämen, aber, Bernd musste schmunzeln. Die ewigen Jagdgründe. Nun hatte er östlichen und westlichen Glauben gemixt. Von den Jagdgründen war im Osten nicht die Rede. Die kamen bei den Indianern vor. Und bei den alten Germanen, oder doch nicht? Verunsichert horchte er in sich. Spielte eigentlich auch keine Rolle. Es war halt alles nur Glaube. Millionen Menschen glaubten das eine, weitere Millionen das andere. Nichts konnte empirisch bewiesen werden. Nicht einmal die, die angeblich an nichts glaubten, gelang zu beweisen, dass sie an nichts glaubten. Ihre atheistische Geisteshaltung war im Grunde von der gleichen Art, wie religiöse Überzeugung.

Tatsache war hingegen, dass Martina bei der Hypnose gestern etwas gesehen hatte. Aber was war es gewesen? Ein Traum? Eine bedeutungslose Abfolge von Bildern? Warum hatte sie nichts erzählen wollen? Sie glaubte daran, dass sie schon öfter gelebt hatte. Hatte sie nun den endgültigen Beweis gefunden und wollte ihn allein ausschlachten? Einen eindeutigen, empirischen Beweis für frühere Leben. Das wäre eine Weltsensation. Wieso hatte den noch niemand gefunden?

Bernd dachte daran, dass gerade Fachleute oft betriebsblind werden. Dass sie sich in die Techniken ihres Metiers verstricken und den Überblick verlieren. Immer und immer wieder würden sie in denselben Bahnen laufen und den Blick über den Tellerrand nicht schaffen. Wie war das noch mit Einstein? War der junge Albert Einstein in der Schule nicht eine Null gewesen? Dennoch fand er eine mathematische Formel, die die Welt bewegte.

Bernds Selbstbewusstsein stieg. Er war kein Fachmann in religiösen Fragen. Er war kein Mediziner, kein Psychologe. Waren das nicht großartige Voraussetzungen, um eine neue Weltformel zu finden? Konnte er nicht, gerade weil er so stümperhaft an die Sache heranging, Neues entdecken, mit Weitblick Neues entdecken? Vor alten Wegen musste er sich hüten. Ihm wurde klar, dass er bisher versucht hatte, nachzuweisen, dass es keine früheren Leben gab. Befand er sich damit nicht auch auf einer alten Schiene, der die gesamte Christenheit fanatisch folgte. Er musste offener sein. Er musste den Gedanken zulassen, dass es frühere Leben gab. Schließlich gab es überhaupt keinen Beweis, dass es sie nicht gab. Beinahe wäre er selbst so ein schmalspuriger Fachidiot geworden.

Hastig ging Bernd ins Bad, wusch sich und machte sich fertig. Er wollte schnell Martina treffen. Sie musste ihm erzählen, was sie erlebt hatte. Vielleicht waren es bahnbrechende, neue Erkenntnis mit denen Martina nicht zurechtkam. Vermutlich wollte sie deshalb gestern Abend nichts erzählen. Er würde alles akribisch analysieren. Warum hatte er sich gestern nur so schnell abweisen lassen. Er hätte weiter bohren sollen, hätte da bleiben sollen, bis Martina ihm alles erzählte. Schließlich war es doch ein gemeinsames Projekt. Und nun hatte sie alles für sich behalten. Das war unkollegial, höchst unfair.

Warum wollte sie ihre Wissen für sich behalten? Sie hatte versprochen, es ihm heute zu erzählen, warum erst heute? Misstraute sie ihm. Ja, sie misstraute ihm wohl. Sonst hätte sie doch gleich los geplappert, auf ihre fröhliche Art. Locker hatte sie ihm Tage zuvor ihre ganze Familiengeschichte ausgebreitet. Gestern hingegen blieb sie stumm. Stumm und vehement bestimmend. Warum war er nicht hartnäckiger gewesen? Er hätte nicht von ihrer Seite weichen dürfen, bis alles auf dem Tisch lag.

Bernd hielt inne und erinnerte sich, warum er letzte Nacht nicht massiv auf Martina eingeredet hatte. Sie musste freiwillig berichten, nicht unter Druck. Das war ihm durch den Kopf geschossen, letzte Nacht. Mit Zwang hätte sie ihm vielleicht irgendetwas erzählt. Deshalb hatte er ihr Zeit zum Verarbeiten eingeräumt.

Aber nun war seine Geduld zu Ende. Bernd schnappte sein Handy und rief sie an. „Der Teilnehmer ist vorübergehend nicht erreichbar," hörte er. Hatte sie ihr Handy abgeschaltet? Wollte sie immer noch nicht gestört werden? Oder war irgendetwas passiert? Hastig packte Bernd seine Sachen zusammen und raste auf der Autobahn Richtung Mannheim.

Martina unauffindbar

Gewöhnlich parkte Bernd seinen alten Opel sehr sorgfältig auf dem reservierten Uni-Parkplatz. Heute war ihm das Herunterlassen der Kette an der Einfahrt lästig. Hastig sprang er wieder in den Wagen und setzte ihn schräg auf seinen Platz. Er vergaß sogar, abzuschließen, rannte sofort in Richtung des romanistischen Schloss-Flügels. Um neun Uhr fünfzehn begann Martinas Seminar. Es war neun Uhr dreizehn.

Punkt neun Uhr fünfzehn hastete er die Treppe zum finsteren Flur der Romanisten hinauf. Die Tür zum Seminarraum war noch nicht geschlossen. Aber ein älterer Herr, den Bernd für den Referenten hielt, griff bereits nach der Türklinke, er sah Bernd und wartete.

„Wollen Sie zu mir?"

„Nein, Entschuldigung", keuchte Bernd. „Ich suche Martina, Martina Kolbe. Die sollte jetzt hier sein."

Der Referent trat zur Seite.

„Dann schauen Sie mal."

Bernds Augen streiften durch die Reihen. Etwa zwölf oder fünfzehn Studenten saßen in den schwarzen Bankreihen. Da saß Karin, Martinas Freundin. Jene Karin, die sich so köstlich über das Hypnotisieren belustigt hatte. Sie schaute Bernd fragend an. Doch Martina saß nicht neben ihr. Martina saß auch auf keinem anderen Platz. Martina war noch nicht da. Der Referent schloss die Tür. Bernd stand allein auf dem Flur. Er schaute sich nach einer Sitzgelegenheit um. Kein Stuhl in Sicht. Fenster mit breiten Fensterbänken, die zum Sitzen einluden, wie es sie sonst überall im Schloss gab, waren hier auch nicht. Nur ein paar kleine mit Prospekten überladene Regale standen im engen Flur. Gelangweilt las Bernd die Ankündigungen und Bekanntmachungen auf dem schwarzen Brett. Nichts, was ihn interessierte. Aber Martina müsste ja gleich kommen. Da stieß jemand die Glastür vom Treppenhaus her auf. Bernd fuhr herum. Es war ein Student. Er verschwand in Martinas Seminarraum. Wo blieb Martina nur? Bernd entschloss sich, vor dem Gebäude unter den Arkaden zu warten. Dort musste sie hereinkommen. Er stieg die breiten Steinstufen hinunter, öffnete die Tür und bahnte sich einen Weg durch den Fahrrad-Dschungel vor dem Eingang.

Von Martina war weit und breit nichts zu sehen. Ob sie das Seminar heute Morgen sausen ließ? Womöglich kam sie letzte Nacht nicht in den Schlaf. Es war jetzt neun Uhr zweiunddreißig. Das Seminar dauerte ohnehin nur fünfundvierzig Minuten. Nicht ausgeschlossen, dass ihr die gestrige Hypnose immer noch zu schaffen machte, lag sie zu Hause grübelnd im Bett? Bernd holte erneut sein Handy hervor. Wieder nahm sie nicht ab. Er verließ die Arkaden und schlug den Weg ein, von dem er glaubte, dass Martina ihn von zu Hause zur Uni nehmen würde. Unterwegs sah er sich sorgfältig um und schaute die Straßen in alle Richtungen ab. Vor dem Quadrat O7 blieb er stehen und sah hinauf. Hinter Martinas Fernster gab es kein Lebenszeichen. Er ging auf die Tür zu, drückte auf den Klingelknopf. Die Haussprechanlage blieb stumm. Auch der elektrische Türöffner surrte nicht. Unschlüssig stand Bernd vor der verschlossenen Haustür.

Da es in dem Haus Arztpraxen gab, käme sicher gleich ein Patient, überlegte er. In unmittelbarer Nähe des Hauseingangs tappte Bernd wartend herum. Es dauerte gar nicht lange, da wurde die Haustür von innen geöffnet. Noch ehe sie wieder ins Schloss schnappte, drängte Bernd sich an dem herausgekommenen Opa vorbei und hatte seinen Fuß in der Tür. Zwei, drei Stufen auf einmal nehmend, hastete Bernd hinauf.

Völlig außer Atem drückte er im vierten Stock auf den Klingelknopf und lauschte. Nichts. Kein Laut. Bernd klingelte erneut. Wartete. Er klopfte. Rief leise Martinas Namen. Nichts rührte sich. Sie schien nicht zu Hause zu sein. Womöglich hatte er sie auf dem Weg doch verpasst. Bernd rannte die Treppe wieder hinunter und nahm den Weg zurück zur Uni.

Es war zehn Uhr vier, als Bernd unter den Arkaden das Aluminiumschild „Fakultät für Sprach- und Literaturwissenschaft - 2. Obergeschoß", las. Das Seminar war derweil sicher beendet. Aber weit konnte sie nicht sein. Auf den breiten Steintreppen traf er Karin.

„Hallo, hast du Martina gesehen?"

„Nein."

„Ja, war sie nicht im Seminar?"

„Sonst ist sie immer da. Aber heute war sie nicht da. Ist was passiert, gestern - bei der Hypnose?"

Bernd ging nicht auf die spitze Bemerkung ein.

„Wo könnte sie sein?"

„Dich hat's wohl schlimm erwischt?"

„Ach nun komm, Karin. Gib mir doch mal 'nen Tipp."

„Also um elf Uhr fünfundzwanzig beginnt die Vorlesung beim Grisard. Da wollte sie auch dabei sein. Ich hatte gestern Abend noch bei ihr angerufen. Doch es ging niemand ran. Seid ihr nach Heidelberg gefahren?"

„Neugieriges Weib", dachte Bernd. Aber voraussichtlich würde Martina ihr ohnehin alles erzählen. „Ja, wir sind nach Heidelberg gefahren."

„O, wie romantisch. Und da habt ihr euch nicht für heute verabredet?"

„Doch. Wir wollten uns heute hier nach dem Seminar treffen."

Karin schmunzelte. „Also wenn sie nicht zu Hause ist, weiß ich nicht. Kannst ja mal bei ihr anrufen."

Das Festnetz, daran hatte Bernd gar nicht gedacht. Das hätte er gleich probieren sollen, als hinzurennen. Womöglich war der Akku in ihrem Handy leer.

„Okay, danke."

Er ließ Karin rundweg stehen und rannte zur Mensa. Unterwegs rief er Martinas Festnetznummer an. Doch sie nahm nicht ab. Wo mochte sie nur stecken? Bernd blickte wieder auf die Uhr. Praktisch sollte er jetzt in die Vorlesung zum Schauz gehen. Doch er wusste, dass er ohnehin nichts mitbekommen würde. Seine Gedanken kreisten um Martina. Nachdenklich holte er sich einen Kaffee aus dem Automaten und setzte sich mit Blick auf das Schloss an einen freien Tisch. So konnte er beobachten, wer vom Schloss herüber kam, beziehungsweise wer die Mensa verließ.

Nach etwa einer Stunde sah er Rolf auf die Mensa zusteuern. Der dachte eindeutig an weiter nichts als ans Mittagessen. Bernd erhob sich und ging ihm entgegen.

„Hast du Martina gesehen?"

„Klar", antworte Rolf trocken. „Aber ..."

„Was aber?"

„Wieso bist du so aufgeregt. So kenn' ich dich ja gar nicht. Aber heute noch nicht, wollte ich sagen."

„Blödmann!"

„He, he!"

Bernd ließ seinen Freund schlichtweg stehen und ging auf das Schloss zu. Vor dem sich langsam füllenden Vorlesungsraum wartete er. Karin erschien.

„Martina noch nicht da?"

„Nein, hast du sie irgendwo gesehen?"

„Tut mir leid. Aber sie kommt bestimmt noch."

Karin betrat den Vorlesungssaal. Die Tür wurde geschlossen. Nachdem kein Zuspätkommer mehr auftauchte und die Vorlesung halb um war, gab es immer noch kein Zeichen von Martina. Ob Martina bei der Hypnose etwas kurioses entdeckt hatte? Womöglich saß sie jetzt mit einem Zeitungs- oder Fernsehredakteur zusammen und verkaufte ihr Wissen. Würde Martina das tun? Nein, er traute ihr das nicht zu. Aber falls doch - falls sie ihr Wissen gerade an die Bild-Zeitung verschacherte. Was könnte er dann tun? Verdammte Weiber! Doch nein, so eine war Martina sicher nicht. Nach dem sie sich gestern so nahe gekommen waren, konnte er doch erwarten, dass sie ihm als Erstem erzählte, was sie gesehen hatte. Wieso ließ sie ihn einfach sitzen? Sie wusste doch, wie wichtig die Sache für ihn war. Bernd wurde ärgerlich. Der Ärger steigerte sich zur Wut, flaute wieder ab, Sorgen betraten die geistige Bühne. War ihr etwas zugestoßen? Womöglich lag sie in einem Krankenhaus?

Bernd konnte nicht tatenlos so herumsitzen. Er verließ das Schlossgelände und spazierte auf der Kurpfalzstraße Richtung Neckar. Als sein Blick in das Schaufenster eines Buchladens fiel, glaubte er, wahnsinnig zu werden. Die Bibliotheken! Wieso hatte er nicht daran gedacht. Überall war er herum gelaufen. Nur in die Bibliotheken hatte er nicht geschaut. Gewiss saß Martina über Büchern und las, die Zeit vergessend. Bernd rannte zurück zum Schloss und durchstreife eine Fachbibliothek nach der anderen. Martina saß an keinem Tisch. Sogar in die BWL-Bibliothek hatte er gesehen, obwohl es unwahrscheinlich war, sie dort zu finden.

Ziellos spazierte Bernd wieder durch die Quadrate der Mannheimer Innenstadt. Auf der Kurpfalzbrücke blieb er stehen und lehnte sich über das Geländer. Langsam, dunkel und trüb floss das Wasser des Neckars unter ihm hindurch. Links am Ufer hatte die „Alte Heidelberg" festgemacht, ein kleines Ausflugsschiff. Plötzlich spürte

Bernd einen Schatten rechts neben sich. Er fuhr herum und blickte direkt in Martinas Augen.

„Hallo", sagte sie freundlich.

„Wo, wo hast du gesteckt? Ich hab dich schon den ganzen Morgen gesucht? Warum gehst du nicht ans Handy?"

„Ich war im Luisenpark."

„Den ganzen morgen?"

„Wieso nicht? Ich brauchte Ruhe, musste über alles nachdenken."

„Mensch, du machst das vielleicht spannend. Musste dein Onkel nach der Hypnose auch immer so lange warten, bis du ihm alles erzählt hast? Also jetzt schieß schon los. Was hast du gesehen?"

„Hast du schon gegessen?"

Bernd schüttelte den Kopf. Wie konnte sie jetzt an Essen denken?

„Auf Mensa habe ich heute keinen Bock. Lass uns zu Giuseppe gehen. Die Pizza ist da echt klasse. Ich hab' Hunger. Dort erzähl ich dir alles. Du bist eingeladen."

Bei Giuseppe

„Also ich glaube", eröffnete Martina, nachdem beide ihre Pizza bestellt hatten, „ich glaube, dass das mit dem früheren Leben irgendwie anders funktioniert."

„Wie soll ich das verstehen?"

„Es wird wohl das Beste sein, wenn ich dir erzähle, was ich gesehen und erlebt habe. Dann verstehst du bestimmt auch besser, weshalb ich heute allein sein wollte. Für mich ist nämlich eine Welt zusammengebrochen. Ja, ehrlich. Deshalb ist es sicher gut, wenn ich es jetzt jemanden erzählen kann."

Erleichtert atmete Bernd auf. Sie war also noch nicht bei irgend einem Redakteur gewesen. Wie hatte er das auch nur annehmen können? Die Getränke wurden serviert und Martina verharrte schweigend. Erst als sich der Kellner entfernt hatte und sie sicher war, dass niemand zuhörte, fuhr sie fort.

„In der Rückführung hieß ich Eva, dass heißt ich war Eva. Eva Kolbe."

Erwartungsvoll blickte Martina ihren Freund an, der schweigend zuhörte, auf den nächsten Satz wartete. Doch Martina sagte nichts. Sie blickte ihn nur an und erwartete, dass bei Bernd der Groschen fiel.

„Ja, und? Weiter", kam es nur trocken von Bernd.

„Meine Mutter hieß Eva Kolbe, geborene Schuster. Ich war Eva Kolbe. Unter Hypnose schaute mich aus dem Spiegel meine Mutter an. Ich empfand das ganz normal. Erst als du mich aufwecktest, wurde es mir bewusst. Das war ein richtiger Schock. Bisher war ich in den früheren Leben immer nur irgendjemand völlig unbekannter gewesen. Jetzt war ich meine eigene Mutter. Und das völlig klar und deutlich."

„Wieso nicht?", fragte Bernd. „Sagen wir einmal, du

bist die Reinkarnation deiner Mutter? Entschuldige, aber ich hab mir vorgenommen, völlig offen zu sein. Alle Gedanken zuzulassen."

„Ich kann nicht meine wiedergeborene Mutter sein! Sie hat mich doch geboren und ist erst gestorben, als ich schon anderthalb Jahre alt war."

Das leuchtete Bernd ein: „Dann habt ihr also eineinhalb Jahre gleichzeitig gelebt. Stimmt. Das widerspricht der Lehre von Wiedergeburt und Seelenwanderung. Man kann nur als jemand wiedergeboren werden, der schon tot ist. Und du warst deine Mutter. Und ihr habt beide gleichzeitig existiert. Merkwürdig." Bernd biss sich auf die Unterlippe. „Ist es denn sicher, dass sie wirklich deine Mutter ist? Ich meine, deine leibliche Mutter?"

„Aber nun hör mal! Willst du meine Geburtsurkunde sehen?"

Bernd winkte ab. „Aber was hast du denn nun wirklich gesehen und erlebt?"

„Es begann mit einer Autofahrt. Ich war also Eva Kolbe und saß neben Ernst Kolbe, das ist mein Vater, im Auto. Er saß am Lenkrad. Wir fuhren Richtung Süden. Auf der Rückbank saß meine Schwägerin mit ihrem Mann. Also ich meine, meine Tante und mein Onkel."

„Was denn nun?", bohrte Bernd ungeduldig, als sie eine Pause machte.

„Der Einfachheit halber vergisst du jetzt, dass ich Martina bin. Ich bin Eva, meine Mutter vor etwa zwanzig Jahren, und berichte, als säße Eva vor dir. Klar?"

„Okay, okay."

„Ich fahre also mit meinem Ehemann Ernst Kolbe in Urlaub. Es war eine Urlaubsreise. Im Fond Paul Baum, mein Schwager, mit seiner Frau, Hilde Baum, geborene Kolbe.

Hilde Baum und mein Mann sind Geschwister. Alles klar so weit?"

Bernd nickte.

„Gegen ein Uhr haben wir auf einem Autobahnrastplatz Mittag gegessen. Dann ging es weiter. Immer Richtung Süden. Ich kann mich gut daran erinnern, denn die Sonne blendete mich ständig. Deshalb hatte ich auch meistens die Augen geschlossen und kaum auf die Fahrtroute geachtet. Am Spätnachmittag erreichten wir den Bodensee und fuhren an Lindau vorbei, durch Bregenz und in die österreichischen Alpen. Die Straßen wurden immer kleiner und steiler. Es ging irgendwo eine enge Gebirgsstraße hinauf. In einem kleinen Dorf holte Ernst, mein Mann, einen Schlüssel für eine Berghütte ab. Dann ging es noch weiter hinauf. Wir kamen aus dem Wald, und links und rechts gab es nur noch grüne Wiesen und steile Abhänge. Schließlich bog Ernst von der Straße ab, was heißt Straße? Es war eigentlich nur noch ein fester Weg. Er bog also von dieser Straße ab. Nach wenigen Metern stand ein Blockhaus auf einer Anhöhe vor uns. Verdeckt durch einen Felsvorsprung, konnte man sie von der Straße aus nicht sehen. Die Hütte lag an einem Südhang mit herrlichem Panoramablick auf die Alpen. Außer ein paar kleiner Tannen und Sträucher war das hölzerne Bauwerk nur umgeben von Wiesen mit verstreuten Felsbrocken darauf.

In der Blockhütte gab es unten ein schönes Wohnzimmer mit Kamin, eine kleine Küche und ein WC. Im Obergeschoss waren zwei Schlafzimmer und ein Bad. Es war das ideale Ferienhaus für zwei Ehepaare.

Am nächsten Tag wollte mein Mann mit mir unbedingt den nächsten Berg besteigen. Doch ich gab vor, zu müde zu sein.

Auch mein Schwager und meine Schwägerin hatten

keine Lust auf eine Bergbesteigung. Also marschierte er alleine los. Kaum war er weg, bemerkte Hilde, meine Schwägerin, dass keine Zigaretten mehr da waren. Ich rauchte nicht, aber sie war darauf angewiesen. Hilde entschloss sich, sofort ins Tal zu fahren und welche zu holen. Kaum war sie mit dem Auto verschwunden, geschah das unfassbare.

‚Sie wird erst in zwei Stunden wieder da sein‘, sagte Paul, mein Schwager.

Wir fielen uns in die Arme, stürmten die Treppe hinauf, rissen uns in einem der Schlafzimmer die Kleider vom Leib und liebten uns. Es ging alles furchtbar schnell. Aber wir waren so heiß auf einander, dass ich einen himmlischen Orgasmus hatte.“

Martina unterbrach ihren Bericht als Eva und war nun wieder Martina: „Stell dir das mal vor! Meine Mutter hatte ein Verhältnis mit meinem Onkel, ihrem Schwager. In der Hypnose empfand ich das unheimlich geil und aufregend. Aber als ich wieder wach war, als du mich aufwecktest, war ich total schockiert. Denn dieses Liebesverhältnis könnte ja Folgen gehabt haben. Bisher hatte ich keinen Zweifel, dass mein Vater mein wirklicher Vater ist. Ich kann mich an meine Eltern zwar nicht mehr erinnern, weil ich noch zu klein war, als sie starben. Aber ich kenne sie von Fotos. Zuhause haben wir auch ein paar Schmalfilme, auf denen sie zu sehen sind. Auf einem ist meine Mutter mit einem Baby, später mit einem Kleinkind. Man hat mir erzählt, dass ich das sei. Meine Mutter und mein Onkel hatten also Sex. Wenn ich nun dabei entstanden bin? Stell dir mal vor, du würdest erfahren, dass dein Onkel dein wirklicher Vater ist?“

„Ja, ist das denn erwiesen? Vor zwanzig Jahren gab es auch schon Verhütungsmittel“, wandte Bernd ein.

„Das ist ja gerade das Problem“, sagte Martina. „Gestern Abend und heute Morgen habe ich an nichts anderes denken können. Mit genetischen Untersuchungen könnte man sicher mehr Klarheit gewinnen. Aber stell dir bloß vor, es käme heraus, dass mein Onkel doch nicht mein Vater ist. Die Blamage. Da hat er sich zwei Jahrzehnte liebevoll um mich gekümmert und nun komm ich aufgrund eines Hypnoseerlebnisses mit so einer Unterstellung und verlange eine medizinische Untersuchung. Nein, den Weg kann ich nicht gehen. Aber wissen will ich es. Ich muss Klarheit haben. Ich muss einfach. Er hat sich ja wahrlich wie ein Vater um mich gekümmert. Erst als ich zur Schule kam, haben sie mir gesagt, dass sie nicht meine Eltern sind. Ich habe dann begonnen, nicht mehr Papa und Mutti zu ihnen zu sagen. Meine Tante Hilde habe ich immer als ganz normale Frau empfunden. Erst in den letzten Jahren war mir aufgefallen, dass sie eigentlich doch recht kühl mir gegenüber ist. Ich hatte vermutet, dass es womöglich durch ihre Wechseljahre bedingt sei. Nun bin ich mir nicht mehr sicher. Sie muss von dem Verhältnis gewusst haben, oder hatte zumindest einen Verdacht."

„Vorausgesetzt es stimmt, dass dein Onkel dein leiblicher Vater ist." Bernd hob den Zeigefinger.

„Je länger ich darüber nachdenke, umso wahrscheinlicher erscheint mir die Geschichte, dass mein Onkel mein Vater ist. Sie müssen sich sehr geliebt haben; meine Mutter und mein Onkel."

Martina sah sinnend auf ihre Pizza und nahm ein Stück in die Hand. Es schmeckte vorzüglich. Erst nachdem sie die Hälfte des Stücks aufgegessen hatte, bemerkte sie es. So versunken war sie in ihrer Erzählung und ihrer Erinnerung.

„Mit der Analyse sollten wir vielleicht beginnen, wenn du alles erzählt hast", setzte Bernd neu an. „Nach dem

Sex war doch noch nicht Schluss. Du hast doch noch mehr gesehen."

„Ja stimmt. Und das hat mich auch ziemlich schockiert."

Martina machte wieder eine Pause und schaute in sich. Erst nachdem Bernd sie ermuntert hatte, mehr zu erzählen, gab sie den Rest preis.

„Nach dem Sex lagen Paul Baum und ich, Eva Kolbe, noch einige Zeit nackt auf dem Bett und schmiedeten Pläne, wie wir unsere Ehepartner umbringen könnten.

Paul sagte: ‚Wenn die beiden weg sind, muss der Alte uns die Firma vererben. Dann haben wir ausgesorgt. Lange macht's der Alte sowieso nicht mehr. Mit deinem Mann als Chef würde ich ohnehin nur Ärger kriegen. Außerdem ist die Firma für zwei Familien zu klein.'

‚Wir könnten eine Bergtour machen', schlug Eva vor, ‚und dabei stürzen die beiden ab. Am einfachsten wäre es, wenn sie irgendwo am Abgrund stünden. Ein kleiner Schubs, schon sind sie hinüber.'

‚Bei Ernst wäre das kein Problem', sagte Paul. ‚Der geht immer bis an den Abgrund. Daran habe ich auch schon gedacht. Aber bei Hilde. Die trau sich doch nicht.'

‚Stimmt. Als ich sie letztes Jahr überreden wollte, oben an den kleinen Felsen zu treten, damit sie den Bach unten sieht, war nichts zu machen. Dabei sind es dort nur ein paar Meter Gefälle. Dort jemand hinunter zu stoßen, wäre außerdem keine sichere Methode. Am Ende gäbe es womöglich nur einen Beinbruch. Aber wir könnten Ernst hinunterstoßen, was ja kein Problem ist, wie du sagst, drüben an der Satansschanze. Das überlebt bestimmt niemand. Und dann schnappst du Hilde und wirfst sie hinterher. Später könnten wir sagen, die beiden hätten sich zu weit hinüber gelehnt und wären unverhofft abgestürzt. Oder Hilde wäre plötzlich schwindelig geworden, Ernst habe ihr helfen wollen, er sei jedoch von ihr mit in die Tiefe gerissen worden.'

‚Gut und schön‘, wandte Paul ein. ‚Aber glaubst du wirklich, die Hilde lässt sich so einfach an den Abgrund tragen und hinunterwerfen. Was da alles passieren kann. Die würde doch schreien und um sich schlagen. Nehmen wir mal an, sie reißt mir ein Stück vom Hemd ab, oder kratzt mich. Später findet man den Stofffetzen in ihrer Hand mit Hautspuren unter den Fingernägeln. Das zu erklären, ohne sich zu verdächtigen. Zu riskant. Selbst wenn die beiden wirklich, ohne unser zutun abstürzen würden, wären wir die Verdächtigen Nummer eins. Außerdem weißt du nie, ob nicht irgendwo ein Wanderer mit Fernglas hockt und alles beobachtet. Nein, nein. Die Sache muss sicherer sein. Wir dürfen überhaupt nicht in Verdacht kommen.'

‚Wie wär‘s mit einer Vergiftung?‘, sagte Eva nach einer Pause. ‚Wir gehen unten in den Wolfratswald Pilze sammeln. Ich bereite sie zu. Ein Knollenblätterpilz drunter, und wir sind die beiden los.'

‚Und wie willst du es einrichten, dass nur die beiden von den Pilzen essen und wir nicht?'

‚Das ist doch einfach. Ich mach zwei Pfannen. Eine mit, eine ohne Giftpilz. Deinen und meinen Teller tu ich schon in der Küche mit den unvergifteten Pilzen auf. Die beiden bedienen sich dann aus der Pfanne. Das ist eine sichere Sache. Ich hab gelesen, dass man beim Essen nichts merkt. Knollenblätterpilze sollen sogar gut schmecken. Erst Stunden später tritt die Wirkung ein. Aber dann ist bereits die Blutbahn verseucht und alles zu spät.'

‚Und wie willst du der Polizei später erklären, dass nur die beiden von den Pilzen gegessen haben und wir nicht?'

‚Auch kein Problem. Wir hatten halt keinen Appetit auf Pilze. Dafür haben die beiden umso mehr reingehauen. Das kann die Polizei doch nicht wissen, dass wir auch Pilze gegessen haben. Und den Magen werden die uns doch wohl nicht auspumpen. Wo wir doch keinerlei Beschwerden haben. Das Geschirr wasche ich gleich nach dem Essen ab. Und Ernst und Hilde können nichts mehr sagen. Denn bis wir mit denen unten im Tal sind und einen Arzt gefunden haben, sind die bestimmt tot.'

‚Man könnte die Talfahrt noch etwas verzögern, indem der Wagen plötzlich nicht mehr tut', sagte Paul begeistert. ‚Nur, um ganz sicher zu gehen. Aber einen Haken hat der Plan doch.'

‚Welchen?'

‚Wir müssen einen Knollenblätterpilz finden.'

‚Letztes Jahr habe ich einen gesehen.'

‚Und du glaubst, dann finden wir dieses Jahr auch einen?'

An dieser Stelle war die Hypnose zu Ende."

Martina lehnte sich zurück, sah Bernd an.

„Das war alles?"

„Ja, wirklich alles. Verstehst du jetzt, weshalb ich so geschockt war?"

„Ich versuche, es mir vorzustellen."

„Meine Mordtaten beim Reitervolk, das war ja ganz weit zurück. Davon fühlte ich mich nicht so betroffen. Das war ja schon lange verjährt. Aber die Erlebnisse jetzt. Die waren ganz frisch. Mein Onkel lebt noch. Ob die Sache mit den Pilzen schief gegangen ist? Vielleicht wurde ein Teller vertauscht." Martina hielt inne. „Ach nein. Meine Eltern sind ja bei einem Autounfall ums Leben gekommen." Martina hielt wieder inne. „Halt stop. Der Autounfall war ja in Österreich im Urlaub. Die Bremsen hätten versagt. Das Auto sei durch ein Geländer gedonnert und unten aufgeschlagen. Beide seien sofort tot gewesen. So hat man es mir erzählt. Wenn an Stelle meiner Mutter, Tante Hilde im Auto gesessen hätte, wäre alles klar. Mein Onkel Paul und meine Mutter hätten die beiden Kolbes umgebracht. Ernst, mein Vater, und Hilde, meine Tante, waren ja geborene Kolbes, sie waren Geschwister. Die beiden angeheirateten hätten die zwei Kinder ihres gemeinsamen Schwiegervaters umgebracht, um an das Erbe zu kommen. Womöglich haben die beiden sich ganz bewusst an die Kolbes herangemacht. Vielleicht war das ein Gaunerpärchen, meine Mutter und mein Onkel."

„Nun mal halt! Langsam. Vergiss nicht", mahnte Bernd, „was du unter Hypnose gesehen hast, hat vor keinem Gericht der Welt Beweiskraft. Dein Vater Ernst Kolbe und deine Tante Hilde waren also Geschwister?"

„Ja, sie waren die eigentlichen Erben des Familienunternehmens. Meine Mutter und Onkel Paul hatten in die Familie eingeheiratet. Und die beiden hatten ein Verhältnis."

„Kann es sein, dass du früher schon einmal über solche Möglichkeiten nachgedacht hast, vielleicht davon geträumt hast? Und nun, unter Hypnose hast du einfach noch einmal deinen Traum oder deine Wünsche gesehen, durchlebt?", fragte Bernd.

„Nun hör aber auf. Mach es nicht unnötig kompliziert. Das war kein Traum! Das war Wirklichkeit!"

„Also schau'n wir mal, was wir haben", begann Bernd die Analyse. „Erstens glaubst du, die Tochter deines Onkels zu sein. Zweitens hast du den Verdacht, dass der Unfalltod deiner Eltern manipuliert war. Und drittens zweifelst du jetzt, dass es frühere Leben gibt. Denn du und deine Mutter haben eineinhalb Jahre gleichzeitig gelebt, was dem Glauben oder der Lehre von der Wiedergeburt widerspricht."

Während Bernd die Stirn in Falten legte und angestrengt nachdachte, sagte Martina, dass sie jetzt nach Hause gehen wolle. Sie habe die letzte Nacht kein Auge zu bekommen und sei plötzlich müde. Sie winkte den Kellner herbei und zahlte. Gemeinsam gingen sie bis vor Martinas Haustür.

„Soll ich noch hinauf kommen?", fragte Bernd.

„Nein danke. Ich bin jetzt wirklich müde. Treffen wir uns morgen. Dann können wir weiter sehen. - Du Bernd, ich bin froh, dass ich dich jetzt habe. Du musst mir helfen, die Sache zu verstehen."

Bernd nickte, legte seine Hände an Martinas Schultern und küsste sie flüchtig auf die Stirn. Sie schlang nicht ihre Arme um ihn, sondern drückte ihn sanft von sich. Dann fiel die Haustür hinter Martina ins Schloss und Bernd schlug den Weg zur Universität ein.

Analyse I

Nur widerwillig hatte Bernd sich in die Vorlesung gesetzt. Hypnose und Wiedergeburt zu analysieren, wäre ihm jetzt vordringlicher gewesen. Doch Betriebswirtschaftslehre war ebenfalls wichtig. Selbst wenn er später nie in einem Wirtschaftsunternehmen arbeiten würde, könnten ihm die Kenntnisse nützen, überlegte er. Vom Referenten hinter dem grauen Pult wanderte Bernds Blick links zu den riesigen Sprossenfenstern, zurück auf die schwarzen, aufsteigenden Sitzreihen. Weitläufig verstreut saßen Studenten und Studentinnen im großen Saal. Es hätten zehnmal so viele Platz gefunden. In der vorletzten Reihe, ganz links außen hatte Bernd sich hingesetzt, nahe der Ausgangstür.

Der Referent legte eine Folie auf den Overheadprojektor rechts vom Pult und erläuterte die gezeigte Grafik. Bernds Gedanken schweiften wieder ab. Er dachte an Martinas Bericht und suchte nach einer Lösung für das Phänomen, das allgemein als Wiedergeburt bezeichnet wurde. Wenn es sie gab, die Wanderung der Seele in immer wieder andere Körper, welcher Sinn könnte dahinter stecken? Der Referent vorn an der Tafel stellte eine Frage.

„Was ist, wenn ein Unternehmer zu viel Mehrwertsteuer in Rechnung gestellt hat?"

Einige Hände flogen hoch. Es wurde auf Paragraph vierzehn, Absatz zwei hingewiesen.

„Rutsch mal", raunte eine Stimme Bernd unvermittelt ins Ohr.

Rolf stand gebückt neben ihm und wollte in die Bankreihe hinein. Bernd klappte den Sitz rechts herunter und rutschte eins weiter.

„Interessiert dich der Scheiß hier wirklich?", fragte Rolf.

Bernd verdrehte die Augen.

„Dann lass uns abhauen. Ich geb ‛n Bierchen aus."

Bernd steckte seinen Notizblock in die Mappe, beide erhoben sich und standen wenige Sekunde später vor der Tür zum Vorlesungssaal.

„Was wird gefeiert?", fragte Bernd.

„Freitag! Wochenend und Sonnenschein!"

Bernd grinste: „Hatte ich fast vergessen. Du ich hab vielleicht was erlebt in den letzten Tagen. Muss ich dir unbedingt erzählen."

„Scharfes Weib, was? Aber denk dran, vollkommene Frauen gibt es nur in Heiratsanzeigen."

„Ja, das auch. Aber darum geht es jetzt nicht."

Auf dem Weg ins Stadthaus berichtete Bernd davon, wie er Martina hypnotisierte und das es beim zweiten Mal schon geklappt habe.

„Was willst du dann noch auf der Uni? Ab ins Show Business, auf die Bretter, die die Welt bedeuten. Berlin, London, New York, Tokio, die Welt steht dir offen. Bernd, der Hypnotiseur!", frotzelte Rolf. „Einen neuen Namen brauchst du. Bernd, klingt nicht geheimnisvoll genug. Lass mich mal überlegen. Wie wäre es mit: Bernhardusowski? Hanussen und Copperfield sind leider schon vergeben."

„Du spekulierst wohl drauf, mich zu managen?", gab Bernd grinsend zurück. Beim Bier erzählte er dann, ohne alle Details auszubreiten, dass Martina jetzt selber Zweifel an frühere Leben habe, weil sie in Hypnose ihre eigene Mutter gewesen sei.

„Wieso soll das nicht gehen?"

„Weil nach dem Glauben der Seelenwanderung jeder Mensch nur eine Seele hat, die immer wieder in einen anderen Körper schlüpft. Martina und ihre Mutter haben aber gleichzeitig gelebt, wenigstens eineinhalb Jahre. Dann ist sie bei einem Autounfall gestorben, die Mutter", erklärte Bernd.

„Na toll! Da haben wir's!", donnerte Rolf los. „Damit kannst du groß raus kommen. Ich glaube, das hat noch keiner verkündet: Jeder Mensch hat mehrere Seelen! Heute eine, morgen eine. Lauter Wegwerfseelen. Seelen sind auch nicht mehr das, was sie nie gewesen sind."

„Das wievielte Bier ist das heute?", fragte Bernd seinen Freund mit heruntergezogenen Augenbrauen.

„Ich bin stocknüchtern und trocken wie ein Skorpion in der Wüste. Wurde höchste Zeit heute. Das ist mein ernst. Wer sagt denn, dass jeder nur eine Seele hat? Dieselben, die behaupten, dass sie ständig immer wieder geboren werden. Wenn das mit der Wiedergeburt nicht stimmt, wieso sollte das mit der einen Seele stimmen?"

„Sehr logisch klingt das zwar nicht. Aber ich hab mir vorgenommen, locker an die Sache heranzugehen, jede Prämisse in Frage zu stellen. Spinnen wir den Gedanken also weiter. Du, Rolf Mühlmann, hast also nicht nur eine Seele, sondern viele. Wissen die von einander?"

Rolf nahm einen kräftigen Zug aus dem Glas. „Hab ich noch nie gehört. Spielt das überhaupt eine Rolle? Aber du musst zugeben. Die Idee ist originell."

„Hast du schon mal von irgendeiner Religion, von irgend einem Mythos gehört, in dem vorkommt, dass jeder mehrere Seelen hat?"

Rolf schaute auf die Tischplatte und sagte dann: „Nee."

„Dann scheint mir die Idee zu abwegig. Lass uns nach anderen Möglichkeiten suchen. Nehmen wir an, jeder hat nur eine Seele. Weiterhin gibt es viele, die glauben, schon mehrmals gelebt zu haben. Gestützt wird dieser Glaube durch die Tatsache, dass sie Dinge wissen, die sie eigentlich nicht wissen dürften. Frage: Wie kommen sie an dieses Wissen?"

„Sie sehen im Lexikon nach, im Internet. Oder sonst wo. Steht ja genügend in den Bibliotheken."

Bernd wollte diese Antwort sofort verwerfen, erinnerte sich dann aber daran, nicht voreingenommen zu sein, und ließ Rolfs Worte im Gehirn kreisen.

„Sie sehen nach. - Mensch, Rolf! Das ist es. Sie sehen nach! Aber nicht in der Stadtbibliothek oder sonstigen schlauen Büchern. Es ist nämlich bereits experimentell nachgewiesen, hab ich gelesen, dass einige unter Hypnose Dinge wussten, die nirgendwo geschrieben waren. Und die ihnen auch niemand erzählen konnte. Dennoch, der Gedanke, dass sie nachsehen, ich weiß, das ist es. Erinnerst du dich? Wir sprachen schon darüber. Wissen aus Hypnosesitzungen wird vor Gericht abgelehnt, weil die Leute nicht nur sehen, was wirklich war, sondern auch, was ihnen suggeriert wird. Da gab es die Experimente mit dem Film. Du hast mir selber davon erzählt. Unter Hypnose wurden die Probanden gefragt, was sie gesehen hätten. Bei Suggestivfragen antworteten sie, was man hören wollte. Die Sache mit dem roten beziehungsweise gelben Auto." Bernds Worte glitten vor Erregung in eine höhere Stimmlage.

„Ja, richtig", erinnerte sich Rolf. „Im vorgeführten Film gab es ein gelbes Auto. Die Kandidaten wurden gefragt, ob sie auch die rote Karre gesehen hätten. Aus tiefer Überzeugung hatten sie mit Ja geantwortet, obwohl kein rotes Auto im Film vorkam."

„Siehst du, das ist es", fiel Bernd ins Wort. „Die hypnotisierten wollen es ihrem Meister recht machen. Auf die Frage, ob sie auch dies und das sehen, fühlen sie sich verpflichtet, mit Ja zu antworten. Suggestivfragen werden positiv beantwortet. Bei dieser Show in Worms spielte das auch eine ganz große Rolle. Wie sagte doch der ... ach, spielt ja keine Rolle, wie er hieß, er sagte: ‚Sie haben ihre Freundin im Schlepptau. Sehen Sie mal nach, ob sie noch da ist.' Prompt drehten sich alle auf ihrem imaginären Boot um und sahen ihre Freundin. Die Hypnotisierten sehen, was ihnen der Hypnotiseur sagt, dass es zu sehen ist. Und nun hab doch ich, jeder Hypnotiseur tut das, Martina in ihrer Erinnerung zurückgeführt. Bei der Rückführung sind wir über ihre Geburt hinaus gegangen. Ich habe gesagt, sie solle sich umschauen und mir berichten, was sie sehe. Das ist doch bereits eine Suggestivfrage. Martina und alle anderen fühlen sich verpflichtet, nun auch etwas zu sehen und davon zu berichten. Doch sie fangen nicht an, irgendwas zu spinnen. Sie erzählen von Erlebnissen, die es tatsächlich gegeben haben könnte. Alle grenzen sich deutlich von Traumerlebnissen ab. Immer wieder behaupten sie, es sei alles ganz klar und deutlich gewesen. Mit anderen Worten, unter Hypnose greift der Mensch auf Sinneseindrücke zurück, zu denen er normalerweise keinen Zugang hat."

„Versteckte Dateien, Geheimakten", warf Rolf ein.

„Genau! Das ist es. Versteckte oder verschlüsselte Dateien. Offenbar gibt es in unserem Gehirn gespeicherte Informationen, die leicht abrufbar sind. Das passiert, wenn wir uns erinnern. Wenn wir uns im Normalzustand an etwas nicht erinnern, aber unter Hypnose, dann ist die Information in eine Abteilung gerutscht, die beim normalen Suchvorgang immer übersprungen wird. Das ganze erinnert mich jetzt an meinen Computer. Da hab ich Textdateien, die ich sofort finde, weil ich weiß, wo sie sind. Dann gibt es Dateien, die muss ich mühsam suchen. Aber dann gibt es auch noch Dateien, die werden beim normalen Suchvorgang gar nicht angezeigt, weil sie in einem

Format sind, für das ich einen besonderen Suchvorgang brauche. So genannte versteckte Dateien. So könnte es in unserem Gehirn auch funktionieren. Der scheinbar ungenutzte Teil, von dem immer wieder geredet wird, dieser scheinbar ungenutzte Teil des Gehirns, ist nicht wirklich leer. Es wird ja immer wieder behauptet, wir würden unser Hirn nur zu einem kleinen Teil nutzen. Was ist, wenn dieser scheinbar ungenutzte Teil des Gehirns voll von Informationen steckt, versteckten und verschlüsselten Informationen?"

„Und gepackt", setzte Rolf trocken hinzu.

Bernd sah ihn irritiert an.

„Gepackte Dateien", erläuterte Rolf. „Gepackt mit Win-Zip oder einem anderen Programm."

Rolf hatte seinen Vergleich mit der Windows-Software Win-Zip nicht ernst gemeint. Doch Bernds Augen strahlten.

„Ja, notfalls auch komprimierte und gepackte Dateien, irgendwo im Gehirn versteckt. Wie wäre es, wenn es das wirklich gibt, und wenn man unter Hypnose komprimierte und versteckte Dateien abgerufen könnte? Für diesen Vorgang braucht man keine früheren Leben."

Bernd hielt inne und sah Rolf an, als wolle er wie einst Archimedes im alten Griechenland aus der Badewanne springen und Heureka rufend durch die Stadt laufen. Er fühlte sich wie ein Erleuchteter, dem eine große Offenbarung zuteilgeworden war. Immer wieder wiederholte er den letzten Gedanken, während Rolf schweigend zuhörte.

„Genau, genau so muss es sein. Oder siehst du irgend ein Haar in der Suppe?"

„Hm", räusperte Rolf sich. „Damit hast du nun aber noch nicht geklärt, wie die Information in die versteckten Gehirnzellen, nein ich meine, wie die versteckte Information in die scheinbar ungenutzten Gehirnzellen kommt." Rolf ergriff sein Bierglas. „Stell mal deine Lauscher auf: Führen wir hier eigentlich noch ein ernsthaftes Gespräch oder haben wir beide nur noch Fusel im Kopf?"

Bernd lachte. „Vorgestern musste ich gerade darüber nachdenken, dass viele große Entdeckungen nicht von den kompetenten Leuten, also von den gebildeten Professoren, sondern von Außenseitern gemacht wurden. Wir sind nicht kompetent, also nicht betriebsblind und bestens qualifiziert. Lass uns die neue Entdeckung feiern. Kellner, noch eine Runde! Und wie die versteckte Information ins Gehirn kommt, finde ich auch noch heraus."

„Gut, mein lieber Freund", erwiderte Rolf. „Bin gespannt, wie Informationen ins Gehirn kommen, die es zuvor dort noch nicht gab."

Bad Dürkheim

„Was? Du bist schon über ein Jahr in Mannheim und warst noch nie in Bad Dürkheim? Das müssen wir schnellstens ändern. Ich hol dich morgen früh ab. Neun Uhr?"

Martina stimmte Bernds Vorschlag zu. Für einen Ausflug war sie immer zu haben. Die Wettervorhersagen waren gut. Es sollte noch einmal ein sonniger Oktobertag werden. Als Martina bei Bernd ins Auto stieg, schien tatsächlich die Sonne, schon früh morgens. Und das nach vielen grauen, nasskalten Wochen. Die beiden waren in bester Stimmung.

Nach der kleinen Stadtrundfahrt durch Bad Dürkheim, stellte Bernd das Auto auf dem großen Parkplatz vor dem Dürkheimer Riesenfass ab.

„Im September findet hier immer das größte Weinfest der Welt statt. Der Dürkheimer Wurstmarkt", begann Bernd wie ein Reiseführer zu erläutern. „Warum der Wurstmarkt heißt, weiß ich nicht. Es gibt zwar auch Wurst zu futtern, doch im Mittelpunkt steht der Wein. Und da drüben siehst du das größte Weinfass der Welt."

„Hier gibt's wohl nur Welt-Superlative?", bemerkte Martina spitzt.

„Sagen wir mal", lächelte Bernd, „diese beiden Dinge. Der Wurstmarkt und das Fass sind weltweit das Größte. Da bin ich mir sicher. Alles übrige mag Durchschnitt sein. Eins Komma sieben Millionen Liter sollen in das Fass passen."

„War es schon mal voll?"

„Nee. Es wurde nie für Wein benutzt, sondern von Anfang an als Restaurant eingerichtet."

Bernd und Martina traten auf das riesige Fass zu und

bewunderten die Ausmaße. Anschließend schlenderten sie zur Saline hinüber.

„Während der Kursaison rieselt über die Reiser Heilwasser hinab", erklärte Bernd. „Der Dunst soll Linderung bei Atembeschwerden bringen. Aber weißt du, es ist so schönes Wetter. Lass uns hinauf in den Pfälzer Wald fahren. Wir könnten zum Krimhildenstuhl wandern."

„Was ist das?"

„Ein alter Steinbruch aus der Römerzeit."

Bernd lenkte seinen Wagen durch die Weinberge steil hinauf. Ein Wald tat sich auf. Der Motor ächzte. Links und rechts überwiegend Kiefern. Es standen schon einige Autos auf dem versteckten Parkplatz. Bernd deutete auf eine unscheinbare Bodenwelle, nachdem sie ausgestiegen und einem Wanderweg gefolgt waren.

„Das sind die Reste des keltischen Ringwalls."

„Ach, die waren auch hier?", fragte Martina.

„Die sollen hier eine Festung gehabt haben, mehr als tausend Jahre vor Christi. Ist aber kaum noch was zu finden. Die Römer machten schon alles platt und hinterließen mehr Spuren."

Nach kurzer Wanderung erreichten sie einen Platz, von dem sie freie Sicht ins Rheintal hatten. Steil fiel der Hang ab, unten die unzähligen Dächer von Bad Dürkheim. Dahinter die weite, leicht wellige Ebene des Rheins. Den Fluss selbst sahen sie nicht. Ludwigshafen und Mannheim hüllten sich in Dunst, waren nur zu erahnen. Bernd und Martina setzten sich auf einen großen, abgesägten Baumstamm und genossen die herbstliche Sonne. Später wanderten sie weiter zum Krimhildenstuhl, dem römischen Steinbruch. Dort erzählte Bernd seine Theorie über die Wiedergeburt.

„Es ist für mich klar", schloss Bernd seine Ausführungen, „unser Gehirn enthält mehr Informationen, als wir zu träumen wagen. Aber wie kommt es hinein, all das Wissen? Allein vom Hören oder Anlesen offenbar nicht. Es muss eine weitere Möglichkeit geben, Informationen aufzunehmen."

Martina hörte aufmerksam zu. Es kam jedoch keine Wort der Bewunderung oder Anerkennung von ihren Lippen.

„Beim Anblick dieser alten Steinbrocken kommt mir eine Idee", Bernds Augen leuchteten auf. „Wie wär's, wenn ich dich hier hypnotisiere und in die Zeit versetze, als die Römer hier schweißgebadet schufteten."

Martina sah sich um: „Richtig gemütlich ist es hier aber nicht. Kein Sofa. Nicht einmal ein Sessel. Wo soll ich mich da entspannen? Doch nicht etwa auf dem kühlen und feuchten Boden?"

Sie fanden einen kleinen Stein vor einer Felswand. Die Sonne hatte ihn ein wenig aufgewärmt. Auf den setzte Martina sich. Rücken und Kopf lehnte sie an die Felswand. Nach nur wenigen Minuten war sie in Trance. Bernd suggerierte ihr, sich in diesem Steinbruch zu befinden, als hier von den Römern Steine gebrochen wurden. Auf seine Frage, was sie sähe, beschrieb sie Sklaven bei der Arbeit und römische Soldaten, die Aufsicht führten. Absichtlich begann Bernd, ihr eine erfundene Geschichte zu erzählen.

„Es ist Wachablösung. Neue Soldaten kommen in den Steinbruch. Einer der neuen Soldaten spricht drüben am quadratischen Block den Kameraden an, der gerade gehen will. Er schuldet ihm Geld. Siehst du die beiden Soldaten dort stehen?"

Martina bejahte die Frage und Bernd schilderte weiter, dass der frisch eingetroffene Soldat von dem Söldner einige Münzen bekommt. Als jener die Goldstücke in einen kleinen Lederbeutel steckt, rutscht eine Münze daneben und fällt zu Boden. Keiner der beiden, noch sonst jemand, bemerkte die Goldmünze auf dem staubigen Erdreich. Beim Weggehen tritt der eine Soldat sogar darauf, drückt sie tiefen in den Boden, Sand rutscht darüber, die Münze ist nicht mehr zu sehen.

„Merke dir bitte genau die Stelle, wohin die Münze gefallen ist", sagte Bernd. Dann weckte der Martina aus der Hypnose auf.

„Also das war genau hier." Martina war aufgestanden und zeigte auf eine kleine Grasfläche, nachdem Bernd sie gebeten hatte, ihm zu zeigen, wohin die Münze gefallen war. „Du willst doch jetzt nicht etwa nachgraben?"

„Warum nicht? Kannst du kein Gold gebrauchen?"

„Aber seit dem sind doch schon ein paar hundert Jahre vergangen", wandte Martina ein. „Die Münze hat längst schon jemand anders gefunden."

„Woher willst du das wissen?"

„Wir sind doch nicht die Einzigen, die hier umher laufen."

Bernd hatte inzwischen einen kräftigen Ast gefunden und begann, an der bezeichneten Stelle den Boden aufzuwühlen. Die Grasnabe war nur etwa zwei bis drei Zentimeter dick. Darunter stieß er auf harten Felsen. Er brauchte nicht tief zu graben. Von einer Goldmünze keine Spur. Martina hatte sich gelangweilt auf den Stein gesetzt und Bernds Treiben grinsend zugeschaut.

„Wenn hier tatsächlich eine römische Münze gelegen hätte", erklärte Bernd schließlich, „dann hätte ich einen Besen gefressen oder zumindest mit meiner Theorie ganz von vorn beginnen können. Die Story mit der Münze war doch frei von mir erfunden. Ganz sinnlos war die Sache dennoch nicht. Du hast den Beweis geliefert, ebenfalls alles zu tun, was von dir verlangt wird. Du hast in der

Hypnose Dinge gesehen, die nicht stattgefunden haben und überhaupt nicht da waren."

„Aber dass das unter Hypnose passiert, wusstest du doch schon", bemerkte Martina gelangweilt.

„Ja, stimmt. Aber es ist auch schön, einen eigenen Beweis zu haben. Du willst doch wissen, ob es wahr ist, dass dein Onkel dein leiblicher Vater ist, nicht war?", fragte Bernd.

Sie nickte.

„Dann frag' ihn doch schlicht und ergreifend."

Martina sah Bernd nachdenklich an.

„Was mach ich jetzt bloß? Meine Tante tot. Mein Onkel womöglich mein leiblicher Vater. Wie erfahre ich die Wahrheit?"

„Frag' ihn einfach", wiederholte Bernd.

„Und du meinst, er sagt es mir? Jetzt, nach zwanzig Jahren der Lüge?"

„Ja, gerade jetzt", beteuerte Bernd. „Falls es denn stimmt. Jetzt ist genügend Gras über die Sache gewachsen. Deine Eltern sind tot. Deine Tante, seine Frau, ist tot. Es gibt nur noch euch beide aus der Familie. Warum sollte er noch etwas verheimlichen? Ich würde es ihm glatt auf den Kopf zusagen."

„Hey, Daddy, was?"

„Nein, selbstverständlich etwas seriöser. Ich würde so tun, als ob ich bereits alles wüsste. Also zum Beispiel: Warum hast du dich nie getraut, mir zu erzählen, dass du mein wirklicher Vater bist?"

„Ja, vielleicht lässt er sich damit überrumpeln. Aber ich möchte sein Gesicht sehen. Per Telefon wär's nix. Am liebsten würde ich gleich nach Dortmund fahren. Blöd wäre nur, wenn an der Geschichte nichts dran ist. Aber an seiner Reaktion sehe ich auf jeden Fall, ob ich seine Tochter bin oder nicht."

„Das können wir doch machen", sagte Bernd. „Gleich morgen können wir nach Dortmund fahren. Ich hab sonst nichts geplant und kann es einrichten."

Martina antwortete nicht darauf. Es war schon kurz nach vierzehn Uhr, als sie wieder unten in der Stadt ankamen. Im „Köchlöffel" bestellten sie zwei halbe, gegrillte Hähnchen. Nachdem die verspeist waren, fuhren sie nach Freinsheim, das nur wenige Kilometer entfernt liegt, in Bernds Wohngemeinschaft.

Freinsheim

Bernd fuhr in Freinsheim nicht sogleich zu dem Haus, in dem er wohnte. Langsam ließ er seinen Wagen durch die historische Altstadt rollen, um sie Martina zu zeigen.

„Die alte Stadtmauer ist fast vollständig erhalten und über einen Kilometer lang", sagte er.

Am Ortsende bog er nach links ab und hielt vor dem Eisentor mit den zwei dicken Türmen links und rechts.

„Wow!", entfuhr es Martina. „Fast wie in Jerusalem."

Bernd machte einen weiteren kleinen Umweg. Nachdem Martina fast alle historischen Bauten gesehen hatte, standen sie in seiner Wohngemeinschaft.

„Wie bitte? Du wohnst hier mit zwei Frauen?" Martina sah Bernd mit großen Augen und offenem Mund an.

„So wie du das sagst, könnte man meinen, ich hätte einen Harem", grinste Bernd. „Wir sind eine Wohngemeinschaft. Jeder hat sein Zimmer, wie bei dir. Nur dass wir eben drei sind. Dass ich der einzige Mann bin, hat sich halt so ergeben."

„Aha, hat sich so ergeben", echote Martina.

„Ich kenn' die beiden kaum. Die eine, Manuela, ist Verkäuferin und arbeitet im Kaufhof in Ludwigshafen. Die andere, Christine, studiert Anglistik in Mannheim. Ab und zu sehen wir uns an der Uni. Na ja, es kommt auch schon mal vor, dass wir in meinem Auto zusammen nach Mannheim fahren. Ihre Karre tut es ab und zu nicht. Aber die ist in festen Händen. Sie macht nächstes Jahr Examen."

Martina sah sich in Bernds Zimmer um. Es war niedrig, die Wände mit Raufaser tapeziert und weiß gestrichen. Ein gelbes Plakat hing als einziger Schmuck an der Wand. Darauf war zu lesen: „Man sollte sich zur Gewohnheit machen, früh aufzustehen. Es ist unvernünftig, den Kopf zu lange auf einer Ebene mit den Füßen zu lassen. - Henry David Thoreau."

Die Möbel bestanden alle aus Kiefernholz, oder sahen so aus. Am Bett klebte ein kleiner Nachttisch mit Lampe darauf. Vor dem Fenster ein großer Tisch, auf dem sich Bücher stapelten. Ein schmaler Kleiderschrank, auf dem ein Koffer lag, zwei Stühle und ein Sessel mit hölzernen Armstützen vervollständigten die Studentenbude. Es gab kein Bücherregal. Deshalb stapelten sich einige Leitzordner und Bücher auf dem Teppichboden.

„Ist das dein Leitspruch?", Martina deutete mit der Nase auf das gelbe Plakat über dem Bett mit dem Spruch von Thoreau.

Bernd grinste. „Ne, aber ich fand ihn ganz gut. Vielleicht sollte ich mal einen neuen Spruch aufhängen."

„Du hast mir noch gar nichts von deiner Familie erzählt", sagte Martina, während sie sich auf das Bett setzte. „Ich hab dir alles von mir offenbart. Und du erzählst mir nichts. Find ich nicht gut."

„Was möchtest du denn wissen?"

„Alles!"

„Ich mache uns erst einmal was zu trinken. Ist Pfefferminztee okay?"

„Ja. Wo ist die Küche?"

Bernd ging voran und ließ Wasser in den Wasserkocher. Während sie darauf warteten, bis es im Topf sprudelte, begann er zu erzählen.

„Meine Eltern sind geschieden. Zu meinem Vater habe ich nur wenig Kontakt. Meine Mutter arbeitet als Sekretärin. Ich habe noch zwei Geschwister. Beide sind jünger als ich. Mein Bruder ist der jüngste von uns. Er macht gerade Abitur. Meine Schwester hat vor einigen Wochen eine Banklehre abgeschlossen. Reicht das?"

„Dann bist du also der Älteste?"

„Ja."

„Was macht dein Vater?"

„Er hat eine leitende Position im Lübecker Hafen. Kommt gleich hinter dem Hafenkapitän."

„Dann ist er ja ein hohes Tier."

„Es geht. Beamtenstatus."

„Du magst keine Beamten?"

„Das wäre das Letzte, was ich werden wollte."

„Was willst du denn werden?"

„Mal sehen. Jedenfalls kein Beamter", sagte Bernd und räkelte sich. „Aber nun zu dir. Ich hab da mit Rolf eine interessante Theorie bezüglich deiner früheren Leben entwickelt."

Martina hörte kaum hin, als Bernd ihr erneut seine Ideen darlegte. Ihre Gedanken waren in Dortmund. Was war ihr Onkel eigentlich für ein Mensch? Das fragte sie sich im Stillen immer wieder. Sie hatte ihn stets nur wie einen verständnisvollen Vater erlebt. Konnte es wirklich möglich sein, dass er ihr leiblicher Vater ist? Sie wollte ihn nicht verletzen. Aber sie musste Gewissheit haben.

„Und du hast morgen wirklich nichts vor?", fragte Martina, als Bernd gerade seine Gedanken sortierte, um einen neuen Aspekt seiner Theorie zu beleuchten.

„Na ja, ich wollte ein bisschen pauken. Aber das lässt sich verschieben. Warum?"

„Wir könnten nach Dortmund fahren."

„Morgen? Klar, hatte ich ja vorgeschlagen."

„Ja, heute ist es schon zu spät. Aber wenn wir gleich morgen früh losfahren, sind wir zum Mittag da. Und falls du Montag irgend was wichtiges an der Uni hast, können wir auch noch am Sonntag zurückfahren. Sonst würde ich vorschlagen, erst am Montag zurückzukommen."

Martina sah Bernd begeistert an. „Ich muss unbedingt wissen, woran ich mit meinem Onkel bin. Außerdem würde ich mich wohler fühlen, wenn du dabei bist. In mir ist so eine Unruhe. Das kannst du dir überhaupt nicht vorstellen. Ich kann mich kaum noch konzentrieren. Letzte Nacht hatte ich auch noch so einen blöden Traum."

„Aha, erzähl."

„Es war wirklich nur ein Traum, verworren und unklar. Ich könnte ihn gar nicht erzählen, weil ich selbst nicht mehr weiß, was Sache war. Eigentlich ist nur eines hängen geblieben."

Als Martina an dieser Stelle schwieg, fühlte Bernd sich verpflichtet nach zu haken.

„Ja und? Was war das?"

„Ach, es war doch nur ein Traum, keine Rückführung unter Hypnose. Ich träumte, dass mein Onkel meine Mutter und meinen Vater umgebracht hätte."

„Das nennst du unbedeutend?" Bernd goss das heiße Wasser in die bereitgestellten Teetassen. „Träume sind nicht unbedeutend! Der alte Pharao rettete sein Volk, weil er auf einen Traum achtete. Oder kennst du die Geschichte mit den sieben fetten und den sieben mageren Jahren aus der Bibel nicht? Auch moderne Psychologen raten, dass man auf seine Träume achten soll. - Wie hat er sie umgebracht?"

„Keine Ahnung. Weiß ich nicht. Ich sagte doch, es war alles so verworren. Träume müssen gedeutet werden. Darin liegt der Haken. Das war auch schon beim alten Pharao so. Ohne den Joseph, hätte ihm der Traum nichts genützt. - Nun erzähl mir bloß nicht, du verstündest auch etwas von Traumdeutungen?"

„Wer weiß. Aber ich sehe, dass es dich beunruhigt, nicht mal wenig."

Martina schwieg einen Augenblick. Dann fragte sie erneut nach, ob Bernd wirklich bereit wäre, mit ihr nach Dortmund zu fahren.

„Ich übernehme auch die gesamten Spritkosten. Wir haben Gästezimmer zu Hause. Da kannst du ganz allein in einem schlafen."

Bernd war einverstanden. Sie gingen zurück in Bernds Zimmer und tranken ein wenig Tee.

„Okay, dann bring ich dich jetzt nach Mannheim. Ich muss noch ein paar Sachen vorbereiten, was ich eigentlich morgen machen wollte. Die Vorlesung am Montagvormittag kann ich ausfallen lassen. Aber das Seminar um drei Uhr ist wichtig. Da sollten wir wieder zurück sein."

Martina strahlte: „Wunderbar!"

Sie tranken den Tee aus. Danach fuhr Bernd Martina mit seinem Auto nach Mannheim zu ihrer Wohnung.

„Also, morgen früh um sieben. Verschlaf bitte nicht", rief er ihr beim Aussteigen zu. Dann machte er sich auf den Heimweg, zurück nach Freinsheim.

Fahrt nach Dortmund

Am Sonntagmorgen um sieben lag Mannheim noch in tiefem Schlaf, als Bernd vor Martinas Haustür fuhr. Er klingelte einmal kurz, der Türöffner summte sogleich. Bernd hastete die fünf Treppen hinauf. Vor Martinas geöffneter Wohnungstür stand eine Reisetasche. Von Martina war nichts zu sehen.

„Hallo", sagte Bernd leise. Dann hörte er die Toilettenspülung. Kurz darauf stand Martina vor ihm.

„Okay, ich bin fertig, wir können los." Sie griff nach der Reisetasche, die Bernd ihr sogleich abnahm.

Bernd lenkte seinen alten Opel am Wasserturm vorbei, nach wenigen Minuten fuhren sie durch Käfertal, schon leuchteten die blauen Hinweisschilder. Auf der Autobahn in Richtung Norden gab Bernd mehr Gas. Der Himmel war grau, hier und da Nebelschwaden, wenig Verkehr. Wenn nicht mehr Verkehr aufkäme, würden sie noch vor zwölf Uhr in Dortmund eintreffen.

„Hast du deinen Onkel angerufen und ihm gesagt, dass wir kommen?"

Martina biss sich auf die Lippen. „Nein, ich dachte, wir tauchen einfach überraschend auf."

„Und wenn er nun nicht zu Hause ist? Dann war die ganze Fahrt für die Katz."

Martina überlegte. An Bernds Worten war was dran. Ihr Onkel verreiste manchmal an Wochenenden. Jetzt, wo er ganz alleine war, wieso sollte er da zu Hause bleiben? Es war wohl doch besser, vorher abzuklären, ob er daheim war.

„Ich glaube", sagte Martina, „ich rufe doch besser an. Auf dem nächsten Rastplatz kann ich telefonieren. Mein Handy hat 'ne Macke. Vielleicht brauche ich auch nur einen neuen Akku."

„Nimm meins." Bernd griff in die Brusttasche seines Hemdes.

Martina nahm das Handy und wählte die Nummer in Dortmund.

„Was ist passiert, dass du so früh am Morgen anrufst", klang die Stimme des Onkels an ihr Ohr. „Ich liege noch im Bett. Aber es ist gerade Zeit aufzustehen."

„Ich wollte mal eben vorbei kommen. Bei der Gelegenheit lernst du auch gleich meinen Freund kennen."

„Wann?"

„Heute. Wir sind schon unterwegs."

„Da hast du aber Glück, dass du mich noch erwischt hast", klang es aus dem Hörer. „Ich wollte heute an die See und erst spät abends zurück sein. Ein Tapetenwechsel könnte mir gut tun, hatte ich gedacht. Aber wenn du kommst, brauche ich ja nicht wegzufahren. Dann kommt Leben ins Haus. Seit Hilde nicht mehr da ist, ist es hier verdammt still. Schön, dass du kommst. Wann werdet ihr da sein?"

„Wahrscheinlich gegen zwölf."

„Gut, dann gehen wir zusammen Mittagessen. Meine Kochkünste sind ja nicht so besonders, wie du weißt."

„Okay, bis dann."

Die Fahrt nach Dortmund verlief ohne Staus oder sonstige Probleme. Bernd und Martina unterhielten sich noch einmal über das Hypnoseerlebnis und Martinas Blick in ihr viertes Leben.

„Wenn das wirklich stimmt", sagte Martina, „dass mein Onkel und meine Mutter einen Mord geplant haben, so wie ich es in der Hypnose erlebt habe, dann muss mein Onkel doch ganz schön abgebrüht sein."

„Was ist dein Onkel denn für ein Typ?"

„Wie soll ich das beschreiben. Manchmal ist er sehr

verschlossen. Ich war ja nur selten in unserer Firma. Aber wenn ich dort war, hatte ich immer das Gefühl, dass alle Angestellten ungeheuren Respekt vor ihm hatten. Zu Hause war er fast immer freundlich und höflich. Er und Tante Hilde, die hatten schon mal Streit. Deshalb schwirrten jedoch keine Geschosse durch die Gegend. Es fielen ein paar laute Worte, dann war Funkstille. Manchmal tagelang. Irgendwie haben sie sich aber doch wieder vertragen. Für mich war so eine Funkstille durchaus praktisch. Wenn ich etwas wollte, zum Beispiel spät heimkommen, dann fragte ich Onkel Paul. Der erlaubte es in so einer Situation. Normalerweise hätte er gefragt, was meine Tante wohl dazu meine. Damit war die Angelegenheit dann gestorben. Die hätte es nicht erlaubt. Doch wenn zwischen den beiden Funkstille herrschte, dann erlaubte er es einfach. Und ehe Tante Hilde was merkte, war ich verschwunden. Anders herum funktionierte das auch. Wenn ich wusste, dass Onkel Paul etwas nicht erlauben würde, fragte ich einfach Tante Hilde. Die erlaubte es dann auch, ohne ihn zu konsultieren." Martina schmunzelte in sich hinein. „Hast du das zu Hause auch so gemacht?"

„Ich glaube nicht. Wahrscheinlich war ich damals noch zu klein. Ich kam gerade in die Schule, als meine Eltern sich scheiden ließen. Danach hat meine Mutter mich allein erzogen. - Aber um auf den Charakter deines Onkels zurückzukommen. Nehmen wir einmal an, was du gesehen hast, hat sich wirklich so ereignet. Nehmen wir weiter an, er hat den Tod deiner Eltern verschuldet. Wenn du ihm das jetzt auf den Kopf zusagst, wie würde er reagieren?"

„Darüber habe ich ja schon die ganze Zeit gebrütet. Ich habe keine Ahnung. Ich muss mir eingestehen, dass der Charakter meines Onkels ein Rätsel für mich ist. Manchmal denke ich, er würde mich einfach auslachen. Onkel Hermanns Hypnose hielt er für reinen Hokuspokus."

„Dann betrachten wir doch einmal die andere Seite", sagte Bernd. „Nehmen wir an, die Rückführung unter Hypnose hätte nichts mit dem wirklichen Leben zu tun. Dein Onkel Paul ist wirklich dein Onkel. Deine Eltern sind wirklich deine Eltern. Dein Onkel hat auch niemanden umgebracht. - Wie würde er reagieren, wenn du ihm vor diesem Hintergrund sagtest, er sei dein leiblicher Vater?"

Martina saß einen Augenblick schweigend neben Bernd im Auto. Dann gab sie die Frage zurück.

„Wie würdest du reagieren?"

„Um mich geht es ja nicht."

„Drück dich nicht. Wie würdest du reagieren, wenn ein Mädchen behauptete, deine Tochter zu sein?"

Bernd lächelte vor sich hin. Er sah Martina aus dem Augenwinkel an, blickte aber schnell wieder in Fahrtrichtung auf den Asphalt, über den sein Opel rollte. Dann begann er langsam und zögernd eine mögliche Reaktion zu offenbaren.

„Also, wenn es möglich wäre, dass so ein Mädchen meine Tochter ist. Dann würde ich um weitere Informationen bitten. Nur, um sicher zu sein, dass ich da nichts untergejubelt bekäme. Ich würde so ein Mädchen aber anerkennen, nachdem sich herausgestellt hätte, dass sie wirklich meine Tochter ist."

„Da bliebe dir ja auch nicht anderes übrig", entgegnete Martina schnippisch. „Nun den anderen Fall. Wie würdest du reagieren, wenn du wüsstest, dass sie nicht deine Tochter sein könnte, weil du nicht mit ihrer Mutter geschlafen hast?"

„Dann würde ich sie freundlich anlächeln und mich nicht weiter um die Sache kümmern. Sorry. Tut mir leid.

Irrtum meine Liebe, du musst deinen Vater wo anders suchen."

„Na das ist doch ganz interessant", sagte Martina nachdenklich. „Wenn die Vaterschaft möglich ist, willst du Details wissen. Ist die Vaterschaft nicht möglich, interessiert die Sache dich nicht weiter. Reagieren alle Männer so?"

Bernd zuckte mit den Schultern. „Aber da fällt mir gerade eine Seminarstunde ein. Da ging es auch um Wahrheitsfindung. Der Dozent hatte folgende Situation dargelegt: Sie sind Abteilungsleiter oder Direktor in einem Unternehmen. Es hat eine Unterschlagung gegeben. Die Dokumente liegen Ihnen vor. Aber sie wissen nicht, wer es war. Die Dokumente sind so gut gefälscht, dass vier oder fünf Leute in Frage kommen. Was tun Sie? - So war die Fragestellung. Wir haben dann verschiedene Möglichkeiten der Wahrheitsfindung diskutiert. Zum Schluss gab der Dozent die Empfehlung, jeden einzeln zu befragen, der für den Betrug in Frage käme, und ihn genau zu beobachten. Die Körpersprache gebe oft mehr Information preis, als der Kandidat mit Worten verheimlichen könne. In jenem speziellen Fall empfahl er, die Dokumente, mit denen betrogen worden war, offen auszubreiten, auf dem Schreibtisch oder sogar an einer Tafel. Der Kandidat sollte sofort mit einem Blick alle Betrugsschriftstücke sehen können und darauf hingewiesen werden, dass es sich um die entscheidenden Dokumente handele."

Bernd machte eine Kunstpause, setzte dann fort: „Und nun kam der Knüller. Der Dozent sagte, beobachten sie genau, wie sich der Kandidat den Schriftstücken zuwendet. Nimmt er sie genau in Augenschein, liest vielleicht sogar die eine oder andere Passage, dann war der es wahrscheinlich nicht. Schaut ein Kandidat jedoch nur oberflächlich auf die Dokumente, den müssen Sie sich genauer vornehmen. Warum?"

Martina hatte andächtig zugehört und die Frage für rein rhetorisch gehalten. Sie dachte deshalb überhaupt nicht daran, sofort zu antworten.

„Na, was meinst du", bohrte Bernd nach. „Warum macht sich der verdächtig, der die Dokumente nur oberflächlich betrachtet?"

Martina schwieg und schaute ihn an.

„Ganz einfach", behauptete Bernd. „Er kennt die gefälschten Dokumente genau und braucht sie nicht mehr zu lesen."

„Und mit der Methode soll ich jetzt meinen Onkel überführen? Das ist ja das genaue Gegenteil von dem, was du mir vorher gesagt hast."

„Wieso?"

„Zuerst hast du erklärt, dass du nicht weiter nachforschen würdest, wenn du sicher seist, nicht der Vater zu sein. Du betrachtest die Sache also oberflächlich. Im zweiten Fall behauptet dein Dozent, wer oberflächlich hinschaut, macht sich verdächtig. Ihr Männer habt vielleicht manchmal Ansichten. Ich glaube, ich muss mich da ganz auf meine Intuition verlassen."

Bernd lächelte und begann zu erläutern, dass zwischen den beiden Fällen ein Unterschied sei.

„Wenn ein Kandidat die Dokumente nur oberflächlich anschaut, dann ist das noch kein Beweis seiner Schuld. Er kann die Schriftstücke ja durchaus schon kennen, weil sie über seinen Schreibtisch gelaufen sind. So einfach darfst du die Sache nun auch wieder nicht nehmen. Mit diesem Verfahren kannst du aber die erfassen, die es höchstwahrscheinlich nicht waren. Von fünf oder sechs Verdächtigen hast du dann nur noch zwei oder drei, die du genauer unter die Lupe nehmen musst, klaro?"

Jetzt musste Martina lachen. Sie lachte sogar laut los. Verunsichert fragte Bernd, warum sie denn lache.

„Nun hör mal", begann sie. „Wenn diese Methode der Wahrheitsfindung bei euch in Betriebswirtschaft gelehrt wird. Dann kennt sie doch wahrscheinlich jeder höhere Angestellte und guckt sich die Dokumente peinlichst genau an, um nicht in Verdacht zu geraten."

„Das könnte natürlich sein", stimmte Bernd zu. „Kann man nicht ausschließen. Es gibt da aber noch das Überraschungsmoment. Wenn der Kandidat nicht weiß, dass er gerade überprüft wird, hat er auch keinen Grund zur Vorsicht. Und überhaupt, wer denkt schon ständig an alles, was er mal gelernt oder gehört hat. Probier's doch bei deinem Onkel aus."

Martina wandte ein, dass es für ihren Fall ja keine Schriftstücke gäbe, die sie präsentieren könnte. Bernd sagte, dass die verbale Konfrontation mit der Wahrheit dem gleich käme. Doch das ließ Martina nicht gelten. Sie wolle auf ihr Gefühl setzten.

Es war tatsächlich erst halb zwölf Uhr, als Martina und Bernd Dortmund erreichten. Kaum waren sie vor die Einfahrt zur Villa gefahren, öffnete sich das Tor wie von Geisterhand.

„Ah", sagte Martina. „Er steht hinter der Gardine und hat unser Eintreffen abgepasst."

„Habt ihr keine Video-Überwachungsanlage?"

„Nein, aber oben vom Fenster kann man gut sehen, wer vorm Tor steht. Ich habe dort selbst oft gestanden, wenn es geklingelt hatte."

Bernd folgte dem Weg, der vor die Garagen führte.

Onkel Paul

Kaum war Bernd mit seinem Wagen durch das Tor auf das Grundstück der Villa Kolbe gefahren und hatte das Auto vor den Garagen abgestellt, als Onkel Paul auch schon auf Martina zugeeilt kam. Er nahm sie in die Arme und drückte sie zur Begrüßung wie ein kleines Kind. Bernd begrüßte Paul Baum ebenfalls herzlich, wenn auch ohne Umarmung.

„Das ist aber schön, Sie kennenzulernen", sagte er zu Bernd. „Und du wirst immer hübscher Martina, wie deine Mutter."

Der Vergleich mit ihrer Mutter versetzten Martina einen Stich. Sogleich dachte sie daran, warum sie eigentlich her gekommen war, und deutete diese Bemerkung bereits als Indiz, dass Onkel Paul ihre Mutter nicht nur vom Ansehen gekannt hatte. Doch es war noch zu früh, gleich in medias res zu gehen. Das hatte Martina sich für den Abend aufgehoben, wenn sie mit Onkel Paul allein sein würde. Es blieb nicht aus, dass sie jedes seiner Worte auf die Waagschale legte. Eine lockere Unterhaltung, wie sie sie früher mit ihrem Onkel zu führen pflegte, kam nicht mehr in Gang. Es schien Martina, dass auch ihr Onkel sie vorsichtig behandelte, auf jeden Fall vorsichtiger als sonst. Allein Bernd blieb der Alte. Bei ihm nahm Martina kein ungewöhnliches Verhalten wahr.

„Ich habe einen Tisch im ‚Goldenen Hirsch' reserviert. Das ist dir doch recht, Martina?", fragte Onkel Paul nicht nur der Form halber. Es schien ihm wirklich daran zu liegen, dass sich seine Nichte mit ihrem Freund wohl fühlte.

„So vornehm hätte es nicht unbedingt sein müssen", antwortete Martina. „Wieso ist Frau Gessler nicht mehr da?"

„Die war doch schon alt und wollte in Rente gehen. Da habe ich keine neue Haushälterin mehr eingestellt. Wenn wir mal zu Hause gegessen haben, hat Hilde das gemacht. Du weißt ja, wie oft ich unterwegs bin. Jetzt haben wir, äh, ich meine, jetzt gibt es nur noch eine Putzhilfe im Haus. Frau Schulz kommt dreimal die Woche, Montag, Mittwoch und Freitag. Und jetzt, wo ich allein bin, überlege ich, ob zweimal die Woche reicht."

Das Gespräch blieb an der Oberfläche. Allgemeine Alltagsgeschäfte wurde abgehandelt. Selbst der Tod von Hilde Baum, wurde nicht eingehender ausgeleuchtet. Bernd hingegen wurde es etwas unbehaglich, als Onkel Paul ihn ausfragte.

„Und Sie studieren Betriebswirtschaft. Im wievielten Semester?"

„Im Vierten. Bis zum Abschluss habe ich noch ein ganzes Stück vor mir."

„Das geht schnell vorbei. Bevor Sie sich zweimal in die Bibliothek gesetzt haben, steht das Examen im Kalender. Und dann steigen Sie in das elterliche Unternehmen ein?"

Das war eine geschickte Frage. Denn so erfuhr Onkel Paul nicht nur Bernds Zukunftspläne, sondern auch, aus welchem Milieu er kam. Ob seine Eltern vermögend waren und ein eigenes Unternehmen hatten. Bernd überlegte krampfhaft, wie er ebenso geschickt antworten konnte.

„Meine Zukunftspläne sind noch etwas offen. Im vierten Semester sollte man sich nicht so festlegen. Vielleicht gründe ich mein eigenes Unternehmen. Auf dem Informationsmarkt ist noch Platz. Die Entwicklung ist da unheimlich schnell."

„Da haben Sie recht, man muss sich heute etwas Neues einfallen lassen."

Paul Baum bohrte nicht weiter nach. Er wusste Bescheid. Der junge Mann hatte keine vermögenden Eltern. Sonst wäre er auf die Frage genauer eingegangen und hätte etwas mehr über seine Eltern erzählt. Damit Bernd nicht allzu schlecht abschnitt, mischte Martina sich ein.

„Bernds Vater ist Hafenkapitän in Lübeck."

„So, das ist aber interessant. Aber die Richtung wollen Sie offenbar nicht einschlagen?"

„Nein", sagte Bernd. „Das ist nicht meine Welt."

Bernd überlegte, ob er korrigieren sollte, dass sein Vater gar nicht Hafenkapitän ist. Denn er arbeitete einen Level tiefer. Andererseits war es nicht völlig verkehrt, denn er vertrat schon mal den Hafenkapitän, wenn der offizielle Vertreter verhindert war. Bernd ließ es stehen und sprach über die neueste Entwicklung auf dem Computer- und Informationsmarkt.

Nach dem Mittagessen im Goldenen Hirsch machten alle drei einen ausgedehnten Spaziergang. In der Villa Kolbe richtete Martina später ein leichtes Abendessen her. Auf ihr Zeichen zog Bernd sich in das Gästezimmer zurück. Martina und ihr Onkel Paul saßen anschließend allein im großen Salon.

Das Geständnis

„Na, hast du deinen Freund weggeschickt? Was bedrückt dich?", fragte Paul Baum von der Zeitung aufschauend seine Nichte, als sie sich ihm gegenüber in den Sessel gesetzt hatte. Er legte das Blatt beiseite.

„Erzähl mir doch bitte noch einmal genau, wie das mit dem Autounfall von Tate Hilde war."

„Ja, was soll ich da erzählen. Du weißt doch schon alles. Die Polizei tappt im dunkeln, mehr weiß ich auch nicht."

Und damit ganz deutlich wurde, dass dieses Thema für ihn abgehakt war, erhob er sich und kündigte an, er werde eine Flasche Wein aus dem Keller holen. Martina blieb allein im Salon und wartete. Es schien eine Ewigkeit zu dauern, bis ihr Onkel aus dem Keller zurück war. Zwanzig Minuten waren mit Sicherheit vergangen, überschlug Martina. Wofür brauchte er zwanzig Minuten im Keller? Um eine Flasche Wein herauf zu holen, benötigte man höchstens drei Minuten. Sie hätte es locker in einer halben Minute geschafft. Mit der Flasche und zwei Gläsern in der Hand, kam Onkel Paul wieder in den Salon.

„Du warst lange weg", versuchte Martina, das Gespräch wieder aufzunehmen, ohne einen Vorwurf zu machen.

„Ein paar der Flaschen mussten noch gedreht werden. Als ich neulich dabei war, wurde ich unterbrochen."

Paul Baum hatte die Flasche offenbar schon in der Küche entkorkt, denn er schenkte sogleich ein. Misstrauisch beobachtete Martina ihn. Entkorkte er die Flasche sonst nicht immer erst bei Tisch, vor aller Augen? Wieso hatte er die Flasche schon entkorkt? Hatte er eventuell etwas in den Wein geschüttet, ein Pulver, ein paar Tropfen von irgendetwas?

Martina fühlte, wie ihr Misstrauen wuchs. War das wirklich noch ihr Onkel Paul, der wie ein Vater für sie gesorgt hatte?

Paul Baum reichte Martina ein Glas und prostete ihr zu.

„Auf uns. Es kommen auch wieder bessere Tage."

Martina betrachtete den Wein im Glas, hielt es gegen das Licht, sog den Duft ein mit der Nase über dem Kelch. Sie tat es langsam und beobachtete ihren Onkel aus dem Augenwinkel. Erst als sie sah, dass er wirklich von seinem Glas trank, setzte sie das ihre ebenfalls an die Lippen. Wie aus der Ferne hörte sie das Lob ihres Onkels auf den guten Jahrgang. Und ebenfalls wie aus der Ferne hörte sie sich zustimmen. Vom Geschmack des Weines merkte sie nichts auf ihrer Zunge. Denn Ärger stieg auf. Martina ärgerte sich darüber, wie sie dem Gedanken verfallen konnte, ihr Onkel könnte sie vergiften. Beherzt nahm sie einen weiteren, kräftigen Schluck. Jetzt erst spürte sie den Geschmack auf der Zunge und auf dem Gaumen. Doch ihre Neugierde ließ sich damit nicht betäuben. Jetzt war der Augenblick, jetzt musste sie die Frage stellen.

„Warum, hast du mir verschwiegen, dass du mein wirklicher Vater bist?"

Martina hielt die Luft an. Was würde jetzt passieren? Würde er sie auslachen? Würde er sich aufregen, protestieren? Martina fixierte ihn. Paul Baum stellte bedächtig sein Glas ab, sah Martina einige Augenblicke ruhig an, schien sich auf die Unterlippe zu beißen. So genau konnte man das nicht sehen. Denn seine Unterlippe war sehr schmal, fast nur ein Strich.

„Wie bist du dahinter gekommen?"

Verdammt. Er hatte es zugegeben. Er hatte es ohne weiteres zugegeben. Martina bekam kein Wort heraus.

Die Information aus der Hypnose, aus ihrem vierten Leben, diese Information stimmte. Hatte sie nicht von Anfang an gewusst, dass die Information zutraf? Wieso hatte sie überhaupt gezweifelt? Ihr Onkel Paul war ihr wirklicher Vater. Am liebsten wäre Martina ihm jetzt um den Hals gefallen. Doch da waren noch die anderen Informationen. Wenn das eine stimmte, dann entsprach das andere ebenfalls der Wahrheit. Martina war schlagartig wieder bewusst, dass ihr leiblicher Vater und ihre Mutter Mordpläne geschmiedet hatten, nicht nur so aus Jux, sondern absolut ernsthaft. Diese Tatsache hielt sie im Sessel fest. Ohne auf die Frage ihres Onkel einzugehen, stellte sie eine neue Frage.

„Wie konnte es dazu kommen?"

Paul Baum saß im Sessel und sah auf den Teppich vor sich. Erinnerungen stiegen auf. Erinnerungen, mit denen er zwei Jahrzehnte allein gewesen war. Es war immer noch derselbe Teppich, wie damals beim ersten Mal. Langsam begann er zu erzählen.

„Deine Mutter und dein Vater, vielleicht sollte ich besser sagen, ihr Mann, waren damals frisch verheiratet. Auch ich und Hilde waren erst knapp ein Jahr verheiratet. Dein Großvater hatte dieses Haus nicht nur für sich gebaut. Er wollte eine große Familie um sich haben. Ich kam aus einfachen Verhältnissen und sah all meine Träume in Erfüllung gehen. Ich hatte eine Frau geheiratet, die hübsch war, mich liebte und einmal ein Vermögen erben würde. Als dein Großvater vorschlug, dass wir hier im Haus wohnen sollten, wie auch bereits deine Eltern, da nahm ich das gerne an. Denn ich hatte Hilde ohnehin nichts Derartiges zu bieten. Wir hätten in eine Mietwohnung ziehen müssen. Außerdem war hier genügend Platz. Deine Großeltern, deine Eltern und Hilde und ich, wir wohnten hier also alle unter einem Dach. Und da bekommt man natürlich oft mehr voneinander mit, als man sollte. So war für mich offensichtlich, dass es zwischen deinen Eltern immer wieder Spannungen gab. Zunächst begriff ich nicht, worum es eigentlich ging. Bis damals in jener Nacht. Ich hatte nicht schlafen können und war herunter gekommen in die Küche, um mir eine warme Milch mit Honig zu machen. Ich konnte das Glas Milch nicht gleich austrinken, weil es zu heiß war. Deshalb ging ich hier in den Salon, setzte mich in den Sessel, in dem ich jetzt sitze."

Paul Baum hielt in seinem Bericht inne. Er dachte nach und sagte dann: „Nein, es war nicht derselbe Sessel. Damals standen hier andere Sitzmöbel. Ist auch nicht so wichtig. Während ich also darauf warte, dass die Milch sich etwas abkühlt, kommt deine Mutter herein. Sie trug nur ein dünnes, fast durchsichtiges Nachthemd. Nie zuvor hatte ich ihre Figur so aufreizend gesehen. Sie sah mich gar nicht, denn ich hatte kein Licht angemacht. Es war heller Mondschein, vermutlich sogar Vollmond. Sie legte sich auf die Couch und atmete schwer. Erst als ich mich räusperte, schrak sie zusammen, sprang auf und eilte aus dem Zimmer. Ein paar Minuten später kam sie zurück, in einen Morgenmantel gehüllt.

Ich weiß nicht, Martina, ob du dir vorstellen kannst, was in einem Mann vorgeht, wenn er eines Nachts nicht schlafen kann und dann im hellen Mondschein eine fast nackte, bezaubernde Frau sieht. Die Frau war meine Schwägerin, also tabu. Vielleicht wäre auch nichts passiert, wenn sie nicht zurückgekommen wäre. Eigentlich wollte sie sich nur entschuldigen, dass sie mich hier überrascht hatte. Sie war der Meinung gewesen, die einzige Schlaflose in dieser Nacht zu sein.

So kamen wir ins Gespräch. Ein Wort gab das andere und schließlich gestand sie mir, dass ihr Mann sie sexuell nicht befriedigte. Sie fing an zu weinen und tat mir leid. Ich nahm sie in den Arm. Nun ja, und da ist es dann passiert."

Paul Baum schwieg. Martina hatte ruhig zugehört. Dann stiegen neue Fragen in ihr auf.

„Und bei dem einen Mal bin ich entstanden?"

„Nein, es blieb natürlich nicht bei dem einen Mal. Wir verstanden uns so gut - ich hab nie wieder eine Frau getroffen, mit der es so fantastisch ...", Paul Baum geriet ins Schwärmen. „Entschuldige Martina, aber es erleichtert mich irgendwie, einmal darüber sprechen zu können. Seit deine Mutter tot ist, habe ich mit niemanden darüber sprechen können. Deine Mutter war einfach ... Wir haben keine Gelegenheit ausgelassen ..."

„Okay", unterbrach Martina etwas angewidert. „Wieso wart ihr euch sicher, dass ich euer Kind bin?"

„Das war nicht schwierig, nachdem sie ein halbes Jahr nicht mehr mit ihrem Mann geschlafen hatte, und dann plötzlich schwanger war. Damit er nichts merkt, hat sie dann natürlich auch ein paar Mal mit ihm geschlafen. Das hat mich fast wahnsinnig gemacht. Denn ich habe deine Mutter wirklich geliebt. Vorher und nachher hat es keine Frau gegeben, die ich so geliebt habe."

„Und deine Frau, Tante Hilde, hat die nichts gemerkt?"

„Ich weiß nicht. Sie hat nie etwas gesagt. Aber vermutlich hat sie es geahnt. Wahrscheinlich hat sie es sogar gewusst. Tante Hilde und dein Vater waren ja Geschwister, Kinder deines Großvaters. Irgendwie waren die merkwürdig erzogen. Im Bett war Hilde jedenfalls auch spröde. Als das mit deiner Mutter passiert war, lief zwischen uns fast nichts mehr."

„Und warum hast du dann meine Mutter umgebracht?"

Martina hatte die Frage gar nicht so schnell und direkt stellen wollen. Doch plötzlich war sie im Raum, musste ganz einfach ausgesprochen werden. Paul Baum richtete sich ruckartig im Sessel auf, starrte Martina mit zusammengekniffenen Augen und einer tiefen Furche zwischen den Augenbrauen an.

„Wie kommst du denn darauf?!"

Seine Stimme war lauter als zuvor. Viel zu laut für eine normale Frage. Für Martina brach eine Welt zusammen. In diesem Augenblick wusste sie es. Er hatte es getan. Es war nicht nur bei Mordplänen geblieben. Er hatte ihre Mutter getötet. Aber warum? Wenn er sie doch so sehr geliebt hatte. Da Martina nicht gleich auf seine Frage geantwortet hatte, wiederholte Baum seine Frage etwas lauter.

„Wieso unterstellst du mir, dass ich für den Tod deiner Mutter verantwortlich bin? Deine Mutter ist bei einem Unfall ums Leben gekommen. Zusammen mit deinem Vater. Du kannst doch nicht annehmen, dass ich die Frau, die ich über alles liebte, umbringe. Also das ist ja ungeheuerlich!"

Paul Baum stand auf und ging zum großen Fenster, blickte in den Garten und schwieg. Auch Martina schwieg. Hatte sie ihn jetzt verärgert? War er wirklich unschuldig am Tod ihrer Mutter? Das hätte er doch auch friedlich sagen können. Nein, er war irgendwie in die Sache verstrickt. Auch wenn sie keine Beweise hatte, nicht einmal aus der Hypnose, ihr Gefühl war eindeutig. Er hatte mit dem Tod ihrer Mutter zu tun gehabt.

„Wir waren zusammen im Urlaub in Österreich", begann Paul Baum gedämpft zu erzählen. Er kam vom Fenster zurück und setzte sich wieder in seinen Sessel. „Mit wir meine ich deine Eltern, Tante Hilde und mich. Dich hatten wir bei deinen Großeltern hier im Haus gelassen. Wir hatte eine Hütte weit oben in den Alpen gemietet, wie schon in den Jahren zuvor. An einem Tag sind deine Eltern mit dem Auto aufgebrochen, um Lebensmittel im Tal zu besorgen. Bei der Abfahrt haben offenbar die Bremsen versagt. Sie sind mit dem Auto in eine Schlucht gestürzt. Das ist alles. Ich war schon früh am Morgen allein zu einer Bergtour aufgebrochen. Erst als ich spät nachmittags zurückkam, erfuhr ich davon. Das ist alles."

Es war Martina nicht entgangen, dass er zweimal betont hatte, dass dies alles sei. Was ihr Onkel erzählt hatte, kannte sie schon. Er hatte nichts Neues über den Unfall erzählt. Heute fiel Martina auf, dass es klang, wie etwas, das er auswendig gelernt hatte. Etwas, das durch ständige Wiederholung an Wahrheit zunehmen sollte. Ihr wurde klar, dass sie durch Fragen an diesem Punkt nicht weiter kam. Ihr Onkel reagierte verärgert.

„Wieso wärmst du diese alten Geschichten auf? Du hast übrigens meine erste Frage noch nicht beantwortet. Woher wusstest du, dass ich dein leiblicher Vater bin? Hast Du heimlich eine Genanalyse gemacht?"

Martina schwieg.

„Du meine Güte, das ist jetzt über zwanzig Jahre her. Irgendwann muss man mit den alten Geschichten Schluss machen."

Martina schwieg immer noch.

„Hilde hat es dir erzählt, nicht war? Hab ich mir gedacht, dass sie was gemerkt hat."

Mag er es meinethalben denken, dachte Martina und sagte nichts dazu. Paul Baum war wieder aus seinem Sessel aufgestanden und ans Fenster getreten. Martina erhob sich ebenfalls, ging zu ihm und ergriff seine Hand. Sie war nasskalt. Martina wollte sich schon wieder abwenden, als er sie plötzlich umarmte und fest an sich drückte. Martina roch seinen Schweiß, den Schweiß eines alten Mannes. Er roch unangenehm. Sie mochte ihn nicht umarmen. Er lockerte den Griff wieder, setzte sich in seinen Sessel. Ohne dass Martina ihn aufforderte, begann er zu erzählen.

„Das Leben war oft die Hölle in diesem Haus. Ich weiß gar nicht, wie ich das ertragen konnte, Jahr für Jahr. Nach dem deine Mutter tot war, habe ich angefangen zu spielen. Dein Onkel Hermann hatte mich eines Abends mit in die Spielbank genommen, um mich ein wenig aufzumuntern. Er merkte nicht, wie heftig er mich damit aufmunterte. Danach konnte ich nicht mehr davon loskommen. Ich habe versucht, es zu verheimlichen. Aber du hast wohl gemerkt, wo ich manche Abende verbracht habe."

„In der Spielbank? Und ich dachte, du hättest eine heimliche Geliebte."

„Das wäre wahrscheinlich besser gewesen." Er hielt inne.

„Was wolltest du sagen?"

„Ach nichts. Es ist halt alles so bescheuert. Firma, großes Haus - eigentlich sollte es mir gut gehen. Aber ..."

„Du bist einsam, nicht wahr?"

Paul Baum antwortete nicht. Es war ohnehin nur eine Feststellung.

„Tut mir leid, dass ich so laut geworden bin. Ich geh jetzt schlafen."

Damit war er auch schon verschwunden. Martina saß noch eine Weile allein im Salon. Dann klopfte sie an Bernds Tür.

Hypnose III

„Er ist mein Vater", sagte Martina ohne jeden Triumph in der Stimme. Sie setzte sich auf die Couch im Gästezimmer.

Bernd erhob sich vom Bett, setzte sich neben sie und legte seinen Arm um ihre Schultern.

„Wie war's?"

„Ich habe ihn gefragt, wie du gesagt hast. Er hat es einfach zugegeben. Dann haben wir uns sogar umarmt."

„Und, wie ist es dazu gekommen?"

Martina erzählte, was ihr Onkel Paul berichtet hatte. Sie schmückte es nicht sonderlich aus. Mit schlichten Worten, fast denselben Worten, die ihr Onkel gebraucht hatte, wiederholte sie, was sie vor wenigen Minuten erfahren hatte. Paul Baum war ihr leiblicher Vater.

„Als ich ihn dann aber fragte, weshalb er meine Mutter umgebracht hätte, wurde er laut. Nicht sehr laut, aber laut genug, dass mir mein Gefühl eine eindeutige Botschaft überbringen konnte. Er hat mit dem Tod meiner Mutter zu tun. Leider konnte ich nicht heraus bekommen wie. Er stritt alles ab. Seine Hand war eiskalt und nass. Ein eindeutiges Zeichen, dass er gelogen hat."

Bernd wollte diese Deutung nicht akzeptieren.

„Die kalte Hand kann auch andere Ursachen haben. So etwas ist kein eindeutiges Zeichen dafür, dass jemand lügt. Er kann sich auch allgemein nur aufgeregt haben. Du sagtest doch, dass es das erste Mal für ihn war, dass er jemandem die Geschichte erzählte. Da ist es doch nur natürlich, dass er aufgeregt war."

„Schon, aber ich bin mir völlig sicher. Er hat etwas mit dem Tod meiner Mutter zu tun. Und ich werde es heraus bekommen!"

Martina verschränkte die Arme vor ihrer Brust. Wenn

ihr Onkel, ihr wirklicher Vater, ihre Mutter getötet hatte, würde sie nie mehr dieses Haus betreten. Eigentlich hätte sie sich darüber freuen sollen, endlich ihren wirklichen Vater zu kennen. Doch sie freute sich nicht. Neue, dunkle Schatten waren aufgetaucht. Hätte Paul Baum ihr plausibel erklärt, dass er nicht ihr Vater war, wäre alles einfacher gewesen. Doch er hatte es zugegeben. Er hatte ihre Erlebnisse aus dem vierten früheren Leben ohne weiteres bestätigt. Trotz und allem nur die Hälfte, die seine Vaterschaft betraf. Mordgedanken hatte er schlicht vom Tisch gewischt. Doch die waren ebenso Teil des Erlebens aus dem vierten Leben.

„Bist du noch munter genug Bernd?"

„Ja, wieso?"

„Ich glaube, ich kann ohne die Ungewissheit nicht schlafen. Hypnotisiere mich doch noch einmal. Ich muss den Rest auch noch wissen."

Bernd hatte Bedenken. Er fürchtete, keine Hypnose zustande zu bringen. Denn Martina war gegenwärtig emotional zu aufgewühlt.

„Lass es uns versuchen", bettelte Martina. „Was kann schon schief gehen dabei."

„Okay, wir versuchen es. Aber du weißt ja, es klappt nur, wenn du dich total entspannst."

„Ja, ja. Aber ich habe jetzt auch völliges Vertrauen zu dir. Allein deshalb wird es direkt klappen." Martina nahm ihre Halskette mit der Goldmünze ab. „Hier, mein Steinbock. Damit wird es leichter gehen."

„Leg dich aufs Bett."

Martina legte sich aufs Bett. Bernd ließ vor ihren Augen die goldene Münze funkeln und begann die Hypnose. Er brauchte nicht lange auf sie einreden. An ihren Pupillen sah er schon nach kurzer Zeit, dass Martina in eine leichte Hypnose gefallen war. Selbst über die

Schnelligkeit erstaunt, versetzte er sie in eine tiefere Hypnose und begann erst mit der Rückführung, als er nicht mehr zweifelte, dass sie nur noch ihn hörte, in Trance war und genau tun würde, was er ihr sagte. Bernd führte sie sachte in ihrem Leben zurück. Er führte sie an die Stelle in ihrem früheren Leben, an der er die Hypnose das letzte Mal beendet hatte. Dann forderte er sie auf, als Eva Kolbe schnell durch den Rest ihres Lebens zu gehen, bis zu ihrem Tode. Martina lag ruhig da. Gelegentlich bewegten sich ihre Augen, ihre Arme und Beine, der ganze Körper. Es war offensichtlich, dass Phasen eines anderen Lebens noch einmal wahrgenommen wurden. Als Martina wieder erneut still atmend da lag, weckte Bernd sie aus ihrem hypnotischen Schlaf. Sie war frisch und munter.

„Und, wie war dein Tod?"

„Es hat nicht funktioniert", sagte Martina enttäuscht. „Ich bin nicht bis zu meinem Tod gekommen. Ich war zwar wirklich wieder Eva Kolbe. Und was Onkel Paul gesagt hat, stimmt. Wir haben uns sehr geliebt, emotional und körperlich. Mein Onkel hatte eine gute Figur, als er jung war. Aber ich bin nicht bis zu meinem Tod gekommen."

„Hab ich dich zu früh geweckt?"

„Ich weiß nicht. Es war irgendwie merkwürdig. So als ob du einen Videofilm anschaust. Plötzlich ist der Film zu Ende. Dann flimmert es nur noch auf dem Bildschirm. Nichts mehr. Keine Bilder mehr. Vielleicht war die Hypnose nicht tief genug. Lass es uns bitte gleich noch einmal versuchen. Und versetzt mich bitte in ganz, ganz tiefen Schlaf."

Bernd schaute auf die Uhr. „Weißt du, wie spät es ist? Zwei Uhr fünfunddreißig. Ich bin hundemüde. Als du vorhin in Hypnose lagst, wäre ich selbst beinahe eingeschlafen. Vermutlich bist du übermüdet, und deshalb klappt es nicht. Wäre es nicht besser, wir versuchen es morgen noch einmal?"

„Bitte Bernd, nur noch einmal ganz kurz. Du kannst mich ja gleich an die Stelle meines Todes als Eva Kolbe versetzen. Das dauert doch höchstens eine halbe Stunde."

Widerwillig stimmte Bernd zu. „Aber nur eine halbe Stunde. Dann ist Schluss."

Martina fiel auffällig schnell in Trance. Es kam Bernd vor, als würde er von Mal zu Mal weniger Zeit brauchen, sie in den hypnotischen Schlaf zu versetzen. Martina lag entspannt da, als ob sie schlief. Ihre Augen bewegten sich nicht. Auch sonst gab sie keine körperlichen Reaktionen von sich. Bernd hatte den Eindruck, sie würde tatsächlich schlafen. Doch er hielt sich an die vereinbarte halbe Stunde und weckte sie dann erst auf.

„Mist, diesmal habe ich überhaupt nichts gesehen. Nur Flimmern. Irgendetwas stimmt doch da nicht. Hast du auch alles richtig gemacht?"

„Aber sicher. Wie vorher. Es lief alles programm-mäßig. Du warst echt weggetreten. Ich habe dich zurückgeführt und dann allein gelassen."

„Und wieso habe ich dann nichts gesehen?"

„Keine Ahnung. Es ist jetzt schon drei Uhr durch. Lass uns schlafen. Morgen sehen wir weiter."

Auch Martina fühlte sich jetzt erschöpft.

„Gute Nacht", sagte sie, obwohl der Wunsch aufstieg, bei Bernd zu bleiben.

„Gute Nacht", erwiderte Bernd und sah ihr nach, als sie die Tür hinter sich schloss.

Vor zwanzig Jahren

Nachdem Paul Baum sich ins Bett gelegt hatte, konnte er nicht einschlafen, obwohl er müde war. Einerseits fühlte er sich erleichtert, dass Martina nun wusste, wer ihr wirklicher Vater ist. Andererseits kam er ins Grübeln. Sie schien noch mehr zu wissen. Aber offenbar doch nicht alles. Warum hatte sie sonst gefragt.

Paul Baum stand auf und schlich sich auf dem Gang an die Tür zum Gästezimmer. Er hörte Martinas Stimme und fand bestätigt, dass er richtig vermutet hatte. Sie erzählte ihrem Freund alles. Ein Glück, dass sie noch nicht die ganze Geschichte wusste. Oder vielleicht doch? Was würde sie mit ihrem Wissen anfangen? Es herumposaunen? Was würde es ihr nützen? Da sie seine nächste Verwandte war, würde sie ohnehin alles Erben. Wollte sie früher an ihr Erbe? Konnte sie ihn mit ihrem Wissen ins Gefängnis bringen? Kam man wegen eines Seitensprungs vor über zwanzig Jahren ins Gefängnis? Quatsch! Aber wenn sie nun doch alles wusste? Woher eigentlich? Mord verjährt nicht.

Baum dachte an die Zeit vor zwanzig Jahren. Damals hatte er schon kurz vor der Erfüllung seiner Träume gestanden. Er hatte es perfekt eingefädelt. Sorgfältig hatte er am Abend die Bremsschläuche des Autos präpariert, als sie wieder einmal Urlaub in der Berghütte in Österreich machten. Damit seine Schwägerin, die heimliche Geliebte, nichts vor Aufregung verriet, hatte er ihr seine konkreten Pläne nicht erzählt. Sie wusste nur, dass er sich während des Kurzurlaubs etwas einfallen lassen wollte. Viele Pläne hatten sie gemeinsam durchgesprochen, wie sie die ungeliebten Ehepartner loswerden könnten. „Ich weiß jetzt, wie es am besten geht, ohne dass ein Verdacht auf uns fällt", hatte er ihr nur am Anfang des Urlaubs gesagt.

An jenem Abend wurden wie üblich die Pläne für den nächsten Tag durchgesprochen. Er, Paul Baum, wollte allein eine Bergwanderung machen, wie er es schon oft getan hatte. Früh morgens würde er aufbrechen und erst am Nachmittag wieder zurück sein. Seine geliebte Eva hatte sich den Fuß verstaucht, wollte in der Hütte bleiben, oder sich sonnen. Hilde und Ernst würden mit dem Auto ins Tal fahren, um frisches Gemüse zu holen. Hilde kochte besser als Eva und kannte sich deshalb auf dem Wochenmarkt bestens aus. Auf dieser Fahrt würden die Bremsen versagen, der Wagen musste unweigerlich von dem schmalen Pfad irgendwo den Abhang hinunter stürzen. Dafür gab es reichlich Möglichkeiten auf der steilen Bergstraße. Danach wäre der Weg frei, Eva zu heiraten. Martina war ohnehin sein Kind und bekäme so den richtigen Vater. Alles war sorgfältig durchdacht. Hilde und ihr Ehemann Ernst würden den Absturz niemals überlen.

Noch bevor die anderen aufstanden, hatte Paul Baum sich auf seine Bergtour gemacht. Auf dem Gipfel trug er sich in das Gipfelbuch ein. Unterwegs traf er einige andere Wanderer, die er in ein Gespräch verwickelte, damit sie sich gegebenenfalls an ihn erinnerten. So hatte er ein ausreichendes Alibi für die Unfallzeit. Als ehemaliger Kfz-Mechaniker wusste er, wie man Spurstangen so präpariert, dass selbst Spezialisten die Manipulation nicht bemerken würden. Sie müssten zu dem Schluss kommen, dass es sich um Korrosion handelte, falls sie den Wagen überhaupt aus der Schlucht in eine Werkstatt bekamen.

Als Paul Baum von seiner Bergtour zurückkam, fand er völlig überrascht seine Ehefrau Hilde vor, die er inzwischen für tot hielt. Sie hatte an jenem Morgen ihre Menstruation bekommen, fühlte sich unwohl und wollte nicht mehr ins Tal fahren. Ernst hatte keine Lust gehabt, allein zu fahren und überredete deshalb Eva, trotz des verstauchten Fußes mitzukommen. Sie war ahnungslos eingestiegen. Denn sie vermutete nicht, dass dies der bewusste Tag sein würde. So geschah es, dass zwar Ernst in den Tod fuhr, jedoch nicht mit Hilde, wie geplant, sondern mit Eva.

Dieses Geheimnis würde Paul Baum nicht offenbaren. Niemandem. Niemals! Aber woher wusste Martina davon? Was wusste sie? Konnte sie ihn ans Messer liefern? Ja, sie konnte. Würde sie es auch tun? Ihm war nicht entgangen, dass sie ihn bei diesem Besuch kühler behandelte als zuvor. Sein Leben war in Gefahr. Die letzten Tage im Gefängnis – niemals.

Paul Baum in Mannheim

Spät am Nachmittag setzte sich Paul Baum in seine Limousine und nahm die Sauerlandlinie der Autobahn in Richtung Süden. Er fuhr an Lüdenscheid vorbei, sah kaum die herrliche Landschaft links und rechts. Als die Lichter schon lange eingeschaltet waren, erreichte er Frankfurt am Main. Ein Jumbo-Jet donnerte nur wenige Meter über die rollenden Autos hinweg, als er sich in der Nähe des Flughafens auf der achtspurigen Autobahn Darmstadt näherte. Endlich kam die Ausfahrt nach Mannheim. Die Uhr am Armaturenbrett zeigte sechs Minuten nach zweiundzwanzig Uhr. Baum folgte den Wegweisern zum Hauptbahnhof. Das Gebäude wirkte verlassen. Hinter dem Taxistand gab es freie Parkplätze. Baum stellte sein Auto ab und ging auf das flache Bahnhofsgebäude zu.

Nur wenige Menschen hielten sich in der großen Halle auf. Baum schlenderte hindurch, warf einen Blick auf die Bahnsteige. Es war schlicht und ergreifend nichts los hier. Ein Bahnpolizist mit einem Schäferhund hatte die große Halle von der Seite her betreten. Ein Kollege begleitete ihn. Baum ging schnell auf den Hauptausgang zu. Es war überall sauber und ordentlich. Nirgendwo lungerte ein Junkie umher. Nicht einmal einen Stadtstreicher hatte er gesehen. Das gab es doch nicht. Irgendwo mussten die Junkies doch ihren Geschäften nachgehen. In vielen Großstädten war der Bahnhof Treffpunkt dafür. In Mannheim offensichtlich nicht.

Baum kannte Mannheim nicht. Er war nur einmal mit Hilde hier gewesen, um Martina zu besuchen. Das war schon etliche Monate her. Er hatte fest damit gerechnet, am Bahnhof oder in dessen Nähe auf Junkies zu treffen. Mannheim konnte doch keine Stadt ohne Drogenabhängige sein? Er setzte sich wieder in seine Limousine und fuhr ziellos durch die Quadrate, der Innenstadt Mannheims. In der Nähe des Stadthauses glaubte er, einen Mann zu sehen, der ein Junkie sein könnte. Baum fuhr weiter. Wo befand sich hier nur die Szene? In einer Seitenstraße hielt er an und stieg aus. Ein älterer Mann kam auf ihn zu. Er schwankte leicht, schien alkoholisiert zu sein.

„Entschuldigen Sie", sprach Baum ihn an.

Der Alte blickte ihn aus glasigen Augen an.

„Ich suche etwas zu rauchen. Verstehen sie mich?"

„Ja", brummelte der Alte. „Wo war denn, nö da hinten ist kein Automat mehr."

„Ich meine", Baum sah sich vorsichtig um. „Ich meine keine gewöhnlichen Zigaretten."

„Ach, du willst Stoff!", sagte der Alte eine Idee zu laut.

Baum zuckte beim letzten Wort zusammen.

„Also, dass weiß ich nicht so genau. Früher soll's das beim Wasserturm gegeben haben. Aber ich weiß nicht, ob die da immer noch sind."

„Wo ist der Wasserturm?"

Der Alte deutete mit dem Arm in die entgegengesetzte Richtung, in der Baums Wagen stand.

„Immer hier gerade aus. Und wenn Sie aus den Quadraten raus sind links. Da sehen sie ihn dann gleich."

Baum stieg wieder in sein Auto, fuhr um ein Quadrat, musste wenden, weil er beinahe in die falsche Richtung einer Einbahnstraße gefahren wäre, lenkte den Wagen um weitere Häuserblocks und befand sich endlich in der richtigen Straße. Am Ende der Quadrate sah er schräg auf der anderen Straße den Umriss eines dicken, kurzen Turmes. Das musste er sein, der Wasserturm. Baum stellte sein Auto in eine Seitenstraße und ging zu Fuß auf den

Wasserturm zu. Ein Pärchen saß knutschend auf einer Bank. Sonst war keine Menschenseele zu sehen. Baum ging um den Wasserturm herum. Auf der anderen Seite führten Treppen hinunter in einen kleinen, tiefer gelegenen Park. Nun erinnerte er sich, dass er hier im Frühjahr riesige Wasserfontänen gesehen hatte. Er folgte den Treppen und schritt auf einem Kiesweg entlang. Fast hätte er sich erschrocken, als ihn plötzlich von der Seite, ein hagerer Kerl ansprach.

„Suchen Sie was bestimmtes?", fragte die dunkle Gestalt.

„Was haben Sie denn zu bieten?"

„Nur das Beste."

„Und das wäre?"

Der Mann nannte einen Preis und behauptete, dass es nirgendwo billiger sei.

„Eigentlich suche ich jemanden für einen Job", sagte Baum.

„Einen Job", wiederholte der Junkie. „Was für ein Job?"

„Ich glaube, Sie sind nicht der richtige dafür. Ich werde mich wo anders umschauen." Baum wollte gehen.

„Halt, Mann! Kann schon sein, dass ich nicht der richtige bin. Aber ich kenn' 'ne Menge Leute. Bei guter Bezahlung machen die alles."

„Und wo finde ich die?"

„Ja, nu." Der Junkie rieb Zeigefinger und Daumen gegeneinander.

Baum zog einen Schein aus der Tasche, gab ihm dem Junkie.

„Okay, kommen Sie mit."

Baum folgte dem Junkie.

Der Mord

Nach der Rückkehr aus Dortmund, hatte Bernd Martina vor ihrem Haus abgesetzt, ihr die Reisetasche noch schnell hochgetragen und war sofort zur Uni weitergefahren. Das Seminar begann gerade, als er zur Tür hereinkam. Nach dem Seminar nutzte er die Zeit in der Bibliothek, bevor er zur nächsten Vorlesung gehen konnte. Anschließend fuhr er nach Freinsheim in seine Wohngemeinschaft. Eigentlich hatte er Martina noch anrufen wollen. Doch dann fiel er müde ins Bett und in einen tiefen Schlaf.

Auch Martina hatte sich früh zu Bett gelegt. Sie bemerkte nicht, wie sich weit nach Mitternacht eine große dunkle Gestalt ihrem Haus näherte. Der Mann stand fast eine Minute still in der Nähe der Haustür und lauschte in die Nacht. Dann streifte er blaue Hygienehandschuhe über seine Hände und ging zur Haustür. Sie war verschlossen. Doch nachdem er sich ein wenig am Schloss zu schaffen gemacht hatte, sprang die Haustür auf. Er trat ein und zog die Tür leise hinter sich zu.

Eine kleine Taschenlampe blitzte kurz in seiner Hand auf. Er stand still und lauschte in die Dunkelheit. Dann drückte er entschlossen auf den glimmenden Lichtknopf. Das Treppenhaus erstrahlte in hellem Licht und blendete ihn ein wenig. Langsam stieg er Stufe für Stufe hinauf. Als er die hölzerne Treppe erreichte, blieb er kurz stehen und lauschte erneut. Irgendwo oben war offenbar noch jemand munter. Kaum hörbare Geräusche, womöglich von einem laufenden Fernseher, drangen an sein Ohr.

Der große Mann stieg langsam die Holztreppe hinauf. Einige Stufen knarrten erschreckend laut. Doch er ging zielstrebig weiter. Oben angekommen, erlosch das Licht im Treppenhaus. Er stand im Dunkeln und lauschte. In

Griffweite leuchtete matt ein Schalter. Er drückte darauf und stand wieder im Licht. Leise schlich er auf dem Korridor von Tür zu Tür und studierte die Schilder. Bei der Aufschrift „A. Schneider/M. Kolbe" blieb er stehen und lauschte erneut. Dann drückte er auf den Klingelknopf und legte das Ohr an die Tür.

Nichts war zu hören. Er betrachtete die Tür und den Türrahmen sorgsam. Eine Sicherheitstür schien es nicht zu sein. Der Mann drückte erneut auf den Klingelknopf und hörte es hinter der Tür summen. Nach einer halben Minute klickte es leise, als ob eine Tür geschlossen wurde. Dumpf hörte er eine verschlafene Frauenstimme: „Ja, bitte!" Entschlossen klopfte er leise an die Wohnungstür, als habe er nur auf dieses Zeichen gewartet.

„Ist da jemand?", hörte er dumpf aber etwas lauter eine Frauenstimme hinter der Tür fragen. Der Mann sagte nichts. Eine Frau in einem rosa Morgenmantel öffnete die Tür. Sie blinzelte, ihre Augen mochten sich nicht ganz öffnen.

„Ja, bitte?" Die Frau kniff ihre Augen zusammen, öffnete sie weit und blickte zu dem großen Burschen auf, der vor der Tür stand.

„Sind Sie Martina Kolbe?", fragte der Mann.

„Hä, wieso, was wollen Sie mitten in der Nacht?"

Die Frau hielt sich an der Tür fest, ihr schien nicht wohl zu sein.

„Sind Sie's oder nicht?"

„Ja, aber...", begann die Frau einen Satz, den sich nicht mehr zu Ende brachte.

Der Fremde stieß sie in die Wohnung und hatte ein blitzendes Messer in der Hand. Mit geweiteten Augen sah ihn die Frau an und schien nicht zu begreifen, was vorging. Der Mann hatte ihr die Klinge durch den Morgenmantel in den Bauch gestoßen. Die Frau sank stumm zusammen und fiel rückwärts auf den Boden. Der Mann stürzte sich auf sie und stieß ihr das blutige Messer in die Brust.

Die Frau versuchte zu schreien, begann, sich aufzurichten. Sogleich presste der Mann seine Hand auf ihren Mund und stach erneut zu. Sie griff mit dem Armen um sich, erreichte mit ihrer linken Hand das kleine Regal neben der Küchentür, riss daran, es stürzte. Polternd fielen Bücher, eine kleine Vase und ein Schlüsselbund zu Boden. Der Fremde rammte ein Knie in den Bauch der Frau und stach erneut in ihre Brust. Sie bäumte sich noch einmal kurz auf, dann rührte sie sich nicht mehr.

Der Fremde erhob sich, zog ein gestreiftes Taschentuch aus der Hosentasche. Dabei fiel gleichzeitig auch ein kleiner grüner Zettel zu Boden, der sich ebenfalls in der Tasche befunden hatte. Der Mörder setzte dazu an, sein blutiges Messer an dem Taschentuch abzuwischen, hielt jedoch inne, steckte das Taschentuch wieder ein, bückte sich noch einmal und wischte das blutige Messer am seidenen Nachthemd der Toten ab. Er sah sich um. Die Wohnungstür stand immer noch offen. Gerade wollte er sie schließen, als er Geräusche aus dem Flur vernahm und Stimmen hörte. Das Treppenhauslicht erlosch, flammte aber erneut auf. Die Stimmen waren sehr nahe. Sie mussten aus der Nachbarwohnung kommen. Vielleicht hatte man etwas gehört und wollte nachsehen, was hier los sein. Der Fremde stürzte aus der Wohnung, knallte die Tür hinter sich zu und rannte die Treppen hinunter.

Völlig außer Atem erreichte der große Mann im nächsten Quadrat Paul Baum, der dort auf ihn wartete. „Alles klar. Die sagt nichts mehr."

„Ist was schief gegangen?", fragte Paul Baum. Der Kerl machte einen gehetzten Eindruck auf ihn.

„Laber nich', alles klar. Saubere Arbeit. Drei Stiche, direkt ins Herz. Rück die Scheine rüber, sonst mach ich dich auch kalt."

Paul Baum gab ihm ein Bündel Geldscheine. Gierig grapschte der Mann danach. Ohne sich zu verabschieden, drehte er sich um und verschwand blitzartig hinter einer Hausecke. Auch Baum ging schnell zwei Quadrate weiter in die entgegengesetzte Richtung, wo sein Auto stand. Er schwang sich hinter das Lenkrad und brauste davon. Nach wenigen Minuten war er bereits auf der Autobahn und fuhr Richtung Norden. Sich immer genau an die Geschwindigkeitsbeschränkungen haltend, nur nicht auffallen und an eine nächtliche Polizeistreife geraten.

Der Fremde war deutlich größer gewesen als er. Vermutlich hatte ihn jemand gesehen, weil er so außer Atem seinen Lohn abholte. Das war ausgezeichnet, überlegte Baum. So würde man nach einem bulligen Kerl suchen. Ihn würde man überhaupt nicht verdächtigen. Hoffentlich hatten mehrere den Junkie gesehen. Und falls man ihn schnappte und verhörte, würde er keine konkreten Angaben machen können.

Mit hoher Geschwindigkeit raste Baum über die Autobahn, als es keine Einschränkungen mehr gab. Er wollte so schnell als möglich zu Hause sein. Irgendwann würde ein Anruf kommen. Es konnte nur vorteilhaft sein, wenn er dann scheinbar nichts ahnend in Dortmund den Hörer abnahm.

Analyse II

„Hallo, du Laternenparker! Wie siehst du denn aus? Deine Tussi hat dich offenbar völlig ausgepowert?" Rolf klopfte Bernd auf die Schulter. „Wieder mal nicht von der Matratze gekommen. Bei dir scheint ganz schön die Post abgegangen zu sein. Ist ja auch ein sattes Gerät, das du dir da engagiert hast. Ich war dieses Wochenende auch auf Hasenjagd. Immer der Stress hier. Das hält doch keiner aus."

„Quatsch mich nicht zu. Hast du nachher Zeit, sagen wir so gegen halb elf."

„Für dich immer Kumpel." Rolf schlug ihm wieder auf die Schulter.

„Ich hoffe, dann bist du clean."

„Immer cool bleiben, mein Lieber. Ich war immer schon clean. Was gibt's denn so Wichtiges, dass du dir selber die Ehre gibst?"

Bernd lachte. „Also bis später! Unten im Imbiss."

Als Bernd sich nach der Vorlesung im Schlossimbiss umsah, winkte Rolf ihm zu und stopfte eine volle Gabel mit Salat zwischen die Zähne.

„Wie ist der heute?", fragte Bernd auf den Salat deutend.

„Kaninchenfutter. Aber so gesund!"

Das Wörtchen „so" betonte er und zog es lang. Bernd holte sich auch ein Salatschälchen und setzte sich zu Rolf, der inzwischen mit Essen fertig war.

„Also", begann Bernd, „das Wochenende war äußerst ergiebig."

„Kein Wunder bei der Schnecke."

„Jetzt hör mal auf mit dem Scheiß." Bernd meinte es ernst.

Rolf setzte eine seriöse Miene auf.

„Ich war mit Martina in Dortmund bei ihrem Onkel. Ich hatte dir doch von der Hypnose und ihrem früheren Leben erzählt. Was soll ich dir sagen, ohne es zu wissen, hat ihr Onkel die Tatsachen bestätigt, die sie nur aus der Hypnose wusste."

„Phänomenal!"

Bernd überhörte den spitzen Ton. „Allerdings sind dann wieder neue Fragen aufgetaucht. Aber ich habe schon eine Theorie." Bernd schob sich eine große Gabel Salat in den Mund. „Wir waren doch schon so weit, dass wir festgestellt hatten, man könne unter bestimmten Bedingungen, wie zum Beispiel unter Hypnose, auf Wissen zurückgreifen, dass im Normalzustand unzugänglich ist. Es war nur noch die Frage offen: Wie kommt dieses Wissen ins Gehirn?"

„Nun mach's nicht so spannend!"

„Ganz einfach. Es wird vererbt." Bernd machte eine Kunstpause, beobachtete Rolf. „So wie deine blauen Augen oder deine dralle Nase, wird auch das Wissen der Ahnen weitergegeben, in der DNA oder sonst wo. Allerdings ist es nicht so offensichtlich. Es sitzt in versteckten und oder verschlüsselten Dateien. So etwas kennen wir doch aus der Computerwelt. Deshalb vermute ich, dass es im Gehirn auch Bereiche gibt, auf die man normalerweise keinen Zugriff hat."

Rolf beugte sich vor. „Du meinst also, alles, was deine Eltern und Großeltern und deren Eltern wussten oder gelernt haben, hast du von ihnen geerbt. Ich las gerade kürzlich einen Artikel, in dem davon berichtet wurde, ob Fähigkeiten oder Gefühle vererbt werden können. In Tierversuchen konnte das in bescheidenem Rahmen nachgewiesen werden. Ich meine, mich zu erinnern, dass man mit Mäusen experimentierte. Die vererbten dann ein antrainiertes Verhalten an die Nachkommen weiter. Aber das müsste ich noch einmal genau nachlesen. Ich über-flog den Artikel nur. Wie bist du denn auf die Idee gekommen, dass Wissen vererbt werden könnte?"

„War einfach da, die Idee, heute Morgen beim Rasieren. Na ja, vielleicht doch nicht so einfach. Ich musste daran denken, wie Martina mir von ihrer Familie erzählte. Der Großvater hatte aus einer kleinen Werkstatt eine mittelprächtige Fabrik aufgebaut. Seine Kinder hatten alles geerbt. Aber nun gehörte die Firma zur Hälfte ihr und zur anderen Hälfte ihrem Onkel, weil die übrigen Kinder bereits verstorben waren. Und wenn nun der Onkel stirbt, wäre sie alleiniger Erbe, falls er nicht vorher noch einmal heiratet und Kinder zeugt. Das erworbene Gut wird weitergegeben. Und wie ich beim Rasieren so in den Spiegel blicke, sehe ich, dass ich die gleichen Augen wie mein Vater habe. Das hatte ich früher auch schon bemerkt, aber heute Morgen hat es Klick gemacht. Mein Vater hat mir seine Augen vererbt, oder jedenfalls die Information, wie meine Augen zu gestalten sind. Spontan fragte ich mich: Was hat er dir sonst noch vererbt? Die Nase hab ich von meiner Mutter. Werden nur Äußerlichkeiten vererbt, nicht auch Fähigkeiten und Talente?"

Bernd schwieg. Rolf hatte verstanden. Warum sollte nicht auch Wissen vererbt werden. Bernd führte seine Theorie weiter aus.

„In der Hypnose wird dieses Wissen angezapft. Jetzt müsste man nur einen Weg finden, an dieses Wissen auch ohne Hypnose zu kommen, ganz bewusst. Denn unter Hypnose scheint das immer nur so eine Art Zufallsprodukt zu sein. Stell dir das Mal vor. Die Menschheit würde gigantische Fortschritte machen, wenn nicht jedes Kind bei Null anfangen müsste. Du wirst geboren, kannst schreiben und lesen, weil du es schlicht und einfach von den Eltern geerbt hast."

„Und brauchst keine Vokabeln mehr büffeln", warf Rolf ein. „Weil deine Eltern und Großeltern bereits Englisch, Französisch und Spanisch sprachen. Jeder hatte was anderes gelernt. Was musst du dann überhaupt noch lernen?"

„Du kannst da weitermachen, wo deine Eltern waren, als du geboren wurdest. Denn was die lernen, nachdem du geboren bist, das ist natürlich nicht in deiner DNA gespeichert."

„Hm, faszinierende Idee. Und darauf bist du nur durch deine Gedanken übers Erben gekommen?"

„Nun ja, es gab da noch etwas. Ich hatte Martina in Dortmund noch einmal hypnotisiert, weil sie etwas Bestimmtes wissen wollte. Nämlich, wie sie in ihrem vierten Leben gestorben war. Aber es ging nicht. Ich konnte sie nicht bis zu ihrem Tod zurückführen. Sie sagte, es sei so, als ob der Film plötzlich zu Ende war. Zunächst konnte ich nichts damit anfangen. Ich glaubte, Fehler bei der Hypnose gemacht zu haben. Doch heute Morgen beim Zähneputzen, da war es plötzlich ganz klar. In der Hypnose war sie doch ihre eigene Mutter gewesen. Ich hatte sie ganz bewusst in diesen engen Zeitraum kurz vor ihrer Geburt geführt. Da aber beide zugleich gelebt haben, sie und ihre Mutter, konnte es kein Wissen über den Tod ihrer Mutter geben. Mit Martinas Geburt hörte das vererbte Wissen auf. Ihre Mutter lebte ja noch bei ihrer Geburt und starb erst zwei Jahre danach. Ich habe zweimal versucht, Martina in ihrem vierten Leben bis zum Tod zu führen, es klappte nicht. Es konnte einfach nicht klappen. Weil da nichts war. Die Information über den Tod der Mutter konnte nicht vererbt werden. Bei der ersten Rückführung in ihr viertes Leben schaute sie in die

Datei ihrer Mutter, als Martina noch gar nicht geboren worden war."

„Deine Theorie ist ja gut und schön." Rolf sortierte einige Gedanken. „Aber es gibt doch Leute, die in der Rückführung von ihrem Tod berichtet haben. Willst du jetzt sagen, die hätten sich geirrt?"

„Nein. Auch dafür hab ich einer Erklärung. Nehmen wir einmal an, du hättest dein Gedächtnis verloren. Bei einem Unfall zum Beispiel. Du kannst dich an absolut nichts mehr erinnern. Um dich wieder ins Leben einzugliedern, gibt man dir dein Tagebuch zu lesen. Denn du hast vor dem Unfall mit anschließendem Gedächtnisverlust, täglich Tagebuch geführt. Da liest du also zum Beispiel, dass du Stress mit deinen Eltern hattest, weil du heimlich als siebenjähriger geraucht hast. Oder wie du das erste Mädchen geküsst hast. Da es dein Tagebuch ist, lernst du dich also neu kennen. Erzählst bei nächster Gelegenheit, dass du mit sieben Jahren deine erste Zigarette geraucht hast und ein paar Tage später Marion, oder was weiß ich wen, geküsst hast. Du bist davon überzeugt, dass du das tatsächlich getan hast. Niemand zweifelt an deiner Geschichte. -- Dann, eines Tages, kommst du dahinter, dass man dir irrtümlich das Tagebuch deines Vaters gegeben hat. Alles, was du dir angelesen hast, war gar nicht aus deinem Leben, sondern aus dem Leben deines Vaters. Weil du das Buch anschauen, und Leute fragen kannst, die deinen Vater kennen oder kannten, wird es offensichtlich. Könntest du diese Vergleiche nicht machen, würdest du doch immer noch glauben, dass erlebt zu haben, was du im Tagebuch gelesen hast. Genau so stelle ich mir das bei der Rückführung vor, nur sehr viel intensiver. Du siehst Filme, die du für dein Leben hältst. Du hörst, riechst, fühlst und schmeckst. Weil du nicht weißt, dass es die Leben anderer Leute sind, hältst du es für dein Leben. Denn jeder erlebt sein Leben ja aus der Ich-Perspektive. Und genau so ist alles im Gehirn gespeichert."

„Aber wie kannst du dann deinen Tod vererben?", warf Rolf ein, der die Ausgangsfrage noch nicht vergessen hatte.

„Den kannst du natürlich nicht vererben. Aber während deines Lebens hast du schon Leute sterben sehen. Auch deine Vorfahren haben ähnliche Erlebnisse gehabt. Wenn der Hypnotiseur also nicht vorsichtig genug vorgeht und ganz suggestiv nach deinem Tod in einem früheren Leben fragt. Dann schaust du in deine grauen Zellen, deiner riesigen Bibliothek, und präsentierst ihm einen Tod. Später glaubst du sogar noch, es sei wirklich dein persönlicher Tod gewesen. Denn unter Hypnose tust du ja alles, was der Hypnotiseur verlangt. Bis auf einige Ausnahmen, habe ich gelesen. Was befohlen wird, darf nicht völlig gegen die Wert- und Moralvorstellungen des Hypnotisierten verstoßen. Durch die suggestiven Fragen des Hypnotiseurs siehst du, wie ein Mensch stirbt. Und weil verlangt wird, dass du deinen Tod sehen sollst, siehst du auch deinen Körper. Da hab ich ein entsprechendes Experiment mit Martina in Bad Dürkheim gemacht. Die hat genau gesehen, was ich ihr suggerierte."

Bernd erzählte Rolf ausführlich von der Münze und den römischen Soldaten im Steinbruch und fügte dann noch hinzu: „Das ist doch die gleiche Geschichte, wie bei dem Hypnosetest mit dem roten oder gelben Auto. Der Proband sieht, wonach er gefragt wird."

Rolf erinnerte sich an das Testverfahren, saß schweigend da. Dann sagte er: „Klingt logisch. Bedeutet aber gleichzeitig, dass die Hypnose kein brauchbares Mittel ist, um an die verborgenen Dateien zu kommen."

„Sagte ich doch. Ist mehr oder weniger eine Zufallsgeschichte. Hinzu kommt, dass einige Leute auch ohne Hypnose in die Bibliothek ihrer Ahnen blicken. Womöglich entspannen sie sich bei gewissen Gelegenheiten so absolut, dass die Sicht in die verborgenen Dateien möglich wird."

Bernd lehnte sich einen Augenblick zurück und schwieg. Dann nahm er den Faden wieder auf.

„Bei Martina sind wir auf ein paar Tatsachen gestoßen, die ihr schwer zu schaffen machen. Aus der Hypnose hatte sie doch den Verdacht, dass ihr Onkel ihr leiblicher Vater ist. Sie hat ihn dann vor die Tatsache gestellt, als wir Sonntag in Dortmund waren. Er hat es ohne Umschweife zugegeben. Und weil diese eine Tatsache aus der Hypnose stimmt, glaubt Martina, dass eine andere Information auch zutrifft. Demzufolge könnte ihr Onkel nämlich am Tod ihrer Mutter beteiligt gewesen sein. Das wollten wir ja gerade heraus kriegen. Hat aber leider nicht geklappt."

Bernd hielt inne und aß sein Salatschüsselchen leer. In Rolfs Kopf arbeitete es. Er hatte tiefe Falten zwischen den Augen. Letzten Endes stimmte er Bernds Idee zu.

„Ja, so könnte es sein. Deine Theorie erklärt einwandfrei das Phänomen der Rückführung mit allen Randerscheinungen. Auch die so genannte Reinkarnation ist damit expliziert. Demzufolge stammen Martinas Vorfahren aus der Mongolei."

„Der Gedanke liegt nahe", stimmte Bernd zu. „Ihr Erbgut könnte folgenden Weg genommen haben: Aus der Mongolei, du erinnerst dich an ihre Erlebnisse beim Reitervolk, vielleicht mit den Truppen des Dschingis Kahn, kam es nach Europa. Wenn du Martinas dunkle Haare betrachtest und dir vorstellst, sie hätte keine hellblauen, sondern dunkle Schlitzaugen, steht vor dir eine Asiatin. Allein diese Äußerlichkeit untermauert meine

Theorie. So ein Mongole könnte sich irgend eine Germanin geschnappt haben. Eine Nacht im Heu. Und neues Leben existierte. Die blauen Augen könnte sie von ihrer Mutter haben. Dann Martinas Erlebnisse im dunklen Mittelalter, keine Frage, wäre eine logische Folge. Irgendwie ist das Erbgut anschließend nach Amerika gekommen. Auch kein Problem. Was sie dort erlebt hat, unterstützt wiederum die Tatsache, dass sie in Deutschland zu Welt gekommen ist. Denn die Erinnerung aus dem Wilden Westen endet damit, dass sie sich als John Wild den Mormonen anschließt und als Missionar nach Europa geschickt wird. Der Missionar war vielleicht nicht streng keusch und hat seinen Samen hier hinterlassen. Es besteht gleichwohl die Möglichkeit, dass er in die USA zurückkehrte und dort heirate. Eines seiner Kinder zog nach Deutschland und wurde hier sesshaft. Martina ist dann ein Nachkomme aus jener Linie. Man wanderte ja nicht nur nach Amerika aus, einige verließen auch das gelobte Land."

„Okay, gut so weit", sagte Rolf. Da kommt mir ein Gedanke. Wir haben vorhin die Vorteile beleuchtet, die es hätte, an all das Wissen der Vorfahren zu kommen, als Kind nicht bei Null anfangen zu müssen. Wie sieht es mit den Nachteilen aus? Im Erbgut sind dann doch nicht nur die positiven Lernvorgänge und Erlebnisse eingelagert, sondern auch die negativen, einfach alles. Stell dir vor, deinem Großvater sei eingebläut worden, dass eine schwarze Katze morgens von links nach rechts über dem Weg, Unglück bedeutet. Deine Urgroßmutter habe gelernt, dass ein bei Vollmond gezeugtes Kind, eine Missgeburt würde. Wäre das nicht belastend? Denn wenn wir einen Weg fänden, an die versteckten Dateien, an alles Wissen der Vorfahren zu kommen, dann kommt das ja einem absoluten Gedächtnis gleich. Du könntest gar nichts mehr vergessen. Alles ist abrufbar und sofort verfügbar. Willst du wissen, was dir Tante Erna vor fünfzehn Jahren zu Weihnachten geschenkt hat, kurz nachgeschaut, schon weißt du Bescheid, ein kleines rotes Auto. Willst du wissen, was dein Urahn vor tausend Jahren getrieben hat, schnell nachgeschaut, er war ein keltischer Druide und stritt mit Obelix, oder was weiß ich mit wem. Es ist schlicht alles gegenwärtig. Ob das wirklich sinnvoll ist?"

Rolf schaute zur Theke hinüber und schien zu überlegen, was er sich als nächstes holen sollte. Doch er blieb sitzen und starrte Bernd an.

„Weißt du, was du dann bist? Dann bist du ein Autist und wirst in die Klappsmühle eingeliefert. Autisten leiden nämlich daran, dass sie nichts vergessen können, das sie alles erinnern und alles sehen, auf einmal. Hast du den Film mit Dustin Hoffman gesehen? Ich erinnere mich noch genau an die Szene, wo die Streichhölzer zu Boden fallen. Der Autist kann genau sehen, dass da dreihundertachtundneunzig liegen, oder wie viele es waren. Jedenfalls stimmte die Zahl, obwohl er nicht auf herkömmliche weise nachgezählt hatte."

Bernd wiegte den Kopf. Seine Gedanken waren nur um den positiven Aspekt der totalen Rückerinnerung gekreist. Aber falls Rolf recht hatte. Zugriff auf alle Informationen im Gehirn, bedeutete ein absolutes Gedächtnis. Auch bei ihm kamen dunkel Ereignisse hoch, an die er sich nicht mehr erinnern wollte.

Als kleiner Junge sei er einmal in der Lübecker Innenstadt abhandengekommen, hatte ihm seine Mutter erzählt. Er selbst konnte sich nicht mehr daran erinnern. Doch sie berichtete, dass ihn Leute mitgenommen hatten, weil er so fürchterlich geschrien habe. Seine Mutter hatte ihm erzählt, dass er sich noch lange Zeit danach immer ängstlich bei jedem Spaziergang an ihre Hand geklammert habe. Er müsse Todesängste durchgemacht haben. Doch Bernd konnte sich an nichts davon mehr erinnern. Sein Wissen über den Vorgang hatte er aus den Erzählungen seiner Mutter erfahren, viele Jahre später. Was hätte er davon, sich diese Todesängste immer wieder bewusst machen zu können? Erneut Todesängste zu bekommen. Schließlich sagte er nachdenklich: „Vielleicht ist es so, wie es ist am besten. Vielleicht ist es gut so, dass wir vergessen können."

Doch dann leuchteten seine Augen plötzlich auf: „Quatsch, du Pessimist verleitest mich hier. Auch für das Problem wird es eine Lösung geben. So eine Art Filter. Jetzt ist doch alles dem Zufall überlassen, ob du etwas behältst oder vergisst. Stell dir vor, du könntest das genau festlegen."

Rolf grinste: „So nach dem Motto: unwichtig, wichtig, superwichtig?"

„Genau, das kannst du ruhig ernst nehmen. In der Menschheitsgeschichte hat es von Zeit zu Zeit so eine Art Intelligenzschub gegeben. Lange Zeit glaubte man beispielsweise, dass sich die alte ägyptische Kultur über viele Jahrtausende hinweg entwickelt habe. Neuere Forschungen belegen hingegen, dass sich in höchstens fünfzig Jahren die Hochkultur aus einem einfachen Bauernvolk erhoben hat. Und keiner weiß wieso. Man weiß ja immer noch nicht genau, wie die Pyramiden gebaut wurden. Alles nur Theorien, die da verbreitet werden. Eine leichte Erklärung wäre doch, dass es damals so einen Intelligenzschub gegeben hat. Das hätten wir heute auch nötig."

„Und den willst du verursachen." Rolf tat sehr seriös.

„Halt die Klappe! Irgendwer muss doch damit anfangen." Bernd lachte. „Aber immerhin haben wir herausgefunden, dass es keine früheren Leben gibt. Jeder lebt nur einmal. Wir beide jetzt. Lass uns das Leben genießen."

„Nein, nein", protestierte Rolf. „Wir haben eine glaubwürdige Erklärung für das Phänomen, keinen Beweis. Aber genießen ist immer wichtig." Er hielt inne, sah zu Boden. „Da gibt es noch einen Haken."

„Lass hören."

„Du hast von deinem Vater die Augen und von deiner Mutter die Nase, richtig?"

Bernd nickte.

„Du hast also die Augen von deinem Vater, von deiner Mutter, und nach deiner Theorie, auch von deinen Großeltern und Ur-, Ur-, Urgroßeltern. Es hat eine Selektion stattgefunden. Denn deine Nase wurde nach dem Vorbild oder dem Bauplan gebildet, wie du ihn von deiner Mutter geerbt hast. Wenn beim morphologischen Erbgut selektiert wird ..."

„Okay, okay!", unterbrach Bernd, „hab verstanden. Dann könnte auch bei der Vererbung des Wissens und der Erfahrungen der Vorfahren selektiert worden sein. Das ist ein guter Gedanke. Es erklärt nämlich die Film- und Erinnerungsrisse bei Rückführungen. Es hat den Anschein, dass wir nicht alles von den Vorfahren erben. Hier ein Stück und dort ein Stück. Doch dafür gibt es keine Belege. Vielleicht ist das ganze nur eine Frage der Auswahl. Gesichert scheint mir aber dennoch, dass in unseren grauen Zellen oder sonst wo mehr gespeichert ist, als wir bewusst wahrnehmen und abrufen können."

Rolf nickte zufrieden. Seine Augen blitzen plötzlich auf, als er an Bernd vorbei sah. Martina stürzte zur Tür herein. Sie steuerten auf den Tisch der beiden Studenten zu.

Martina überlebt

Martina keuchte, war außer Atem, als sie im Imbiss an den Tisch trat, an dem Rolf und Bernd saßen. „Dachte ich mir, dass du hier bist." Sie legte ihre Hand auf Bernds Schulter. „Es ist was Furchtbares passiert. Anja wurde letzte Nacht ermordet. In unserer Wohnung."

Bernd und Rolf sahen sich an. Dann fragte Rolf: „Wer ist Anja?"

„Meine Vermieterin, wo ich zur Untermiete wohne. Die Animateurin."

„Die ist tot?"

„Ja. Ich wache heute Morgen auf, will ins Bad, da liegt sie im Flur, blutüberströmt. Und ich hab nichts davon mitgekriegt. Ich hab Angst."

Martina sah Bernd bittend an. Der entschied, dass sie sich erst einmal setzten sollten. Am Tisch erzählte Martina noch einmal alles, was sie an diesem Morgen erlebt hatte.

„Ich war bis jetzt bei der Polizei. Die waren drauf und dran, mich einzusperren, hielten mich für die Mörderin. Ein Glück, dass meine Nachbarn ihn gesehen haben."

„Den Mörder?"

„Ja. Meine Nachbarn oben im fünften Stock links hatten Besuch, der sich erst weit nach Mitternacht verabschiedete. Sie standen vor der Wohnungstür im Treppenhaus und wechselten noch ein paar Worte, als sie einen großen Kerl aus unserer Wohnung rennen sahen. Sie hatten sich nichts dabei gedacht, es könnte ja ein Freund sein, der es eilig hatte. Als die Polizei dann aber heute Morgen alle im Haus befragte, bekam die Geschichte Gewicht. Nun sucht man nach diesem Typ. Leider ist die Beschreibung höchst ungenau. Könnte jeder zweite Mann gewesen sein."

„Und du hast nichts gehört?", fragte Bernd ungläubig.

„Nein, nichts. Ich hatte eine Schlaftablette genommen, bevor ich mich gestern hinlegte. Die Aufregung vom Wochenende, du weißt schon. Ich wollte richtig tief schlafen."

„Gibt es irgend einen Verdacht, warum man Anja ermordet hat? Die Polizei hat doch sicher alles überprüft", mischte Rolf sich in Martinas Bericht.

„Das ist ja das Verrückte. Es gibt nicht den geringsten Verdacht. Ich glaube, es wusste überhaupt niemand, dass sie da ist. Gleich nach dem du weg warst Bernd, kam sie nach Hause. Sie hatte Fieber und legte sich sofort hin, irgendein Virus aus der Karibik. Das war auch der Grund, weshalb sie heimkam. Sie wollte gesund werden. Normalerweise wäre sie erst nach Neujahr gekommen. Deshalb werde ich den Verdacht nicht los, dass der Anschlag mir galt, dass Anja versehentlich getötet wurde. Vielleicht sollte ich umgebracht werden. Bloß warum?"

„Hast du heute schon was gegessen?", fragte Rolf, für den das Essen das zweitwichtigste der Welt zu sein schien.

„Ich kann jetzt nichts essen. Wieso denkst du jetzt an Essen?"

„Du siehst so elend aus."

„Kein Wunder."

Bernd wollte ihr etwas von der Imbiss-Theke holen, doch sie lehnte es rigoros ab.

„Ich kann nicht zurück in die Wohnung, Bernd. Wenn der Mörder merkt, dass er die Falsche getötet hat, kommt der doch zurück."

„Beobachtet die Polizei denn jetzt nicht dein Haus?"

„Hab ich vergessen zu fragen. Aber der Kommissar hat mir auch geraten, ein paar Tage nach Hause zu Fahren. Doch da will ich gerade nicht hin."

„Warum nicht? In Dortmund bist du doch weit weg vom Schuss", sagte Rolf.

„Erstens, wo bist du heute schon sicher. Und zweitens habe ich da so ein dumpfes Gefühl." Martina sah beide an. Sie schienen zu verstehen.

„Keine Angst, bleibt unter uns", sagte Rolf. „Auf die Gefühle einer Frau solltest du achten Bernd. Die liegen meistens richtig."

„Was hast du denn für ein Gefühl?", wollte Bernd wissen.

„Es klingt bestimmt verrückt. Womöglich täusche ich mich." Sie machte eine Pause. „Aber ich werde den Verdacht nicht los, dass mein Onkel hinter diesem Mord steckt."

Bernd sprach aus, was er dachte: „Du meinst, der war letzte Nacht da, wollte dich umbringen, wurde aber von Anja gestört?"

„Wenn sich meine Nachbarn nicht getäuscht haben, kann er es nicht gewesen sein. Denn nach deren Beschreibung war der Mörder viel größer als mein Onkel. Aber er könnte jemanden geschickt haben. Der hat dann versehentlich Anja statt mich umgebracht. Bernd ich habe Angst."

Bernd dacht laut nach: „Aber seltsam ist das schon. Letzte Woche starb deine Tante auf mysteriöse Weise, jetzt wird deine Vermieterin umgebracht. Da könnte man fast fragen, wer wird der nächste sein?"

„Hör bloß auf." Martina sah Bernd an. „Ich ziehe vorübergehend zu Karin. Die hat noch ein Bett frei in ihrer WG."

„Wo wohnt die denn?", fragte Bernd.

„In Rheinau, also nicht sehr weit von hier."

„Und da bist du sicher?"

„Keine Ahnung. Aber in der WG wohnen zwei bullig

Typen, sehen eher wie Sumoringer als wie Studenten aus. Die greift so schnell keiner an."

„Was hat denn dein Onkel zu dem Mord in deiner Wohnung gesagt?", fragte Rolf.

„Den hab ich noch nicht angerufen. Ich war doch den ganzen Morgen bei der Polizei. Von dort bin ich gleich hierher. Ich trau mich nicht mehr allein in meine Wohnung. Der Boden im Flur ist voller Blut."

„Aber ein paar Sachen wirst du schon holen müssen. Oder willst du alles neu kaufen, wenn du zu Karin ziehst? Ich käme natürlich mit in deine Wohnung", sagte Bernd.

„Und ich auch. Zu dritt fällt uns niemand an", stimmte Rolf mit ein und streckte seine breite Brust vor.

„Dann lasst uns jetzt gleich gehen, Karin wartet am Haupteingang, sie kommt auch mit", sagte Martina, nachdem sie auf ihre Armbanduhr geschaut hatte. „Die Spurensicherung sollte schon fertig sein. Der Kommissar sagte, dass ich nach ein Uhr meinen Wohnungsschlüssel bei ihm abholen könne. Das Polizeipräsidium liegt ja fast auf dem Weg."

Der Anruf

Vor ihrer Wohnungstür gab Martina Bernd ihren Schlüssel und trat zur Seite. Bernd drehte den Schlüssel im Schloss und öffnete die Tür. Der Linoleumbelag des kleinen Flurs war blitzsauber.

Martina schaute mit offenem Mund und sagte stockend: „Da war alles voller Blut. Und das Regal steht auch wieder."

„Tatortreiniger", sagte Rolf trocken.

Alle Köpfe wandten sich zu ihm.

„Nach der Spurensicherung hat der Kommissar offenbar gleich den Tatortreiniger putzen lassen. Sehr gründlich, unsere Polizei."

„Na komm", sagte Rolf und deutete Martina an, Bernd zu folgen. „Gleich hast du es hinter dir."

Zögernd und schweigend betraten die vier die Wohnung. In ihrem Zimmer zog Martina einen Koffer unter dem Bett hervor und warf hastig alles hinein, was sie glaubte, bei Karin zu brauchen.

Gerade beabsichtigten die vier, Martinas Wohnung wieder zu verlassen, da sagte Rolf zu ihr: „Wolltest du nicht noch schnell deinen Onkel anrufen?"

„Nein, später."

„Aber es wäre doch interessant, seine Reaktion zu erleben, wenn man an deine Gefühle denkt." Rolf versperrte den Ausgang. „Ich habe gesehen, dass dein Telefon einen Mithörlautsprecher hat. Wir drei, er deutete auf Bernd, Karin und sich könnten mithören und dir unsere Eindrücke von dem Gespräch ..., weil du doch so einen Verdacht hast. Das Überraschungsmoment liegt auf unserer Seite, wenn er zuerst von dir und nicht aus der Zeitung von dem Mord erfährt."

„Rolf hat recht", sagte Bernd. „Lass uns gleich deinen

Onkel anrufen. Mal sehen, wie er reagiert. Und falls er nichts mit dem Mord zu tun hat, wird er irgendwann unangenehme Fragen stellen. Warum hast du mich nicht gleich angerufen? Warum informierst du mich erst nach Tagen? Und so weiter."

Zögernd ging Martina zum Telefon. „Was soll ich denn sagen?"

„Du erzählst ihm von dem Mord, wie du es uns erzählt hast", sagte Bernd. „Vergiss deinen Verdacht für einen Moment."

Martina hob den Hörer ab. „Welche Nummer soll ich denn wählen? Die zu Hause, oder die im Büro?"

„Probier erst die zu Hause."

Martina wählte die Nummer in Dortmund. Es klingelte mehrmals. Der Anrufbeantworter meldete sich. Martina legte auf, ohne eine Nachricht aufgesprochen zu haben.

„Es ist niemand zu Hause."

„Dann versuch es im Büro", ermunterte Bernd.

Martina hatte das Telefon auf den kleinen Tisch neben ihrem Bett gestellt. Während sie auf dem Sessel saß, hatten Bernd und Rolf sich aufs Bett gesetzt. Gebannt starrten sie aufs Telefon, als sie die Rufzeichen am anderen Ende der Leitung hörten. Es wurde abgenommen. Paul Baums Sekretärin meldete sich.

Schnell legte Martina den Hörer wieder auf.

„Was soll das denn?", fragte Karin, die an der Tür lehnte. „Hast du etwa Angst."

„Mir kam gerade ein Gedanke", sagte Martina. „Frau Koch, die Sekretärin, nimmt doch alle Telefonate entgegen, wie ihr eben gehört habt. Dann stellt sie das Gespräch zu meinem Onkel durch. Mit Überraschung ist dann nichts mehr. Denn sie kennt meine Stimme und sagt dann meinem Onkel gleich, wer dran ist. Der kann dann in Ruhe Nachdenken, wie er reagieren soll. Das Beste wäre, wenn du anrufst Rolf. Dich kennt dort niemand. Wenn dann mein Onkel an der Leitung ist, gibst du mir den Hörer."

„Gute Idee", stimmte Rolf begeistert zu. Er griff nach dem Hörer. „Wie ist die Nummer? Ach brauch ich nicht, hier ist ja die Wahlwiederholungstaste."

Rolf drückte den Knopf, das Gerät wählte hörbar.

Am anderen Ende meldete sich wieder die Sekretärin. Rolf stellte sich als Joseph Maier vor und wünschte Herrn Paul Baum zu sprechen.

„In welcher Angelegenheit?"

„Wegen der verspäteten Lieferung. Die Details muss ich mit dem Chef besprechen", erwiderte Rolf schlagfertig.

Als Paul Baum sich kurz mit seinem Namen meldete, gab er Martina den Hörer.

„Hallo Onkel Paul!"

Aus dem Lautsprecher drang kein Laut.

„Hallo! Bist du noch dran Onkel Paul?", fragte Martina.

Es meldete sich niemand mehr. Dann ein leises Knacken aus dem Lautsprecher. Stille.

„Hallo, ist da niemand?", fragte Martina erneut.

Nach einigen Sekunden piepten kurze, schnelle Signaltöne aus dem Lautsprecher.

„Er hat aufgelegt", kommentierte Rolf die Situation. „Oder eine Leitungsstörung. Erschien mir aber nicht so. Dein Onkel scheint einen ganz schönen Schock bekommen zu haben und hat deshalb aufgelegt. Geben wir ihm zwei Minuten, dann rufe ich noch einmal an."

„Ich hatte auch das Gefühl, dass er geschockt war. Er hat deine Stimme gehört Martina, dann erst aufgelegt. Muss ein unheimliches Gefühl sein, wenn dich jemand anruft, von dem du glaubst, dass er tot ist."

„Das ist nun aber noch kein Beweis", wandte Rolf ein.
„Aber ein konkreter Verdacht. Du sagst ja gar nichts Martina. Was hast du für ein Gefühl."

„Er war's. Er steckt hinter dem Mord. Mein eigener, leiblicher Vater. Jetzt kann er mir erzählen, was er will. Ich weiß es. Warum will er mich beseitigen? Ich hab ihm doch nichts getan?"

Die vier schwiegen. Jeder hing seinen Gedanken nach. Dann brach Bernd das Schweigen.

„Denk einmal genau nach, Martina. Worüber habt ihr sonst noch gesprochen am letzten Sonntag, als du mit deinem Onkel allein warst. Hat er irgendwelche Probleme? Gab es Anzeichen dafür?"

„Nichts, das ich wüsste. Er hat nur gesagt, dass es ihm guttue, die ganze Geschichte einmal loszuwerden. Dann sagte er noch, dass er damals angefangen hätte zu spielen, als meine Mutter, die er ja so sehr geliebt hatte, bei dem Unfall getötet wurde."

„Was meinst du mit Spielen?", fragte Bernd.

„Roulette, Spielbank."

„Was? Er ist ein Spieler?", tönte Rolf. „Nachtigall ick hör dir trappsen."

„Das hast du mir ja noch gar nicht erzählt!"

„Ich hielt das nicht für wichtig, Bernd. Außerdem hatte ich bisher nicht den Eindruck, dass das für Onkel Paul ein Problem sei. Ich hatte immer gedacht, das sei für ihn Entspannung, Freizeitgestaltung. Aber wenn ich jetzt so darüber nachdenke. Er ging ziemlich regelmäßig in die Spielbank, offenbar jede Woche."

„Könnte sein, dass er viel verloren hat", sagte Rolf. „Wie steht es denn um die Firma?"

„Keine Ahnung. Hab mich nie drum gekümmert. Geld war immer da."

„Okay", sagte Rolf. „Die zwei Minuten sind jetzt um.

Ich versuch's noch mal." Er wählte erneut die Telefonnummer der Firma Kolbe.

Es meldete sich wieder die Sekretärin. Sie schaltete zu Paul Baum durch, Rolf gab Martina den Hörer.

„Hallo Onkel Paul! Bist du dran?"

„Bist du es Martina?"

„Ja, ich hatte eben schon mal angerufen, bin aber nicht durchgekommen."

„Das ist ja merkwürdig. Frau Koch hatte mir einen Herrn Maier oder so ähnlich angekündigt, ich übernehme und jetzt bist du dran. Was gibt's denn?"

„Letzte Nacht ist was Furchtbares passiert. Das kannst du dir gar nicht vorstellen. Meine Vermieterin, die Anja wurde letzte Nacht ermordet."

„Wieso das denn?"

„Das weiß ich ja auch nicht. Ich hatte eine Schlaftablette genommen und nichts mitbekommen. Heute Morgen finde ich sie tot im Flur."

„Das ist ja furchtbar", tönte es aus dem Lautsprecher.

Martina erzählte die ganze Geschichte und sagte, dass sie Angst habe, in der Wohnung zu bleiben. Sie werde zu einer Freundin ziehen. Paul Baum fragte gleich nach der Adresse. Martina sagte, sie wisse sie nicht auswendig, es sei in einem anderen Stadtteil, sie würde sie ihm aber gleich schicken.

„Sehr gut!", lobte Bernd, als Martina den Telefonhörer aufgelegt hatte. „Das war geschickt, ihm nicht Karins Adresse zu geben."

„Ist euch was aufgefallen?", fragte Rolf.

Martina und Bernd sahen ihn fragend an.

„Er hat überhaupt nicht gefragt, wie Anja ermordet wurde. Du hast nur gesagt, dass sie blutüberströmt war. Warum hat er wohl nicht gefragt? Weil er wusste, wie sie getötet wurde? Ich habe jetzt auch das Gefühl, dass dein Onkel etwas mit dem Mord zu tun hat."

„Aber warum?", fragte Martina.

„Ich vermute, dass er annimmt, dass du vom Mord vor 22 Jahren weißt", sinnierte Bernd. „Und weil Mord nicht verjährt, könntest du ihn anzeigen. Es geht um seine Existenz. Sein Leben ist ihm wichtiger als deins. Er wollte dir zuvorkommen."

„Ja, das könnte der Grund sein", stimmte Rolf zu.

Die vier verließen die Wohnung mit einem schweren Koffer und zwei Reisetaschen.

Paul Baum im Büro

Noch ruhig hatte Paul Baum den Telefonhörer aufgelegt. Dann schlug er mit der blanken Faust auf seinen Schreibtisch.

„So eine Scheiße!"

Er blicke wild umher, als suche er etwas zu erschlagen, holte tief Luft, doch es kam kein neuer Brüller über seine Lippen. Vor der Tür könnte man etwas hören. Kraftlos sank er in seinem Drehsessel zusammen.

„Diese Junkies sind doch zu blöd, einen einfachen Auftrag auszuführen", sagte er leise vor sich hin.

Paul Baum stand auf und ging in seinem Büro auf und ab. An der Wand hingen Fotos. Vor Martinas blieb er stehen und betrachtete es stumm. Sein Blick wanderte nach rechts zum Foto ihrer Mutter. Eine kleine Bildergalerie zeigte alle Familienmitglieder, auch den ehemaligen Firmengründer. Doch Paul Baums Blick richtete sich nur auf Martinas Mutter, bis das Bild verschwamm. Seine Augen waren feucht geworden. Er zog ein Taschentuch aus der Hosentasche und wandte sich von der Bildergalerie ab. Langsam trat er ans Fenster.

Ob er bereits beschattet wurde? Baum blickte hinab auf den Parkplatz vor dem Firmentor und die Straße entlang. Er konnte kein auffälliges Auto oder irgend eine lauernde Person ausmachen.

Das Telefon summte erneut. Meldete Martina sich noch einmal? Er nahm ab.

„Der Herr hat sich nicht vorgestellt", sagte seine Sekretärin.

„Derselbe wie vorhin?", fragte Paul Baum.

„Nein, klang anders, nicht besonders freundlich." Es klickte.

„Baum", sagte Paul Baum kurz in den Hörer.

„Meine Geduld ist jetzt zu Ende, Paul. Entweder du zahlst, oder ich muss dir Besuch schicken. Was ist dir lieber?"

„Ich habe doch gesagt, du sollst mich nicht in der Firma anrufen ..."

„Sülz nicht 'rum! Du wünscht also Besuch!"

„Quatsch, ich hab das Geld."

Sie vereinbarten einen Treffpunkt. Das Gespräch war beendet. Tief einatmend öffnete Paul Baum einen dunkelbraunen Schrank in seinem Büro. Im unteren Teil der rechten Tür wurde ein hellgrauer Tresor sichtbar. Er öffnete ihn und griff nach einem in ein gelbes Tuch eingewickelten kleinen Gegenstand. Es war eine schwarze, matt schimmernde Pistole. Er steckte sie in die Jackentasche und schloss den Tresor wieder.

Eilig verließ Paul Baum sein Büro, sprang in seinen Wagen und brauste vom Firmengelände.

Bei der Kriminalpolizei

Hauptkommissar Claus legte ein Foto neben das andere auf seinem Schreibtisch. Er war ein hagerer, sportlicher Mann von fünfundvierzig Jahren. Kriminelle Delikte in Mannheim und Umgebung waren sein Geschäft. Alle Fotos vor ihm auf dem Schreibtisch zeigten dasselbe Motiv, nur aus verschiedenen Perspektiven. Einmal war die Tote nah zu sehen, dann im Panorama, auf einem anderen die Einstiche in Großaufnahme, der Kopf allein, die Hände einzeln auf je einem Foto, und einige andere Aufnahmen. Hauptkommissar Claus kannte die Fotos schon, aber er betrachtete sie erneut auf der Suche nach etwas, was ihm bisher möglicherweise entgangen war. Was war das für ein Mann, der eine Frau so brutal mit fünf Messerstichen tötet? Was war sein Motiv gewesen?

Kommissar Claus griff nach dem Bericht der Spurensicherung und überflog ihn zum dritten Mal. Er schüttelte den Kopf, nichts Brauchbares. Nicht einmal einen Daumenabdruck auf dem Klingelknopf. Verschiedene Gegenstände hatten neben der Toten verstreut auf dem Boden gelegen. Alles hatte offenbar zuvor einen Platz auf dem kleinen Regal gehabt, das umgestürzt war. Der Mörder schien keine Spuren hinterlassen zu haben.

Das Telefon surrte. Claus nahm ab. Am anderen Ende meldete sich ein Kollege aus Dortmund. Claus kannte ihn nicht. Kommissar Schulz bat um Amtshilfe.

„Wir haben da einen seltsamen Autounfall," sagte Schulz. „Normalerweise stirbt man doch nicht, wenn man mit fünfzig Stundenkilometer gegen einen Baum rast. Ach was sag ich, mit fünfzig rast man doch nicht, das ist das reinste Schneckentempo. Der Sachverständige sagt, dass der Wagen höchstens fünfzig drauf hatte. Aber hinter dem Lenkrad saß ein Toter mit gebrochenem Genick. Könnte nach dem Unfall rein gesetzt worden sein."

„Und wie kann ich euch helfen?", fragte Claus.

„Die nächste Verwandte wohnt bei euch in Mannheim, studiert dort an der Uni. Sie weiß noch nichts vom Tod ihres Onkels. Ich wollte sie nicht anrufen. Ihr Onkel war so etwas wie ein Vater für sie, sagte uns die Sekretärin des Toten. Es handelt sich übrigens dabei um Paul Baum. Und seine Nichte heißt Martina Kolbe. Ich fax Ihnen die Adresse und weitere Informationen gleich durch."

„Sagten Sie Martina Kolbe? Wo soll die wohnen?"

„Das ist eine ziemlich merkwürdige Adresse, die wir hier habe", sagte Kommissar Schulz. „Mannheim, O7, 1. Ich betone, nicht null sieben, sondern O sieben Komma eins. Können Sie was damit anfangen?"

„Das ist nichts besonderes, verehrter Kollege. Die Mannheimer Innenstadt besteht aus 143 Häuserblocks, den Quadraten. Die Quadrate sind mit Buchstaben und Zahlen nummeriert und bilden gleichzeitig an Stelle eines Straßennamens die Adresse. Das Quadrat O7 ist ganz in der Nähe des Polizeipräsidiums."

„Das ist ja wunderbar. Dann brauchen Sie also nur vor die Tür zu gehen."

„Tut mir leid, aber die von Ihnen angegebene Person hält sich zur Zeit nicht dort auf", sagte Claus trocken.

Seinem Kollegen am anderen Ende der Leitung in Dortmund verschlug es für den Bruchteil einer Sekunde den Atem.

„Das haut mich glatt um. Ist die etwa auch tot? Oder haben Sie jeden Einwohner ihrer Stadt im Kopf?"

„Weder das eine noch das andere. Um es kurz zu machen: Bei uns liegt ein Mordfall vor. Die Eigentümerin der Wohnung, in der Martina Kolbe wohnt, wurde ermordet. Es ist nicht völlig auszuschließen, dass der Mordanschlag eigentlich Martina Kolbe galt. Wo sie mir jetzt von dem Tod ihres Onkels erzählen, muss ich den Fall ... Ich habe das Gefühl, dass beide Fälle irgendwie zusammen gehören."

Die beiden Kommissare tauschten weitere Daten und Detailinformationen aus. Claus freute sich. Endlich kam Bewegung in den Fall. Nach dem Telefongespräch mit seinem Kollegen in Dortmund erhob er sich, um zum Faxgerät zu gehen. Erst jetzt kam seine Länge von einem Meter und neunundneunzig Zentimetern voll zur Geltung. Er war der Riese des Präsidiums.

Hastig überflog Claus die eingehenden Faxseiten. Dann legte er mehrere Dokumente in eine Mappe und schaute auf die Uhr. Es war sechzehn Uhr dreiunddreißig. Claus riss die Tür zum Nachbarbüro auf.

„Kramer, was halten Sie von etwas Bewegung?"

„Gute Idee Chef. Wo fahren wir hin?"

Fünf Minuten später saßen die beiden Polizeibeamten im Dienstfahrzeug und fuhren Richtung Südosten.

„Wissen Sie, wo Rheinau liegt?", fragte Claus unterwegs seinen Kollegen.

„Ja, das ist nicht weit."

Ein Indiz

„Entschuldigen Sie, wenn wir stören", sagte Hauptkommissar Claus, nachdem Karin ein Fenster geöffnet hatte und sich von oben aus dem ersten Stock meldete. „Ist Ihre Freundin Martina Kolbe da? Wir müssten sie sprechen."

Karin bejahte die Frage, schloss das Fenster wieder und öffnete wenige Sekunden später unten die Haustür.

„Kommen Sie herein."

Die Polizeibeamten folgten Karin über eine Treppe ins obere Stockwerk. Dort begrüßten sie Martina, die in der Wohnungstür lehnte. Bernd stand im Flur vor Martinas Zimmer und stellte sich kurz vor.

„Schön, dass Sie auch da sind", sagte Hauptkommissar Claus. „Martina hat mir schon von Ihnen erzählt."

Nachdem sich die Beamten gesetzt hatte, steckte Karin ihren Kopf durch die Tür: „Soll ich auch dabei sein?"

„Später vielleicht", erwiderte der Polizist.

Gespannt schauten Martina und Bernd Hauptkommissar Claus an. Der räusperte sich kurz und teilte dann Martina ohne Umschweife mit, dass ihr Onkel bei einem Autounfall ums Leben gekommen sei.

Wie versteinert saß Martina da. Mit leicht geöffnetem Mund schaute sie den Kommissar an, dann Bernd und anschließend wieder den Kommissar. Sie wollte schlucken, es wurde jedoch nur ein Würgen, bevor sie Bernd in die Arme fiel. Martina klammerte sich an ihn, weinte hemmungslos in sein Sweatshirt hinein. Die beiden Beamten sahen schweigend zu und warteten. Bernd streichelte sanft Martinas Haar. Nach einigen Minuten hörte sie auf zu schluchzen.

„Wie konnte das passieren?", fragte sie mit Tränen in den Augen. „Onkel Paul war doch ein guter Autofahrer."

„Das wissen wir auch nicht", antwortete Hauptkommissar Claus. „Der Blechschaden ist nicht schwer. Die Sachverständigen wundern sich darüber, dass Ihr Onkel dabei sterben konnte. Entschuldigen Sie, wenn ich das jetzt Frage, aber es muss sein: Wo waren Sie letzte Nacht?"

Verständnislos sah Martina den Kommissar an. „Na hier. In meinem neuen Zimmer. Was soll die Frage? War es doch kein Unfall?"

„Kann das jemand bezeugen?"

„Ja, Karin. Und auch die beiden anderen Studenten hier in der WG haben mich gesehen, in der Küche, kurz vor Mitternacht. Ich machte mir einen Tee."

Hauptkommissar Claus stellte weitere Fragen. Sein Kollege machte sich Notizen. Nach etwa einer halben Stunde erhoben sich die Beamten und wollten gehen.

„Ach noch eine Kleinigkeit", sagte der Kommissar an der Tür. „Ist dies hier Ihre Handschrift?" Er hatte eine Plastikhülle aus seiner Mappe gezogen, in der ein kleiner grünen Zettel steckte.

„Nein, so schreibe ich nicht", sagte Martina, nachdem sie das Blatt angesehen hatte.

„Ist es die Handschrift von Anja Schneider?", bohrte Claus weiter.

„Das glaube ich kaum", sagte Martina. „Darf ich es noch einmal sehen?"

Claus hatte den Zettel bereits weggesteckt und reichte ihn ihr erneut. „Kennen Sie die Handschrift?"

„Das ist ja ein Einkaufszettel. Nudeln, Ketchup, Bauchfleisch ... Ich mache nie Einkaufszettel. Von Anja kann der auch nicht sein. Denn als die Heim kam, hatte sie bereits Fieber und bat mich, noch schnell ein paar Sachen zu besorgen, was ich dann auch gleich erledigt habe. Diese Artikel waren nicht dabei."

„Wie kommt dann dieser Zettel in Ihre Wohnung?",
fragte der Hauptkommissar. „Er lag im Flur unter dem
linken Arm der Toten. Wir hatten angenommen, er sein
von dem kleinen Regal gefallen, das im Flur umgestürzt
war."

„Darf ich den Zettel auch mal sehen?", fragte Bernd.

Martina reichte ihn ihm. Bernd betrachtete den kleinen
grünen Zettel sehr eingehend und erhob sich.

„Ist der von Ihnen? Haben Sie den Zettel in der Wohnung verloren?"

„Nein von mir ist der nicht. Aber da fällt mir etwas
ein. Einen Moment bitte." Er gab dem Kommissar die
Plastikhülle mit dem Zettel zurück.

Bernd ging auf den Flur vor dem Zimmer und kam mit
seinem Anorak zurück. Er durchsuchte die Taschen.

„Wusste ich es doch. Da ist er ja."

Bernd hielt einen zerknitterten grünen Zettel in der
Hand, der dem glich, der in der Hülle des Hauptkommis-
sars steckte. Sie hielten die beiden Zettel nebeneinander.
Die beiden Polizeibeamten setzten sich wieder.

„Da brauchen wir keinen Experten fragen", stellte
Hauptkommissar Claus fest. „Die sind beide vom selben
Block. Die Handschrift ist auch dieselbe. Woher haben
Sie den Zettel, Herr Kemmler?"

„Den habe ich vor ein paar Wochen eingesteckt. Er
war so einem großen Burschen im Kaufhaus aus der
Hosentasche gefallen. Erinnerst du dich an ihn, Martina?
Bei den Beobachtungen im Kaufhaus war doch so ein
großer Typ mit seinem kleinen Sohn. Du hast dich noch
darüber aufgeregt, wie rücksichtslos er den Kleinen
behandelte, bezeichnetest ihn als Gladiator in einem
früheren Leben."

„Natürlich erinnere ich mich an den", sagte Martina.

„Nun mal langsam der Reihe nach", schaltete sich der Hauptkommissar ein. „Wie war das genau?"

Bernd und Martina erzählten von ihrem Auftrag, im Kaufhaus Eltern mit deren Kindern zu beobachten. Dabei hätte Bernd gesehen, wie dem Gladiatortyp dieser grüne Zettel aus der Hosentasche gefallen sei. Bernd habe ihn aufgehoben mit der Absicht, den Zettel am Schluss der Beobachtung dem Verlierer zurückzugeben. Aber er hatte es dann vergessen. Vielleicht, weil er sich über Martinas abschweifende Kommentierung aufgeregt hatte. Doch das sagte er nicht laut. Jetzt, wo ihm ein gleicher Zettel gezeigt wurde, fiel es ihm wieder ein. Sowohl Bernd, als auch Martina konnten sich an den Mann konkret erinnern, sie hatten ihn ja etwa zwanzig Minuten lang genau beobachtet. Martina hatte zudem alles auf das Tonband gesprochen.

Hauptkommissar Claus bat die beiden, sofort mit ins Präsidium zu kommen. Über Autotelefon bestellte er den Fachmann für Phantombilder ins Präsidium. Anhand von Bernds und Martinas Angaben wurde ein Bild angefertigt, dass den Mann im Kaufhaus zeigte, dem möglichen Mörder von Anja Schneider.

„Der kommt mir bekannt vor!", sagte Hauptkommissar Claus, nachdem ihm das Phantombild vorgelegt wurde. Und zu Martina und Bernd: „Vielen Dank, endlich kommt Bewegung in den Fall. Eine Polizeistreife wird sie zurück nach Rheinau bringen."

Nachdem Claus sich von Martina und Bernd verabschiedet hatte, setzte er sich sofort an den Computer und rief eine Datei auf.

„Kramer, kommen Sie bitte!", rief Claus durch die offene Tür seinen Kollegen.

„Was sagen Sie dazu?", er deutete mit der Nase auf den Bildschirm.

„Super, Chef, das ist er. Und die Adresse, der wohnt ja gleich ..."

„Kramer, ein Streifenwagen soll uns begleiten." Claus griff nach seiner Jacke.

Eine halbe Stunde später saß der mutmaßliche Mörder von Anja Schneider im Verhörraum der Polizei.

„Wenn wir das Messer hier untersuchen, werden wir da Blutspuren von Anja Schneider finden?", fragte Hauptkommissar Claus. Er hielt das in einer Plastikhülle steckende Stilette in der Hand, welches man aus der Hosentasche des Beschuldigten gefischt hatte.

Der Mann schwieg. Claus stellte weitere Fragen. Nach fast einer Stunde gab der Verdächtige zu, für 200 Euro Anja Schneider erstochen zu haben.

Der Spieler

Hauptkommissar Claus rief seinen Kollegen in Dortmund an. „Bei uns ist die Sache jetzt ziemlich klar. Wir haben den Mörder, war sehr gesprächig. Die Beschreibung seines Auftraggebers passt auf euren Toten am Lenkrad, Paul Baum. Hat der nun Selbstmord begangen, war es Mord oder Unfall?"

Kommissar Schulz in Dortmund räusperte sich: „Wer weiß, ob wir das je raus bekommen. Die Spuren sind nicht eindeutig. Tatsache ist, dass Paul Baum ein süchtiger Spieler war und überall bekannt in allen Spielbanken landauf, landab. Bei dubiosen Geldverleihern soll er Schulden gemacht haben. Seine Firma, der Privatbesitz, alles gehört schon der Bank. Man kann der Nichte nur raten, das Erbe auszuschlagen. Er hatte ein paar blaue Flecke, die laut Gerichtsmediziner nicht durch den Unfall verursacht wurden. Ich vermute, es hatte ihn zuvor jemand in der Mangel."

„Wegen Schulden? Aber warum sollte der oder sollten die ihn umbringen? Dann kommen die doch erst recht nicht an ihr Geld?"

„Denkbar, dass der Mord nicht beabsichtigt war. Ich könnte mir vorstellen, dass er bei einer Begegnung mit seinem Geldgeber nicht zahlen konnte. Ein paar Fausthiebe, ein Schläger nahm ihn in den Schwitzkasten und brach ihm versehentlich das Genick. So könnte es gewesen sein."

„Und nur aus den blauen Flecken schließen Sie, dass es ein Zusammentreffen mit einem Geldgeber gegeben hat?"

„Nein, nicht nur. Wie gesagt, das ist nur meine Vermutung. Aber die Tatsache, dass in seiner Jackentasche eine geladene Pistole steckte, beweist, dass er sicher nicht zu einem Rendezvous mit der Geliebten verabredet war."

„Und die Pistole hatte er immer noch bei sich?", fragte Claus.

„Ja, eine Browning. Vermutlich absichtlich zurückgesteckt, um den Unfall echt wirken zu lassen. Keine Fingerabdrücke, sauber abgewischt. Denn die Täter vermuteten offensichtlich, dass die Waffe registriert ist. Und das ist sie wirklich. Sie würde den Geldeintreibern also nichts nützen. Lediglich eine Spur zu ihnen legen, falls die Knarre irgendwann auftaucht."

Im Luisenpark

Zwei Wochen später schlenderten Bernd und Martina händchenhaltend durch den Luisenpark.

„Stell dir vor", sagte sie, „ich bin total pleite. Onkel Paul hat die Firma komplett ruiniert. Vermutlich ist Tante Hilde dahinter gekommen. Deshalb ihr mysteriöser Tod. Vermutlich steckt mein Onkel auch dahinter. Der muss so spielsüchtig geworden sein, dass er jeden aus dem Weg räumte, der ihn hätte hindern können. Selbst vor mir machte er nicht halt. Jetzt habe ich nicht einmal mehr ein Elternhaus in Dortmund. Alles futsch. Einfach so, von heute auf morgen."

Bernd wandte sich ihr zu und nahm sie in die Arme: „So ist das mit Geld, es bietet keine wirkliche Sicherheit." Er küsste sie.

„Ein Glück, das ich dich hab." Sie schmiegte sich an ihn.

„Das kriegen wir schon irgendwie hin", erwiderte Bernd und drückte sie fester an sich.

„Was ist aus deinen Forschungen über die Seelenwanderung geworden?", fragte Martina.

Bernds Augen blitzten auf. „Da bin ich mir jetzt sicher. Man wird nicht immer wieder aufs Neue geboren."

Ganz gleich, welches Argument Martina vorbrachte, Bernd blieb bei seiner Theorie, dass jeder Mensch nur einmal auf der Erde lebe, und dass der Blick in versteckte Bibliotheken uns vorgaukele, schon oft gelebt zu haben. Martina war weiterhin skeptisch. Ihr stärkstes Argument war die persönliche Erfahrung.

„Wenn du in eine Bibliothek gehst", sagte sie, „dann weißt du doch, dass du in einer Bibliothek bist und hältst das in Büchern gelesene nicht für deine Existenz. Bei meinen Rückführungen war ich nicht in irgend einer versteckten Bibliothek. Ich war in der Realität, im wirklichen Leben."

„Schön", konterte Bernd. „Hast du schon einmal im Kino geweint, oder kamen dir die Tränen?"

„Ja, wieso? Das ist doch normal."

„Siehst du. In Wirklichkeit hast du im Kino nur einzelne Bilder auf der Leinwand gesehen. Genau genommen nur einzelne kleine Lichtpunkte. Auf dem Fernsehbildschirm kannst du die einzelnen Lichtpunkte sogar mit bloßem Auge erkennen. Und aus den Lautsprechern hörtest du Töne, die zwar echt klangen, aber bei weitem nicht immer echt waren, auf jeden Fall konserviert. Allein dass zwei deiner Sinne angesprochen wurden, das Sehen und das Hören, führte bei dir dazu, Emotionen auszulösen. Du vergaßt für einen Augenblick, dass du nur im Kino warst, dass das nicht wirklich passierte, was du sahst oder hörtest. Am stärksten habe ich dies in einem Hundertachtziggrad-Kino erlebt. Da siehst du außer dem, was auf der Leinwand passiert ja fast nichts weiter, kaum eine Bildbegrenzung. Da hast du das Gefühl, beispielsweise auf Eisenbahnschienen zu stehen, und einen auf dich zurasenden Zug zu sehen. Nicht einfach nur zu sehen, sondern zu erleben. Für einen Augenblick hatte ich wirklich Angst und wollte zur Seite springen. Einige Leute haben geschrien. Aber es war nur ein Film, alles von der Konserve. Und nur meine Augen und meine Ohren erlebten das Spektakel. Stell dir ein Kino vor, in dem du nicht nur siehst und hörst, sondern auch schmeckst, riechst, mit deinen Fingern tastest und mit deinen Nerven fühlst, zum Beispiel Schmerzen. Dann musst du doch glauben, in der Realität zu sein."

„Mag sein", sagte Martina.

„Immerhin haben wir mit der Rückführung herausgefunden, wer deine leiblichen Eltern sind und einen

Mörder überführt. Na ja, nicht wirklich überführt. Aber du konntest in ein paar abenteuerliche Leben blicken. Nur Schade, dass man das Phänomen noch nicht wirklich nutzen kann. Die Hypnose ist nicht tauglich. Es muss ein besseres Verfahren gefunden werden, um in die Menschheitsgeschichten zu blicken. So viel ist sicher, jede Tat hinterlässt Spuren, vermutlich sogar jeder Gedanke, bis in alle Ewigkeit."

„Und du meinst, das steckt alles in den Genen?"

„Auf jeden Fall teilweise. Denn bei jedem werden nur einige Merkmale der Vorfahren vererbt, nie alle. Es scheint immer etwas verloren zu gehen, keine Ahnung, wie viel. Denn manchmal tauchen Eigenschaften etliche Generationen später wieder auf."

„Wo bleiben die Informationen dann?"

„Das ist eine gute Frage. Eventuell geht gar nichts verloren, sondern wird nur nicht aktiv. Durch die Hypnose erhält man Zufallsergebnisse aus den Leben früherer Generationen. Und das wird dann auch noch vom Hypnotiseur manipuliert. Das Ganze müsste gezielt funktionieren. Wir haben nur noch keinen Weg gefunden, es zu realisieren. Sicher ist lediglich, dass es Informationen gibt, die irgendwo lagern."

„Klingt unheimlich", sagte Martina. „Genau genommen, sind Gedanken ja auch Taten. Da hat jemand ein Verbrechen begangen, ist sich völlig sicher, dass niemand etwas weiß und dann wird es einfach so herausgefunden, weil man gelernt hat, die Spuren zu finden und zu lesen."

„Stimmt", bekräftigte Bernd. „Das erleben wir ja gerade bei den präzisen Genuntersuchungen. Unaufgeklärte Fälle werden hervorgekramt, sogenannte Cold Cases. Täter, denen man früher nichts nachweisen konnte, werden nach Jahrzehnten eindeutig identifiziert und verurteilt."

„Und das soll alles im Gehirn stecken?", fragte Martina.

„Wo sonst?"

„In der Seele. Fast alle Religionen der Welt lehren, dass der Mensch aus einem physischen Körper und aus einer Seele besteht. Manche nennen die Seele auch Geist."

Bernd schwieg. Ging das mit der Seelenwanderung nun wieder los? Er war so sehr von der Vererbung überzeugt, dass er ein neues Beispiel heranzog.

„Schau mal, wenn ein Baby geboren wurde. Dann zeigen die stolzen Eltern es in der Familie rum. Und wie reagieren die dann?"

„Alle sind glücklich."

„Ja, meistens. Aber was sagt dann Tante Erna? ,Die Augen hat er vom Vater.' ,Ja, aber die Nase von der Mutter,' mischt sich Onkel Günter ein. Und Oma behauptet: ,Aber die Ohren, die hat er vom Urgroßvater. Den habe ich noch gekannt.' – Kurz jeder sucht nach Körperteilen, die der neue Erdenbürger von seinen Ahnen geerbt hat. Ganz egal, wie lange die schon tot sind. Dabei wird etwas ganz Offensichtliches übersehen."

„Und was?", fragte Martina.

„Es wird übersehen, dass das Baby nicht nur Äußerlichkeiten von seinen Vorfahren erbt, sondern auch Eigenschaften und Wissen. Es tritt nur nicht so offensichtlich zu Tage. Warum gibt es Musiker-Familien, Künstler-Familien oder Arbeiter-Familien? Da wird etwas vererbt. Allerdings nicht konsequent und nicht zwangsläufig. Jeder kann die Anlagen missachten. Kann sich auf etwas anderes konzentrieren."

Bernd blieb unvermittelt stehen, als habe ihn der Blitz getroffen. Sekundenlang sagte er nichts. Dann sprudelte es aus ihm heraus.

„Dein Hinweis auf die Seele ist womöglich gar nicht so schlecht. Es gibt doch diese Berichte von den Nahtoterlebnissen. Menschen im Krankenhaus oder bei einem Unfall verlassen ihren Körper. Während sie ihren toten Körper und die Menschen darum beobachten, schweben sie darüber. Später, nach der Wiederbelebung, berichten sie genau, was während ihres Todes geschah. Sie nahmen bewusst wahr, obwohl ihr physischer Körper tot da lag. Ihr Bewusstsein befand sich also nicht nur außerhalb, sondern über dem toten Köper. Und nun kommt die entscheidende Frage: Worin befand sich das Bewusstsein?"

„Im Geist", sagte Martina spontan.

„Als nicht im Nichts?"

„Nein, der Geist besteht auch aus irgendetwas. Die Menschen mit Nahtoterlebnissen berichten doch nicht, dass sie aus nichts bestanden. Ganz im Gegenteil, sie beschreiben ihren geistigen Körper als Ebenbild des physischen Körpers."

„Angenommen, nur mal angenommen, es gibt Geister. Dann bestehen sie aus einer anderen Materie als der physische Körper. Und weil die Geister ein Bewusstsein haben, ist ihr Wissen dort eingelagert."

„Und all ihre Erfahrungen."

„Ja", sagte Bernd und ging mit Martina weiter durch den Park. „Deshalb kann man das Wissen und die Erfahrungen nicht in den Genen finden. Sie lagern im Geist."

„Und sie haben alles von ihren Vorfahren geerbt", strahlte Martina. „Die Leben der Ahnen schlummern im Geist. Das leuchtet mir ein."

„Stimmt", sagte Bernd. „Unter normalen Umständen kommt man nicht an die schlummernden Leben heran. Nur unter Hypnose, bei Nahtoterlebnissen und vielleicht bei der Meditation. Da gibt es noch einiges zu erforschen."

Martina blieb stehen, wandte sich Bernd zu, schlang ihre Arme um seinen Hals und küsste ihn. Er drückte sie fest an sich. Nachdem sie sich wieder gelöst hatten, fragte sie: „Und, wirst du jetzt Psycho- oder Seelenspuren suchen?"

„Wie bist du so schnell dahinter gekommen", staunte Bernd. „Davon sagte ich doch nichts. Aber du hast recht. Betriebswirtschaft ist für mich out. Da gibt es genügend andere, die die Wirtschaft aufkochen sollen. Ich bin schon bei den Psychologen eingestiegen. Zwar erst ab nächstes Semester offiziell, aber morgen ist eine interessante Vorlesung."

„Aber da musst du doch bei Null anfangen", wandte Martina ein.

„Macht nichts. Lieber jetzt, als später im falschen Beruf das Leben verplempern. Denn wir haben nur eins."

„Da würde ich gerne mitkommen, morgen. Aber ich muss nach Dortmund. Unser Notar erwartet mich. Es sei wichtig. Vielleicht hat er einen Käufer für die Villa an der Hand."

Anruf aus Dortmund

Das Handy läutete, als Bernd nach der Vorlesung der Fakultät für Psychologie am Parkplatz vor seinem Auto stand, um einzusteigen. Die ersten Regentropfen platschten auf das Wagendach. Deshalb schloss er schnell die Tür auf, setzte sich ins Fahrzeug und meldete sich.

„Ja, Martina, gute Nachrichten?"

„Das kann man wohl sagen." Martinas Stimme klang fröhlich. Sie sprach nicht gleich weiter.

„Nun erzähl schon", drängte Bernd ungeduldig. „Ich bin auf das Schlimmste gefasst. Was auch sei, ich liebe dich."

„Das wollte ich höre", erwiderte sie. „Mein Onkel, genauer gesagt, mein Vater, war doch ein süchtiger Spieler. Spielbanken waren praktisch sein Zuhause. Aber nicht nur in Spielbanken mischte er mit. Auch bei Pferderennen, Pokerrunden, Lotto und was weiß ich nicht alles versuchte er sein Glück. Der Notar wusste Bescheid. Hat ihn sogar ein paar Mal begleitet und wollte ihm helfen clean zu werden. Aber er hatte keinen Erfolg. Und jetzt kommt der Hammer."

Martina machte wieder eine Pause.

„Er hat gewonnen!"

„Aha", sagte Bernd trocken.

„Stell dir mal vor, an seinem Todestag hat er vom Gewinn erfahren und noch geregelt, dass das Geld auf sein privates Konto überwiesen wird. Die Überweisung traf dann ein paar Tage später ein. Ich bekam von der Gutschrift nichts mit, weil ich keine Vollmacht für das Konto hatte. Der letzte Kontoauszug wies über zehntausend Euro Minus aus."

Martina legte wieder eine Pause ein und sagte dann im Flüsterton: „Über zwölf Millionen Euro."

„Gewonnen?", fragte Bernd ungläubig.

„Ja. Das reicht, um alle Schulden zu begleichen, sagt der Notar. Und voraussichtlich bleibt noch etwas für mich übrig. Pardon, für uns."

Der Autor

 Reinhard Staubach, 1947 in Polen geboren, lebt gegenwärtig in Oberschwaben. Nach dem Besuch der Volksschule absolvierte er eine Handwerkerlehre. Er fuhr zur See und erwarb das Abitur auf dem zweiten Bildungsweg. Anschließend studierte er Germanistik und Erziehungswissenschaft. Während zwei Jahrzehnten Berufstätigkeit im Führungsmanagement, lebte er zeitweise in Frankreich.

Weitere Bücher von Reinhard Staubach

Ermunterung ist steuerfrei
und andere Geschichten
ISBN 978-3-7448-1771-4

Was tun, wenn sich ein riesiger schwarzer Hund anschickt, einem das Steak vom Teller zu fischen? Kann man etwas von Vater Spatz und seinem begriffsstutzigen Jungen lernen, der das Aufsperren seines Schnabels zum Lebensinhalt erklärt hat? Schmecken gependelte Schnitzel tatsächlich besser, und wer hat wirklich den Vorteil davon? Was würden Sie empfinden, wenn Sie herausfänden, dass Ihr Ur-Ur-Ur-Großvater ein Sklavenhändler war? – Geschichten zum Schmunzeln und manchmal auch zum Nachdenken.

Possierliche Verse
63 Staubericks
ISBN 978-3-7431-1733-4

Fünf-Zeiler, oft heiter, aber auch besinnlich und bisweilen bizarr. Alle Gedichte sind mit Auftakt nach dem Reimschema aa bb a geschrieben (Limerick). Illustrationen des Autors bereichern den Inhalt.

Wiedersehen in Lissabon
Erzählungen
ISBN 3-933292-66-2

Erzählungen, die die Wechselfälle des Lebens aufs Korn nehmen. Wenn der Zeitgenosse gegen sein Schicksal anrennt, so entsteht nicht Tragik, sondern Komik. Liebevoll werden die tauglichen und untauglichen Versuche vorgeführt, ein wenig Glück an Land zu ziehen. Der Leser verfolgt mit Spannung, wie der Autor seine Szenen auf die Spitze treibt oder seine Personen wie bunte Schmetterlinge im Netz seiner Pointen gefangen setzt.

Starnitz
Eine Reise nach Pommern und Ostpreußen
ISBN 978-3-7386-3261-3

Im Juni 2002 reiste Reinhard Staubach mit Verwandten nach Polen. Er berichtet über die Reise und seine Kindheit in dem unter polnischer Verwaltung stehenden Hinterpommern. In Starnitz fanden sich seine Eltern. Dort endete 1945 für die Mitreisenden die Flucht vor der Roten Armee. Rathsdamnitz, Stolp, Stolpmünde, Mützenow, Kosemühl, Brausberg und natürlich Starnitz standen im Mittelpunkt der Reise. Aber auch Frauenburg, Danzig, Karthaus und Hela wurden von der elfköpfigen Gruppe besucht. Eine Reisereportage mit 60 Fotos.

Ein Kiesel zum Verlieben
Gedichte
ISBN 978-3-7357-1958-4

„Seine Gedichte über einen Weidezaun, den Stein Davids gegen Goliath und über die bösen Buben lösten allgemeine Heiterkeit aus. Reinhard Staubach zeigte durch seine mit schauspielerischem Talent gehaltene Lesung, dass Literatur nicht immer eine ernste Angelegenheit sein muss. Die humoristischen Musikeinlagen mit einem Kuhhorn taten ihr Übriges dazu."
– Schwäbische Zeitung

Das Fledermaus-Sportfest
Illustrierte Erzählungen aus dem Reich der Fabeln
ISBN 978-3-7392-0894-7

Wer wird beim Fledermaus-Sportfest siegen? Wird die schöne Elisabeth auf Schmeicheleien hereinfallen? Warum will ein Murmeltier im Winter nicht schlafen? Weshalb erhält Paule täglich drei Eicheln? – Vor diesen und anderen Herausforderungen stehen Fledermäuse, Murmeltiere, Frösche und weitere Tiere in Wald und Flur.

Dem Licht entgegen
Spirituelle Erlebnisse
ISBN 978-3-7357-8030-0

Herausgegeben von Reinhard Staubach mit Beiträgen von: Tycho Siebke, Wilfried T.H. Vogt, Michael Panitsch, August Schubert, Dr. Lothar Peters, Dietrich von Rauchhaupt, Hermann C. Sievers, Prof. Dieter Berndt, Georg R. Schwarz, Marianne Schmidt, Udo Lange, Baldur Stoltenberg, Margot Szalla-Köhler, Fredy Lopper, Johannes P. Hopfe, Erich Konietz, Rudolf W. Neideck, Heinrich Stilger, Heinz Staubach, Johannes E.P. Kindt

Alle Bücher sind auch als E-Book erhältlich.

www.reinhard-staubach.de